BASTEI LÜBBE

Bisher sind im BASTEI-LÜBBE Taschenbuchprogramm von BRIAN W. ALDISS nachstehende Bände erschienen:

22 016 Die Achtzig-Minuten-Stunde
22 075 Die unendliche Reise
24 002 Der Millionen-Jahre-Traum
24 034 Dunkler Bruder Zukunft
24 056 Die letzte Runde

Brian W. Aldiss

Es brennt ein Licht

Roman

BASTEI LÜBBE

BASTEI-LÜBBE-TASCHENBUCH
Band 13 004

Deutsche Lizenzausgabe 1985
Bastei-Verlag Gustav H. Lübbe GmbH & Co., Bergisch Gladbach
Originaltitel: Primal Urge
Ins Deutsche übertragen von Waltraud Götting
Titelillustration: Tim White
Umschlaggestaltung: Quadro-Grafik, Bensberg
Satz: Studio Druck, Nürtingen-Raidwangen
Druck und Verarbeitung:
Clausen & Bosse, Leck
Printed in Western Germany
ISBN 3-404-13004-9

Der Preis dieses Bandes versteht sich einschließlich
der gesetzlichen Mehrwertsteuer.

Vorwort des Verfassers

So, wie es schwierig – und einfältig – wäre, eine Kunstgeschichte des Zwanzigsten Jahrhunderts zu schreiben, ohne Picasso zu erwähnen, fand ich es unmöglich, dieses zeitgenössische Bild zu entwerfen, ohne einige der Säulen unserer Gesellschaft zu nennen, angefangen von Mr. Jack Solomons bis hin zum obersten Luftwaffengeneral Dowding; ich habe mich sogar erdreistet, einigen dieser Persönlichkeiten des öffentlichen Lebens eine Meinung zu dem fiktiven Inhalt meines Romans zu unterstellen. Eines meiner Opfer ist Mr. Aldous Huxley, der mir freundlicherweise gestattet hat, mir diese Freiheit mit ihm herauszunehmen. Darf ich die anderen Leidtragenden bitten, ebenso nachsichtig zu sein und zu bedenken, daß dies der Preis des Ruhmes ist und *semel insanivimus omnes*? Natürlich ist mir bewußt, daß ihre tatsächlichen Auffassungen kaum von denjenigen abweichen können, die ich ihnen unterstellt habe. Dennoch hat mir ihre, wenn auch unfreiwillige, Anwesenheit hier moralischen Halt in rauhen Gewässern gegeben.

Die gleiche Suche nach Rettungsankern hat mich veranlaßt, etliche Warenbezeichnungen in meinem Buch zu nennen. Entsprechend möchte ich den Herstellern von Odo-ro-no, Coopers Oxford Marmelade und verschiedenen Automobilfirmen für das Gefühl der Sicherheit danken, das ihre Produkte mir vermittelt haben.

Ebenso verhält es sich mit den Institutionen. Die Harlequins, die britische Regierung und die National Book League sind der Wirklichkeit entnommen, und ich für mein Teil bin froh, daß es so ist. Die Repräsentanten der britischen Regierung hingegen, die auf diesen Seiten auftreten, sind frei erfunden; mein Gesundheitsminister beispielsweise steht in keinem Zusammenhang mit irgendeinem vergangenen, gegenwärtigen oder zukünftigen Gesundheitsminister; und auch darüber kann man froh sein.

Wenn man von diesen Einschränkungen absieht, sind die Personen in diesem Buch erfunden und dazu geeignet, lebende oder tote Persönlichkeiten zu repräsentieren; die Einrichtungen sind lediglich vorgegeben, die Handlungen und Meinungen, die diesen Personen und Einrichtungen zugeordnet sind, existieren nur in der Vorstellung; selbst das Wetter ist zu schön, um wahr zu sein. Dennoch werden die Leser aufgefordert, der Zeilen von George Santayana zu gedenken:

Ich träum' einen Traum und weiß doch auch dann,
Daß mein Schritt vergeht wie ein nächtlicher Bann.
Weiß aber nicht, ob mein Traum mich führet gar
In die Tiefen der Hölle oder zum Himmel hinan.
Von alledem, was ich gern wüßte, ist mir nur eines klar:
Die Wahrheit ist ein Traum, es sei denn mein Traum wäre wahr.

B. W. A.

Erster Teil

Die vermeintliche Utopie

I. Ein Fuchs mit Schwanz

Es war einer jener schwülen Juliabende in London, an denen der Gedanke an die heiße Handfläche, die feuchte Stirn, die Achselhöhle den Geist der Menschen vollkommen beherrscht.

Schwitzend wie ein Festlandeuropäer trat James Solent in die stehende Hitze des Charlton Square hinaus. Eine zusammengefaltete Zeitung in seltsam defensiver Haltung an die Stirn gedrückt, stieg er die Treppe des grauen Anhängers hinunter und blieb zögernd auf dem Rasen stehen. Die Tür der Nummer 17, in der er wohnte, schien ihm verlockend; doch mit dem Wunsch, hineinzugehen und sich zu verstecken, lag das Verlangen im Wettstreit, das Gespräch der drei Männer, die in der Nähe standen, zu belauschen.

»Eine so ungeheuerliche Zumutung konnte nur einer politisch unentschlossenen Wählerschaft aufgebürdet werden«, sagte der eine.

Der zweite, dem die Worte fehlten, das auszudrücken, was er von dieser Äußerung hielt, brach in übertriebenes Gelächter aus.

»Blödsinn!« rief der dritte. »Sie haben doch gehört, was der Gesundheitsminister kürzlich sagte: Es ist genau das, was notwendig ist, um Britannien seinen gewohnten Orientierungssinn wiederzugeben.«

Nun war der erste Sprecher an der Reihe, in höhnisches Gelächter auszubrechen. Als die drei Männer Jimmy bemerkten, der in ihrer Nähe stand, wandten sie sich um und starrten neugierig auf seine Stirn.

»Was ist es für ein Gefühl, Kumpel?« rief ihm einer der Männer zu.

»Eigentlich spürt man überhaupt nichts«, entgegnete Jimmy und eilte, die Zeitung noch immer halbherzig erhoben, über den Platz davon. Er schloß die Tür von Nummer 17 auf. Vom Flur aus hörte er Mrs. Pidney, die Vermieterin, die in der Küche träge vor sich hinsummte wie ein auslaufender Brummkreisel. Der Rest war Schweigen. Erleichtert legte Jimmy die Zeitung beiseite, so daß die Leuchtscheibe auf seiner Stirn sichtbar wurde. Dann stieg er zu der Wohnung hinauf, die er mit seinem Bruder gemeinsam bewohnte. Glücklicherweise war Aubrey Solent nicht zu Hause; er machte Überstunden bei BIL. Ohne Zweifel blieb Jimmy dadurch ein unerfreulicher Auftritt erspart. Aubrey war in den vergangenen Wochen ungewöhnlich reizbar geworden.

Die Wohnung hatte die übliche Aufteilung: eine Küche, ein Wohnzimmer mit Eßnische, Aubreys großes und Jimmys kleineres Zimmer. Alles war so ordentlich aufgeräumt, daß die Schallplatte mit der schimmernden Hülle, die in der Mitte des Teppichs lag, wirkte, als würde sie dort posieren. Jimmy ging darum herum, eilte in sein eigenes Zimmer und schloß die Tür hinter sich.

Einen Augenblick lang spielte er mit den Fingerspitzen eine Melodie auf der Wandtäfelung, dann ging er zum Spiegel hinüber und betrachtete sich aufmerksam. Der Anzug, der bei Harrods für ihn gefertigt worden war, bevor er im Januar seine neue Arbeitsstelle angetreten hatte, sah mit jedem Tag besser an ihm aus, wirkte immer angemessener. Im übrigen war Jimmy fünfundzwanzig, sein braunes Haar nicht unangenehm gelockt, sein Gesicht rund, aber nicht häßlich, sein Kinn weder angriffslustig noch fliehend.

Alles in allem, sagte er sich seufzend, wirklich erschreckend gewöhnlich. »Oh du, der du in allem durchschnittlich bist«, richtete er, was er häufig zu tun pflegte, eine improvisierte, feierliche Rede an sich selbst. »Oh du, der du von durchschnittlicher Größe bist, überragt von den Menschen, die größer sind, unterwandert von den Menschen, die kleiner sind... ein durchschnittliches Schicksal, von dem man ohne Zweifel behaupten könnte, es sei ein Scherz.«

Ein Merkmal war allerdings eindeutig nicht gewöhnlich, jedenfalls noch nicht: der schimmernde Kreis von dreieinhalb Zentimetern Durchmesser, der in der Mitte der Stirn eingepflanzt war. Er bestand aus einem Metall, das an rostfreien Stahl erinnerte, und seine Oberfläche war leicht konvex, so daß sich die Welt verschwommen und verzerrt darin spiegelte.

Es wirkte überhaupt nicht abartig. Es sah im Gegenteil richtig edel aus, wie eine Blesse auf der Stirn eines Pferdes. Es verlieh einem nichtssagenden Gesicht einen Hauch von Vornehmheit.

Einige Minuten lang stand Jimmy Solent vor dem Garderobenspiegel und betrachtete sich und, durch sich, die Zukunft. Es war eine Zeit des Staunens: Er hatte den Sprung ins kalte Wasser zu einem Zeitpunkt gewagt, als es die entscheidende Frage war, ob man es wagte oder nicht. Er hatte den Sprung als einer der ersten gewagt, und das Siegel seiner Voreiligkeit war ihm aufgedrückt. Das Bellen des Lautsprechers draußen auf dem Platz weckte ihn allmählich aus seiner tiefen Versunkenheit. Jimmy streifte seine Jacke ab und ging zum Fenster hinüber. Gewöhnlich war die Aussicht hier weniger interessant, da ordentlicher, als aus den Schlafzimmerfenstern seines Bruders Aubrey. *Sie* blickten in die Hinterhöfe der Häuser, wo die Menschen sich zwanglos und ungekünstelt gebärdeten; Jimmys Fenster befand sich dagegen an der Vorderseite des Hauses und blickte unverwandt auf Häuserfronten hinaus, wo die Menschen ihre kleinen, verschlossenen Öffentlichkeitsgesichter aufsetzten.

Im Augenblick war der Platz jedoch von Leben erfüllt. In dieser Woche stand auf dem moosdurchwachsenen Rasen unter den Platanen ein großer grauer Anhänger, der den öffentlichen Röntgenuntersuchungswagen auf beruhigende Weise glich. Männer und Frauen, die meisten hemdsärmelig oder in Sommerkleidern, bildeten eine Schlange davor und warteten darauf, daß die Reihe an sie kam, einzutreten. Im Abstand von fünf Minuten stiegen sie einzeln auf der anderen Seite heraus, hielten sich eine Zeitung, ein Taschentuch oder einen Hut vor die Stirn und entfernten sich, ohne nach rechts oder links zu blicken. Ein paar Neugierige schlenderten umher und beobachteten die Menschenschlange; zu Anfang der Woche waren Kameraleute dagewesen. Von der Geborgenheit des Schlafzimmerfensters aus wirkte das alles ziemlich komisch: gleichzeitig unwirklich und typisch englisch. Jimmy fiel es schwer, sich bewußt zu machen, daß er selbst erst vor zwanzig Minuten die gleiche Mühle durchlaufen hatte. Genau wie die Regierung versichert hatte, tat seine Stirn kein bißchen weh. Obwohl er versuchsweise dagegenklopfte, bewegte sich seine Scheibe weder vom Fleck noch schmerzte sie. Die Werke der modernen Wissenschaft waren wahrhaftig wunderbar.

Der Mann, der den Lautsprecher bediente, schwitzte und langweilte sich, und er sprach nicht richtig in sein Mikrophon. Nur gelegentlich war ein Satz zu verstehen. Einer klang wie: »Wir sind so frei und sitzen hier in einem schönen, alten Land«; er mußte etwas ähnlich Absurdes gesagt haben, etwa »freiere Bürger in einem schöneren Land.«

»... Versicherung der Regierung ... zahlreiche namhafte Ärzte stimmen darin überein ... weit davon entfernt, die nationale Bescheidenheit in Frage zu stellen ... bedeutende Vorzüge ... keine finanzielle Belastung ... lediglich eine geringfügige Operation ...«

Die Stimme brummte wie ein Bienenschwarm, und die geringfügige Operation war eine bedeutende Operation, die im ganzen Land stattfand: denn mittlerweile standen die grauen Anhänger in jeder Stadt und in jedem Dorf von Penzance bis John o'Groats. Die gesamte Bevölkerung war zum potentiellen

Schlangenfutter geworden. Jimmy verließ seinen Fensterplatz.

Aus dem Wohnzimmer klangen Schritte zu ihm herüber. Jimmy rückte die Krawatte zurecht. Es konnte kaum Aubrey sein, aber Jimmy rief laut: »Bist du's, Aubrey?« Dann ging er hinüber, um nachzusehen.

Es war nicht Aubrey. Es war Aubreys Mädchen, Alyson Youngfield, wenn man das Wort ›Mädchen‹ hier doppeldeutig verwenden konnte. Sie hatte ihre Sommerhandschuhe abgestreift und fächelte sich mit der Schallplattenhülle Luft zu. Bei ihrem Anblick hellte sich Jimmys Miene auf.

»Er kommt heute abend spät, Alyson«, erklärte er dem reizenden Wesen, das sich mit der Geschmeidigkeit eines Pumas auf dem Sofa niederließ. Ihre Hellhäutigkeit hatte in der Julihitze eine ganz besondere Wirkung; unter dem frischen Blondhaar schien ihre Haut wie Weizen zu reifen.

»Mach dir keine Gedanken«, erwiderte sie. »Ich habe eigentlich auch nicht erwartet, Aubrey zu Hause anzutreffen, aber hier ist es kühler als in meinem Wohn-Schlafzimmer. Unter dem Dach ist es wie in einem Ofen. Laß uns ein wenig Schallplatten hören, um die Hitze zu vertreiben, hast du Lust?«

In diesem Augenblick bemerkte Jimmy, daß sie seine Stirn betrachtete. Es brachte ihn nicht im geringsten in Verlegenheit, wie es die Blicke aller anderen Menschen getan hätten; voller Freude fragte er sich, ob es erlerntes Taktgefühl oder angeborene Güte war, die sie veranlaßte, als sie seinen Blick bemerkte, sachlich festzustellen: »Oh, du hast deins schon. Ich bekomme meins morgen.«

Dankbar, daß er sie zu seiner Mitwisserin machen konnte, erwiderte er voreilig: »Wirklich? Das wird Aubrey nicht gefallen.«

Im selben Augenblick war ihm klar, daß er etwas Falsches gesagt hatte.

»Aubrey wird über kurz oder lang selbst eins tragen, du wirst sehen. Es steht uns allen irgendwann bevor«, entgegnete Alyson. Aber sie sagte es steif und wandte dabei den blonden Kopf mit überaus unschuldigem Blick zum Fenster. Wie immer drängte sich Jimmy der Gedanke auf, wie schwer es doch war, die Beziehung zwischen ihr und Aubrey einzuschätzen. Beide, Alyson mit ihrem ernsthaften und Aubrey mit seinem ausweichenden Wesen, waren nicht ganz leicht zu durchschauen.

»Ich gehe heute abend zu einer Party«, sagte er, um das Thema zu wechseln. »Bei BIL, Aubreys HQ; schade, daß du nicht mitkommst. Ich muß mich gleich fertig machen.«

»Ich beneide dich nicht«, entgegnete Alyson. Sie blickte ihm aufmerksam nach, als er zur Küche hinüberging. Dort nahm er sich ein Fertigbrötchen (Jimmy schmeckten die Fertigbrötchen weniger, als daß er sie in der Überzeugung, daß es schick war, über sich ergehen ließ), eine Ecke Camembert, einen Löffel Frischkäse, ein Flöckchen Butter und eine Kostprobe von dem Salat mit Knoblauchgeschmack, der im Kühlschrank stand. Nach kurzem Zögern schenkte er sich ein Glas herben Montrachet ein; er paßte nicht ganz zu dem Käse, aber er schmeckte ihm.

»Komm hierher, Jimmy«, forderte Alyson ihn auf, als er mit dem Tablett in der Hand im Wohnzimmer erschien. Sie trug das grüne Kostüm mit der gelben Einfassung, das Aubrey ihr bei Dickens & Jones gekauft hatte. Darunter eine zitronengelbe Bluse, und darunter, wie es schien, nur sehr wenig; dennoch sah Alyson aus, als wäre ihr warm. Und, ah, ohne Zweifel wurde einem warm bei ihrem Anblick.

Was immer Alyson auch hatte sagen wollen, sie überlegte es sich anders und bemerkte: »Du bist zu folgsam, Jimmy. Du solltest nicht kommen, nur weil irgend jemand dich ruft.«

»Du bist nicht irgend jemand, Alyson«, widersprach er, doch der unbekümmerte Tonfall, den eine so offenkundige Bemerkung erforderte, wollte ihm nicht recht gelingen. Niedergeschlagen trug er sein Tablett in die Eßnische, von wo aus er ihre Fesseln und Waden sehen konnte, deren Rundung sich wie sinnbildlich von der geraden Linie des Sofas abhob. Sie sahen wirklich wunderschön aus; als erblickte er zum erstenmal das Himalayagebirge, beschlich Jimmy ein Gefühl der Demut. Dann veranlaßte ihn ein Farbschimmer, die Hand vors Gesicht zu heben. Sie wurde von einem rötlichen Schein überzogen. Die Scheibe an seiner Stirn erfüllte ihre Aufgabe.

Gleichermaßen erschüttert wie erfreut, beugte sich Jimmy über sein Abendessen. Der Montrachet war köstlich. Er nippte daran, während er der Musik vom Plattenspieler lauschte. Eine Band, die von einer scheppernden Trompete beherrscht wurde, dudelte den aktuellen Kitsch mit Namen: ›Bei deinem Anblick fange ich an zu glühen‹; dieses Lied hatte sich als äußerst glücklich erwiesen; die Vorstellung, in der es gesungen wurde, lief schon einige Wochen, als der Premierminister die sensationelle Neuigkeit verkündete.

Es hätte wahrhaftig zu diesem Anlaß geschrieben sein können und brachte seinem Verfasser ein unerwartetes Vermögen ein; über Nacht sah er sich als Autor eines Hits und in der Lage, sich so viele Feinde zu leisten, wie er sich immer erträumt hatte.

»Wenn das Schicksal es fügt,
Ist deine Wirkung auf mich nicht nur so,
Daß mir bei deinem Anblick die Knie zittern,
Nein, bei deinem Anblick fange ich an zu glüh'n.
Binnen kurzer Zeit,
Oder wenn alle anderen Lichter heruntergebrannt sind,
Wird mich deine Berührung entflammen,
Denn bei deinem bloßen Anblick fange ich an zu glüh'n.«

Alyson schaltete den Plattenspieler aus.

»Was ich gerade sagen wollte, Jimmy«, rief sie mit angespannter Stimme, »ist, daß mir im Augenblick ziemlich mies zumute ist. Wahrscheinlich ist es der Anblick all dieser Menschen, die dort draußen – und in ganz London – Schlange stehen. Sie sind so *geduldig!* Niemand scheint recht begriffen zu haben, wie bahnbrechend diese GA's, diese Normannenlichter, wie sie genannt werden, eigentlich sind; nicht einmal diejenigen, die dagegen sind, wie dieser Politiker, wie heißt er doch gleich, Bourgoyne.«

»Laß uns nicht über Politik reden«, wandte Jimmy ein. »Du weißt, daß wir immer streiten. Bleib so nett, wie du bist.«

Er erwartete, daß sie seine Herausforderung annehmen würde, doch sie sagte nichts und scharrte unruhig mit den Füßen. Sie begann das Lied ›Bei deinem Anblick fange ich an zu glühen‹ zu summen, verstummte aber, als ihr die Blödsinnigkeit des Textes bewußt wurde.

»Manchmal glaube ich, daß das Gegenteil von Vergnügen nicht Langeweile, sondern Frieden ist«, sagte sie. Damit zitierte sie absichtlich ein Plakat, das sich gerade im Umlauf befand, falsch, und Jimmy lachte.

»Manchmal bin ich mir nicht sicher, ob Langeweile und Frieden nicht ein und dasselbe sind«, sagte er und fand seine Worte im gleichen Augenblick töricht. Alyson war offensichtlich anderer Meinung.

»Viele Leute denken so wie du«, entgegnete sie. »Sonst hätten sie vielleicht niemals ihr Einverständnis dazu gegeben, daß mit ihrer Stirn herumexperimentiert wird. Sie sind begierig auf jede Abwechslung. Das ist nur zu verständlich.« Sie seufzte genüßlich und sagte, indem sie die theatralische Wirkung ihrer Worte absichtlich ins Lächerliche zog: »Wir sind die Generation, die den Krieg verpaßt hat, mein Schatz. Erinnerst du dich?«

Es gefiel Jimmy, daß sie das sagte. Sie stellte sich damit auf eine Stufe mit ihm, denn obgleich Alyson zufällig die Geliebte seines Bruders war, unterschied sich ihr Alter nur um einen Monat von Jimmys; der sechs Jahre ältere Aubrey war 1930 geboren, hatte also den Krieg ebenfalls verpaßt, dennoch hatte Alysons Bemerkung ihn nicht eingeschlossen. Alyson war scharfsichtig; sie schien genau zu wissen, auf welche Weise und wann Jimmy sich unbehaglich in seiner Haut fühlte.

»Sei nicht mehr böse«, sagte er. »Dann siehst du nämlich immer so schutzbedürftig aus, daß du nicht erwarten kannst, daß dir jemand Wohlwollen entgegenbringt.«

Alyson schwieg. Zufrieden beendete Jimmy sein Abendessen und traf Vorbereitungen, sich unter die Dusche zu stellen.

Dreißig Sekunden unter dem harten, kalten Strahl reichten ihm. Er trocknete sich ab, rieb sich mit Odo-ro-no ein, lutschte eine Amplextablette, um die sozialfeindlichen Spuren des Knoblauchgeruchs zu vernichten, und kleidete sich für die Party an. Dabei schaute er wieder aus dem Fenster. Die Schlange vor dem Anhänger war nicht kürzer geworden; die Schatten auf dem Platz waren jetzt länger.

Diese GA-Einpflanzungs-Zentren, um die Anhänger beim richtigen Namen zu nennen, hatten sich am vorausgegangenen Montag über ein verwirrtes Britannien ausgebreitet. Es war erst Donnerstagabend, und schon war der Anzeiger fast 750 000 Menschen im ganzen Land schmerzlos – und dauerhaft – in die Stirn eingepflanzt worden.

Der große Umschwung hatte mit zahlreichen Anzeichen auf den kommenden Erfolg begonnen. Obwohl das zu einem großen Teil der sorgfältigen Vorbereitung durch die Regierung, die dem geistigen Umschwung vorausgegangen war, zuzuschreiben war, hatte das persönliche Erscheinen des Premierministers auf dem Bildschirm mit seinem deutlich sichtbaren GA auf der Stirn ohne Frage Tausende von Zweiflern für das Projekt, das ihm am Herzen lag, eingenommen. Selbst die Opposition mußte eingestehen, daß seine Rede beeindruckend war.

Herbert Gascadders Scheibe hatte eindrucksvoll und doch unaufdringlich unter seinem silbernen Haarschopf geschimmert, als er sich an die Millionen von Zuschauern wandte: »Ich bitte jeden einzelnen von Ihnen zu begreifen, daß nur der oberflächliche Betrachter behaupten kann, der GA stelle eine Bedrohung für die Gesellschaft dar. Wenn sie eingehender darüber nachdenken, werden Sie, wie ich, im GA ein Merkmal der Freiheit sehen. In unserer Nation haben wir uns immer vor der Selbstdarstellung gescheut; vielleicht haben aus diesem Grund einige Soziologen die Einsamkeit als den Hauptfluch unserer Zeit bezeichnet. Der GA wird diese Schranke, ebenso wie zahlreiche andere, niederreißen.

Der GA ist die allererste Erfindung, die die Menschen ihren

Mitmenschen näherbringt. Selbst das Fernsehen, dieses großartige Medium, durch das ich heute abend in der Lage bin, in Ihrem Heim zu Ihnen zu sprechen, hat sich nicht immer als ungetrübter Segen – sondern oft sogar als Störenfried – für unser Familienleben erwiesen. Im Laufe der Jahrhunderte, seitdem wir aufgehört haben, uns in Höhlen zusammenzudrängen, haben wir uns unaufhörlich weiter voneinander entfernt. Ich bin aufrichtig davon überzeugt, daß wir nun, vereint durch die uns allen eigenen Regungen, die der GA sichtbar macht, feststellen, daß wir einander wieder näherkommen.

Doch möchte ich verhindern, daß Sie den GA für etwas Absurdes, Verrücktes, für einen Auswuchs der Wissenschaft halten. Wenn wir uns erst einmal daran gewöhnt haben, wird er im Gegenteil die gleiche Wirkung haben wie jede andere Erfindung; das heißt, er wird im täglichen Leben der Menschen eine geringfügige, aber unvermeidliche Veränderung bewirken. Wir wollen Gott danken, daß der GA eine britische Erfindung ist. Mehr noch, wir wollen unserer Dankbarkeit Ausdruck geben, indem wir uns unseren GA sobald wie möglich einsetzen lassen, damit wir durch die unkomliziertere Neugestaltung unseres Privatlebens zusammenrücken und aus dieser unserer Nation wieder ein Land der Zukunft machen können.«

Wie ich Gascadder jetzt gefallen würde, dachte Jimmy und betrachtete erneut seine Stirn im Spiegel, während er die Krawatte band. Sein GA war noch immer da, etwas größer als ein Penny, stand es als Zeichen für Patriotismus und Hoffnung.

»Sei ein braver Junge und trink nicht so viel«, ermahnte Alyson ihn, als er schließlich aufbruchbereit im Wohnzimmer erschien.

»Sei nicht so mütterlich zu mir!« entgegnete Jimmy. »Man erwartet von uns, daß wir zornige junge Leute sind.«

»Großer Gott!« rief sie aus. »Auch das noch! Es ist schwer genug, zu den ganz normalen Leuten zu gehören!«

Einen Augenblick lang blieb er unschlüssig an der Tür stehen und sah sie an. Das übrige Zimmer verschwand im Nichts; wie sie da saß in ihrem Kostüm von Dickens & Jones, bildete sie eine besondere Dimension, eine andere Wirklichkeit, eine Zukunft in der Schwebe. »Auf Wiedersehen, Alyson«, sagte er und machte sich auf den Weg zur wichtigsten Party seines Lebens.

Gewöhnlich war Jimmy eher zurückhaltend; aber in letzter Zeit war in ihm die Überzeugung gewachsen, daß er Alyson in irgendeiner Weise helfen konnte. Wie diese Hilfe aussehen sollte, wußte er nicht; Alyson wandte sich nicht ausdrücklich an ihn, und angesichts ihrer im Grunde genommen heiklen Lage in der Wohnung beschränkten beide ihre Unterhaltungen auf einen leichten Plauderton. Dennoch war das, was unausgesprochen blieb, seit Jimmys Eintreffen in der Wohnung immer mächtiger geworden. Eines Tages in naher Zukunft würde es aus seinem versteckten Winkel ans Licht hervorbrechen.

Es war der Widerspruch zwischen Alysons und Aubreys Wesen und ihrer Beziehung zueinander, die in Jimmy die Überzeugung nährte, daß es sich dabei nicht um ein Trugbild handelte, das ihm von seiner romantischen Phantasie vorgegaukelt wurde. Alyson war gleichermaßen klug wie tolerant – doch war ihr Kommen und Gehen in der Wohnung von einer Zufälligkeit bestimmt, die nicht auf leidenschaftliche Gefühle für Aubrey schließen ließ. Aubrey war ein in sich gekehrter junger Mann; der Wesenszug, der sich bei seinem Bruder als Schüchternheit ausdrückte, verwandelte sich bei ihm in steife Reserviertheit. Sein Benehmen, seine Kleidung, seine Wahl des Glaubens, der Speisen, der Bücher, alles an ihm war ›korrekt‹. Er war ein Konformist mit erfolgversprechender Zukunft. Kurz gesagt, er war kaum der Typ, der sich eine Geliebte nimmt; Alyson war kaum der Typ, um seine Geliebte zu werden. Sie hätten entweder Ehegatten oder Fremde sein müssen, und das war das Problem der ganzen Angelegenheit.

Duft von Bratwürsten zog appetitlich über den Treppenabsatz. Als Jimmy die Treppe hinunterstieg, hörte er, wie sie in der Pfanne brutzelten.

Wie gewöhnlich stand die Küchentür offen. Hilda Pidney entdeckte Jimmy, als er den Flur betrat, und sie kam, wie sie es immer tat, wenn man nicht gerade sehr schnell vorübereilte, heraus, um ein kleines Schwätzchen zu halten. Sie war fünfzig und untersetzt, und ihr Gesicht hatte, wie Alyson einmal bemerkt hatte, den Ausdruck eines Menschen, der in einer Wildnis von Haaren weint. Trotz ihrer traurigen Miene war sie eine fröhliche Seele, und ihre ersten Worte klangen Jimmy jetzt wie Musik in den Ohren.

»Er steht Ihnen aber ausgezeichnet, Mr. Solent!«

»Es freut mich, daß Sie das finden, Mrs. Pidney«, sagte er und hob verlegen die Hand. »Ich sehe, Sie haben Ihren auch schon.«

In Wahrheit konnte er nur einen Hauch davon durch ihren Haarwust erkennen.

»Ja, ich bin heute morgen um neun schnurstracks hingegangen«, erklärte sie. »Ich kam an, kurz bevor die Anhänger geöffnet wurden. Ich war tatsächlich die zweite in der Schlange. Und es hat kein bißchen wehgetan, nicht wahr, genau wie sie gesagt haben.«

»Da haben Sie recht, kein bißchen.«

»Und immerhin ist er umsonst, nicht wahr!« Sie lachte. »Henry hat schon versucht, ihn zum Leuchten zu bringen. Ich bitte Sie, in meinem Alter, Mr. Solent. Ich muß mich wohl jetzt auf einiges gefaßt machen!«

Er fiel rückhaltlos in ihr Gelächter ein.

»Ich glaube, daß dieser Gefühls-Anzeiger vielen Menschen zu neuer Lebensfreude verhelfen wird«, sagte er.

»Wissen Sie, wie die Leute sie nennen«, sagte sie kichernd. »Nonnenjäger oder Normannenlichter. Komisch, wie sich diese Spitznamen verbreiten, was? Ich muß jetzt aber schnellstens zu meinen Würstchen zurück. Cheerio.«

Als Jimmy zur Haustür hinaustrat, dachte er: *Sie war überhaupt nicht verlegen. Sie ist mit der richtigen Einstellung an die Sache herangegangen. Ein dreifaches Hoch auf Mrs. Pidney und die Millionen Gleichgesinnter. Sie sind das Rückgrat, das Rückgrat von Eng-*

land; diese Menschen werden sich eines schmutzigen Tages erheben und den Unwürdigen das Rückgrat brechen.

Während er langsam auf die Park Lane zuschlenderte, wo er ein Taxi anhalten wollte, genoß er die Hitze, indem er sie mit dem kalten, regnerischen Wind verglich, der noch vor wenigen Tagen geherrscht hatte. Das Benehmen der Menschen auf der Straße war nicht viel anders als sonst. Angesichts der Tatsache, daß die grauen Anhänger seit vier Tagen überall ununterbrochen an der Arbeit waren, trugen erstaunlich wenige Menschen das Zeichen auf der Stirn, aber selbst diese wenigen zogen keine Aufmerksamkeit auf sich. Der Mann und die Frau in dem hellroten Austin-Healey, der leichenblasse Beamte, die beiden Polizisten, die sich an der Ecke der South Audley Street sonnten, sie alle trugen ihre Gefühls-Anzeiger mit einer Haltung, als wären sie damit zur Welt gekommen. Der Taxifahrer, der herbeikam, als Jimmy die Hand hob, trug ebenfalls das neue Mal. In jede Schicht fanden die GAs Eingang.

Die Party, die Jimmy besuchte, Sir Richards Party, fand in einem der vornehmen Häuserblocks in Kensington statt, die gegen Ende des vergangenen Jahrzehnts entstanden waren. Es war eine Party der British Industrial Liaisons, und sie wurde – mit wenigen Ausnahmen, zu denen auch Jimmy gehörte – für das BIL-Personal veranstaltet, schlug also eher in Aubreys Fach, denn Aubrey war ein BIL-Angestellter; Jimmys Fach war die Literatur. Sir Richard hatte ihm kürzlich ein Portrait für eine Ausstellung, die er arrangierte, versprochen. Bei dieser Gelegenheit hatte er ihn, eingedenk der Tatsache, daß es sich lohnte, die jüngeren Brüder von vielversprechendem Verwaltungspersonal auf diese Weise abzuwerben, besonders, da in dieser Jahreszeit das Partymaterial immer knapp war, herzlich eingeladen.

Es war eine kleine Party: das erkannte Jimmy gleich im ersten Augenblick, als er eintraf – viel gepflegter als die literarischen Partys, die er zu besuchen pflegte und die gewöhnlich von stillosen Provinzschriftstellern oder charakterlosen Kritikern verdorben wurden. Die hier Anwesenden waren Londoner, mehr noch,

Leute von BIL! – Leute von BIL, die ihre Tage sinnvoll und ihre Nächte erfolgreich verbrachten. *Sie haben den Höhepunkt bereits erreicht, sicher lesen sie beim Frühstück die Times,* sagte sich Jimmy, während er dem strahlenden Sir Richard und Lady Clunes die Hände schüttelte und sich dabei im Saal umsah. Sir Richard hatte flinke Augenbrauen, und sein Kinn war geformt wie ein Ziegenbart. Er war von honigsüßer Zuvorkommenheit und verwickelte Jimmy in ein genau zwei Minuten dauerndes angenehmes Geplauder.

»Wollen mal sehen, wen Sie hier kennen, Solent«, sagte Sir Richard, als sich diese glückliche Phase ihrem vorbestimmten Ende zuneigte. »Ah, da ist Guy Leighten, einer unserer vielversprechendsten jungen Männer. Sie kennen ihn natürlich – er hat beim K. R. Shalu-Projekt mit Ihrem Bruder zusammengearbeitet. Guy! Können Sie eine Minute Ihrer Zeit opfern, mein lieber Junge?«

Ein dunkelhäutiger junger Mann, der beim Gehen die Füße fest aufsetzte, wurde aus einer Gruppe von Menschen, die in der Nähe stand, hergeschoben und Jimmy gegenübergestellt. Sie verbeugten sich mißmutig über ihren Champagnergläsern voreinander, und ihre Mienen drückten die höfliche Abneigung aus, die ein Partybesucher oft für den anderen empfindet. Guy und Jimmy waren nur flüchtige Bekannte; ihre Wege kreuzten sich nur, wenn ihre Einladungskarten zufällig übereinstimmten.

»Wollen wir tanzen?« sagte Jimmy und fügte dann, um ein Gegengewicht gegen diese scherzhafte Bemerkung zu setzen, sehr ernsthaft hinzu: »Das scheint eine würdige Versammlung zu sein, Guy.«

»Würdig für was, Solent?« entgegnete der dunkelhäutige junge Mann. Er konnte höchstens vier Jahre älter sein als Jimmy, aber seine Gewohnheit, die Leute beim Nachnamen zu nennen, schien ihm einen Vorsprung von mindestens zehn Jahren zu verschaffen. »Die übliche Bande von Opportunisten, denen man immer wieder bei diesen Gelegenheiten begegnet: bestimmt nicht würdiger als jeder andere.«

»Aber sie *wirken* würdiger«, entgegnete Jimmy hartnäckig. Er hatte kein Interesse daran, diesen Punkt weiter auszuführen, aber ihm fiel kein anderes Gesprächsthema ein. Dankbar ließ er sich Champagner nachschenken.

»Sie, wenn ich das sagen darf«, sagte Guy und sah mit spöttisch hochgezogener Augenbraue auf Jimmys Stirn, »wirken ausgesprochen futuristisch.«

»Oh ... der GA. Bald werden alle Menschen einen tragen, mein Junge, dat könn' Se mir glauben«, entgegnete Jimmy, indem er plötzlich in Dialekt abrutschte, ein Trick, durch den wir unsere Unsicherheit häufig zu überspielen versuchen.

»Möglich«, sagte Guy finster. »Einige von uns haben andere Vorstellungen; ich will Ihnen gerne im Vertrauen mitteilen, daß einige von uns lieber abwarten, wie sich die Dinge entwickeln. Ihnen ist doch sicher aufgefallen, daß Sie der einzige hier im Raum sind, der das scheußliche Ding trägt, oder nicht?«

Hätte er den Weltuntergang verkündet, er hätte Jimmy nicht tiefer niederschmettern können.

»Ihr Wissenschaftler lebt alle in der Vergangenheit. Wir haben jetzt neunzehnhundertsechzig, das Zeitalter des GA«, erklärte er, aber er hatte bereits begonnen, sich in dem großen Raum umzusehen, um Guys Behauptung zu überprüfen. Alle Stirnen, ob hoch oder niedrig – einige der Anwesenden wiesen die wahrhaft erstaunlich niedrige Stirn des Genies auf – waren von der Wissenschaft unberührt. Das Verlangen, sich anzupassen, traf Jimmy so heftig, daß er Guys Bemerkung über unterdrückte Minderheiten kaum wahrnahm.

»Der Pioniergeist der Solents ...«, begann er.

»Und noch etwas muß ich Ihnen sagen«, unterbrach ihn Guy. »Ich bin sicher, Sie nehmen es mir nicht übel, wenn ich das erwähne. Gutinformierte Leute nennen diese Scheiben Normannenlichter, nach der Firma, die sie erfunden hat. Mir scheint, daß nur die unteren Schichten mit schlechten Umgangsformen von ihnen als GAs – oder Nonnenjäger sprechen, was sich möglicherweise, da es der reinste Gassenhauer ist, durchsetzen wird.

Es ist natürlich noch zu früh, als daß sich irgendeine Form herauskristallisiert haben könnte, aber lassen Sie es sich von mir gesagt sein, in dieser Richtung weht der Wind bei BIL.«

»Ich werde sorgfältig darauf achten«, sagte Jimmy mit übertriebenen ernster Miene. Er überspielte seine Besorgnis durch eine Parodie der Besorgnis; Guy, der geborene Insider, verfügte genau über die Art von Informationen, auf die man hörte, wenn man selbst gern zum Kreis der Eingeweihten gehören wollte.

Dann umringten die Männer und Frauen, aus deren Mitte Guy gerissen worden war, die beiden jungen Männer, und es folgte ein heftiges Durcheinander gegenseitigen Bekanntmachens. Alle sahen sie gut aus, waren fröhlich und gutgelaunt; daß sie außerdem an Jimmy interessiert waren, minderte sein Interesse an ihnen. Als hätten sie nur auf ein Zeichen gewartet, begannen sie, über die Gefühls-Anzeiger zu reden; sie waren gegenwärtig *der* Gegenstand aller Unterhaltungen. Nach längerem lebhaftem Geplauder trat eine Pause ein, und aller Augen richteten sich, in der Erwartung einer Information direkt von der Quelle, auf Jimmy.

»Ich habe den Eindruck«, sagte er, »daß ich als einziger Fuchs mit Schwanz besser keine Geheimnisse verraten sollte.«

»Hat es schon einmal aufgeleuchtet, das ist es, was mich interessiert«, sagte ein Mann mit herrischem Gebaren und dicken Brillengläsern unter dem Gelächter der anderen.

»Bis jetzt erst einmal«, erklärte Jimmy, »aber ich habe es erst seit drei Stunden.«

Wieder Gelächter, unterbrochen von einer vernichtenden Bemerkung über Kostümfeste, woraufhin eine rotblonde Frau einwarf: »Es ist wirklich scheußlich, sich vorzustellen, daß jeder weiß, was wir denken, wenn wir unsers erst haben einpflanzen lassen.«

Ein Mann – der angestrengten Höflichkeit nach zu schließen, mit der er das Wort an sie richtete, wohl ihr Ehemann – hakte augenblicklich bei dieser Bemerkung ein. »Meine liebe Bridget, würdest du bitte nicht vergessen, daß diese Normannenlichter tiefer reichen als das Denkzentrum? Sie reagieren ausschließlich auf der Gefühlsebene. Ja, sie repräsentieren die Spontaneität in uns als Gegensatz zur Berechenbarkeit. Darin liegt auch ihre ganze Schönheit.«

»Sie nehmen mir das Wort aus dem Mund«, pflichteten die dicken Brillengläser bei. »Die Vorstellung, uns diesem Verfahren zu unterwerfen, wäre unerträglich, würde es uns nicht eine kostbare Spontaneität, eine *Freiheit* wiedergeben, die uns seit Generationen verlorengegangen ist. Es ist genau wie mit den Empfängnisverhütungsmitteln: man nimmt eine kleine Unbequemlichkeit in Kauf und erntet dafür ein großes Stück Freiheit.«

»Aber verstehen Sie denn nicht, Merrick«, wandte Guy ein und balancierte, indem er die dicken Brillengläser eindringlich ansprach, auf den Fußballen, »– Gott weiß, wie oft ich den Leuten das schon erklärt habe – die Normannenlichter sind keine *Lösung*. Ein solcher Angriff gegen die Würde des einzelnen ist nur zu rechtfertigen, wenn dadurch ein *Problem* gelöst werden kann.«

»Die Würde des einzelnen ist ein überholtes, imperialistisches Schlagwort, Leighton«, entgegnete eine kluge, grauhaarige Frau und parierte ihn so mit seinen eigenen Waffen.

»Was sollen sie denn, Ihrer Meinung nach, lösen?« wandte sich Merrick mit den dicken Brillengläsern an die ganze Gruppe.

»Die vollkommene Abschaffung der Todesstrafe im vergangenen Jahr hat das Problem der Kriminalität nicht gelöst, und genausowenig haben die Empfängnisverhütungsmittel die unehelichen Kinder aus der Welt geschafft, aber immerhin gehen wir wieder einen Schritt in die richtige Richtung. Sie müssen sich darüber klar werden, daß es im Leben keine *Lösungen* gibt – das Leben ist schließlich keine Euklidsche Rechenaufgabe –, sondern lediglich *Kompromisse.*«

Die kluge, grauhaarige Frau lachte kurz auf. »Kommen Sie, Merrick«, widersprach sie. »Das können wir so nicht durchgehen lassen; in der sozio-moralischen Bedeutung, die sie dem Wort ›richtig‹ beimessen, gibt es keine ›Richtungen‹.«

»Oh doch, die gibt es«, widersprach Merrick unbeirrbar. »Lassen Sie doch diese überalterte nihilistische Mausefalle aus dem Spiel. Es gibt Richtungen, die von der Evolution bestimmt werden, und in dieser Beziehung sind die Normannenlichter ein Fortschritt. Warum sie ein Fortschritt sind? Weil es dem Id durch sie zum ersten Mal möglich ist, direkt zu kommunizieren, ohne daß sich das Ego dazwischenschaltet. Das menschliche Ego hat sich durch Generationen hindurch auf Kosten des Id, das der wahre Ursprung der Triebkraft ist, aufgebläht; und *nun* –«

»Dann bewirken diese Normannenlichter sicher einen Rückschritt«, unterbrach ihn Bridget. »Einen Rückfall in die primitive –«

»Nicht primitiv: primär. Verstehen Sie, Sie müssen unterscheiden zwischen zwei vollkommen getrennten, aber dennoch sehr ähnlichen –«

»Ich kann mir nicht helfen, ich glaube, daß Merrick sich völlig verrannt hat. Eine wachsende Unterwerfung unter die Maschine, in welcher Verpackung sie auch auftritt, ist eine Sache, die man ohne Zögern von sich weisen muß. Ich meine, in Zukunft –«

»Nein, jetzt machen Sie aber einen Punkt, Normannenlichter sind keine Maschinen; das heißt, sie sind keine Instrumente zur Umsetzung von Bewegung, sondern sie dienen der Umsetzung von Gefühlen. Sie sind lediglich Anzeiger – wie eine hochgezogene Augenbraue.«

»Nun, ich bin immer noch in der Lage, meine Augenbraue selbst hochzuziehen.«

»Und die anderer Menschen auch, hoffe ich doch.«

»Darum geht es überhaupt nicht. Es geht darum –«

»Ganz sicher ist der Rückfall in primitive –«

»Es geht um folgendes: die Dinger freiwillig zu tragen, ist eine Sache, daß dieses Gesetz aber von unserer sogenannten Regierung durchgebracht wird, ist –«

»Und wer hat diese Regierung gewählt, Susan? Sie, Susan.«

»Nicht schon wieder dieses Thema!«

»Warum überhaupt die Evolution in diese Sache hineinziehen?

Wie kann ein bloßer, mechanischer –«

»Mein Lieber, die Automatisierung ist ein natürlicher Schritt – verstehen Sie, natürlich – in der Evolution des Menschen. Wirklich, das Weltbild mancher Leute ist so *antiquiert.* Es ist, als wäre Darwin nie auf der *Beagle* gesegelt!«

»Ich verstehe wirklich nicht, wie auch nur ein Mensch erwarten kann –«

»Alles, was ich sagen will, ist –«

»– im Interesse der Nation. Alle Welt in Verklemmtheit gefangen, und dann, wie mit einem Skalpell aufgeschlitzt –«

»Wenn Sie je Zeuge einer Operation waren, Merrick, werden Sie wissen, daß Chirurgen keineswegs aufschlitzen.«

»– befreit uns diese glorreiche Erfindung von den im Laufe von fünftausend Jahren erworbenen engstirnigen Gepflogenheiten.«

»Vergangene Woche war er der Angreifer und ich in der Verteidigung.«

An diesem Punkt der Diskussion, die Jimmy umwogte, stellte er, während er in interessiertem Schweigen lauschte, fest, daß ein Mann, der zuvor als Bertie angesprochen worden war, aus einem Flachmann Rum in seinen – Jimmys – Champagner goß.

»Damit ein bißchen Leben hineinkommt«, sagte er, indem er Jimmy am Arm faßte und ihm verschwörerisch zuzwinkerte.

»Danke. Das reicht«, wehrte Jimmy ab.

»Bitte«, sagte Bertie. »Lauter Intellektuelle hier. Ich bin Kybernetiker. Was sind Sie?«

»Ich organisiere Ausstellungen.«

»Wirklich? Vor geladenen Gästen? Sie sollten mich in diesen Kreis aufnehmen. Ich sage Ihnen, wenn ich erst mein rotes Licht habe, wird es in so manchem komischen Augenblick aufleuchten.« Er lachte begeistert.

»Es handelt sich leider nur um Buchausstellungen«, entgegnete Jimmy, und fügte dann sicherheitshalber hinzu: »Anständige Bücher.«

»Wer redet hier von Büchern? Sie sind voll mit überholten

imperialistischen Schlagworten«, sagte Guy, der sich ihnen zuwandte und Susan eine Grimasse schnitt. »Lenken Sie nicht ab, Jimmy. Es gibt im Augenblick in England nur ein einziges Gesprächsthema – es hat sogar das Wetter verdrängt. Sie sind wahrscheinlich ein eifrigerer Befürworter der NLs als sonst ein Anwesender. Warum sind Sie dafür?«

»Das hat praktische Gründe«, erklärte Jimmy leichthin. Der Champagner bewirkte, daß er sich der Gruppe bereits ein wenig überlegen fühlte; sie redeten nur – er dagegen war ein Pionier. »Wissen Sie, aufgrund meiner eigenen Dummheit hat Penny Tanner-Smith, meine Verlobte, die Verlobung letzte Woche aufgelöst. Ich hatte die Hoffnung, daß sie zu mir zurückkehren würde, wenn sie sieht, wie beständig mein GA für sie glüht.«

Mit diesem Bekenntnis erntete er mitfühlendes Gelächter. Susan sagte: »Ein entsetzlich platter Grund!« Doch Merrick rief: »Verdammt gut! Ausgezeichnet. Genau das habe ich gemeint – dringt durch Förmlichkeit und Mißverständnisse zum Kern vor. Unser Freund ist in den Besitz einer großen Freiheit gelangt: der Fähigkeit nämlich, seiner Verlobten seine Gefühle zu *beweisen;* versuchen Sie sich vorzustellen, welchen Einfluß das auf das seelische Gleichgewicht hat. Ich werde mir mein Normannenlicht morgen einpflanzen lassen.«

»Sie enttäuschen mich, Merrick«, erklärte Guy Leighton.

»Ich kann nicht warten, bis es Mode ist, Guy; ich habe nicht nur eine gesellschaftliche Rolle, sondern darüber hinaus auch ein Lebensziel zu verfolgen«, entgegnete Merrick liebenswürdig. Es klang, als würde er Guy ziemlich genau kennen.

Jimmy sah, daß hinter ihnen Sir Richard noch immer von Zeit zu Zeit einzelne verspätete Gäste begrüßte. Seine lebhaften Augenbrauen drückten höfliche Gastfreundschaft aus. Ein hochgewachsener Mann mit silbergrauem Haar war gerade eingetreten. In seiner Begleitung befand sich eine große junge Frau mit scharfgeschnittenem Gesicht, die, als sie die versammelte Gesellschaft mit einem Blick überflog, ›das Gedränge mit ihren Augen der hohen See nicht wahrzunehmen schien‹, um mit einem zeitgenössischen Dichter zu reden, den Jimmy nicht leiden konnte. Der Mann lächelte unabläßlich; das Mädchen verzog das Gesicht kaum zu einem angedeuteten Grinsen. Sie trug die Scheibe auf der Stirn.

»Da ist jemand –« begann Jimmy und unterbrach sich dann, weil er eine unangenehme Szene auf sich zukommen sah. Guy hatte die Neuankömmlinge jedoch schon bemerkt; seine Haltung wurde gespannt, und in seinem Benehmen ging ein Wandel vor sich.

»Oh, wahrhaftig, *sie* ist hier!« murmelte er, wandte diesem Teil des Saals den Rücken zu und schauderte, als wäre er gerade Zeuge eines Verstoßes gegen die guten Sitten geworden. »Wissen Sie, Solent, das gibt uns allen Gelegenheit, Ihren Apparat auf die Probe zu stellen.«

»Lassen Sie mich aus dem Spiel«, entgegnete Jimmy hastig. »Ich bin kein Freund öffentlicher Demonstrationen. Abgesehen davon kann ich aus dieser Entfernung sagen, daß sie nicht anziehend auf mich wirkt; sie sieht nicht aus, als könnte sie einen Leuchtkäfer zum Glühen bringen.«

»Sie haben noch nicht ihre Bekanntschaft gemacht«, sagte Guy mit unerwarteter Heftigkeit.

»Sie wissen nie, was sich in Ihrem Id verbirgt«, sagte Bertie, der wieder mit seinem Flachmann auftauchte. »Oder in ihrem, Freud steh uns bei.« Er bekreuzigte sich und stieß Merrick an, doch der lächelte nicht.

Das Unvermeidliche geschah, wie es das unvermeidlich zu tun pflegt. Guy legte unerwartet großes Taktgefühl an den Tag und ging nicht zu den Neuankömmlingen hinüber. Sir Richard und Lady Clunes jedoch drängten sie mit einer gischtigen Flut von Vorstellungen, in der sich zwei Kellner wie Delphine tummelten und Getränke ausschenkten, auf die Menschengruppe um Jimmy zu.

»Ich nehme diesmal Martini«, sagte Jimmy und wurde, nachdem er sich umgewandt hatte, Felix Garside und seiner Nichte, Rose English, der scharfgesichtigen jungen Frau, vorgestellt.

Aus der Nähe betrachtet, war sie gar nicht mehr scharfgesichtig, obwohl ihr Gesicht lang und ihre Züge ausgeprägt waren; man konnte sie sogar als anziehend bezeichnen, wenn man bedachte, daß die Anziehung auch etwas Herausforderndes hat. Rose English blickte in die Runde und gab sich nicht die geringste Mühe, wie es die meisten anderen während der Vorstellung getan hätten, das Interesse ihres Geistes und ihrer Gefühle an ihrer Umgebung zu verbergen. Folglich zog dieses ungewöhnliche Gesicht, das weniger eine Maske als ein Instrument war, die Blicke aller Männer und der meisten Frauen auf sich. Ihr Gesicht war klug und nackt zugleich; vielleicht unverwundbar, jedoch in hohem Maße zu beeindrucken.

Ihre Kleider schienen ihr, obwohl von guter Qualität, nicht recht zu passen, denn die im neuen, übertrieben betonten Stil geschneiderte Jacke ihres Kostüms gereichte ihr nicht zum Vorteil; sie wirkte darin in gewissem Maße oberlastig. Sie war groß; ›hochaufgeschossen‹ war das Wort, das ihm in den Sinn kam. Sie mochte wohl fünfunddreißig sein, zehn Jahre älter als er. Unter ihren Wangenknochen zeigten sich leichte, durchaus anziehende Vertiefungen, ausgeglichen durch einen Mund, der, in Verbindung mit ihren Augen, den Hauch eines Hanges zur Schwermut in ihrer Haltung Lügen strafte.

Ihr Blick verweilte einen Augenblick lang auf Jimmys Stirn. Sie lächelte, und es war ein angenehmes Lächeln.

»Et tu, Brute«, sagte sie und wandte sich dann mit einem Anflug von Hast zu Guy um, der wenig Bereitschaft zeigte, sich auf eine Unterhaltung mit ihr einzulassen. Obwohl er nach wie vor mit beiden Beinen fest auf dem Boden stand, hatte ihn sein Gleichgewicht im Stich gelassen. Jimmy war darüber gleichermaßen enttäuscht wie erleichtert, denn er stellte fest, daß er leicht errötet war; Merrick und einige andere beobachteten sein Normannenlicht aufmerksam.

»Es wird nur hellrot, glaube ich«, sagte die rotblonde Frau. »In diesem Licht kann man das schwer sagen.«

»Der tiefste Ton ist leuchtendes Kirschrot«, erklärte ein priesterhaft wirkender Mann den Anwesenden.

»Dann wird Kirschrot die Modefarbe der nächsten Saison«, sagte Lady Clunes. »Das freut mich. Ich habe schwarz so satt, ich habe es so außerordentlich satt.«

»Man hätte meinen können, daß es ein bißchen mehr anzeigt«, sagte Merrick, der unverwandt auf Jimmys Stirn starrte, mit einem Anflug von Verärgerung. »Zwischen einem normalen Mann und einer normalen Frau gibt es immer eine gewisse sexuelle Spannung.«

»Das ist es, was ich so gerne herausfinden möchte«, sagte Lady Clunes. »Ich kann es kaum erwarten, bis alle Leute ihres haben.«

»Oh ja, diejenigen, die davon ausgenommen sind, haben gut Lachen: eine großartige Jahrmarktsvorstellung, das will ich meinen«, sagte Bertie und löste mit dieser Bemerkung ein kurzes, unbehagliches Schweigen aus. Das neue GA-Gesetz, demzufolge jedermann bis zum 1. September sein Normannenlicht tragen mußte, mit Ausnahme der unter Vierzehn- und über Sechzigjährigen, wurde gerade vom Parlament verabschiedet; man ging allgemein davon aus, daß diese obere Altersgrenze Maude Clunes den Status Quo erhalten würde. Wie die Geier warteten ihre Freunde darauf, ob sie sich eine Scheibe einpflanzen lassen würde.

Guy brachte, um die Gesprächslücke zu überbrücken, Rose durch eine allgemeine Bemerkung wieder in die Unterhaltung. Merrick ergriff die Gelegenheit beim Schopf. Er zog seine schweren Augenbrauen über der dicken Brille zusammen und sagte: »Miss English, die Tatsache, daß Sie sich Ihr Normannenlicht so schnell haben einpflanzen lassen, beweist uns, daß Sie eine vorausschauende junge Dame sind. Würden Sie sich einem kleinen Experiment, einem wissenschaftlichen Experiment, unterwerfen zugunsten derjenigen unter uns, denen die, äh, Erleuchtung noch bevorsteht?«

»Was soll ich tun?« fragte sie.

Er war ebenso direkt wie sie.

»Wir würden gern das Maß der sexuellen Anziehung zwischen Ihnen und Mr. Solent beobachten«, erklärte er ihr.

»Aber sicher«, erwiderte sie. Sie blickte die Anwesenden einen nach dem anderen an und fügte hinzu: »Dies ist ein besonderer Augenblick in einer Zeit, in der unsere – meine Reaktion Ihnen vielleicht ungehörig oder unmoralisch oder ›schamlos‹ erscheint, welches Wort Sie auch immer benutzen, um etwas zu umschreiben, vor dem Sie sich unbewußt fürchten. Ich hoffe aufrichtig, daß solche Augenblicke in wenigen Monaten für immer überwunden sind. Jeder wird anzeigen, daß er sich spontan zu jedem Menschen anderen Geschlechts und gleichen Alters hingezogen fühlt; das sage ich voraus, denn die GAs funktionieren auf der Gen-Ebene. Und dann wird das schmutzige Spielchen, das unsere Vorfahren, und auch wir, mit dem Sex getrieben haben, verfliegen wie der Morgentau. Er wird sich dann als etwas entpuppen, das radikaler und weniger bestimmend ist, als wir angenommen haben. Und unser Leben wird auf allen Ebenen und in jeder Beziehung aufrichtiger werden.«

Sie sprach einfach und eindringlich, und dann wandte sie sich um und sah Jimmy in die Augen. Während er ihr zuhörte, ihren Mund betrachtete, der sich öffnete und schloß, und einmal kurz ihre Zunge erblickte, wie sie ihre Lippen berührte und ihr Gesicht, das einem Bildhauer die Tränen in die Augen getrieben hätte, in sich aufnahm, wurde Jimmy klar, daß sein Normannenlicht nicht länger unbestimmt silbern glänzte. Er sah den hellroten Widerschein auf seiner Nasenspitze. Als der Blick der hochgewachsenen jungen Frau auf ihm ruhte, stellte er fest, daß ihre Scheibe sich rot färbte und seine eigene die Sympathiekundgebung verstärkte. Sie war so frei von jeglicher Scheu, daß auch in Jimmy kein Unbehagen aufkam und er sich dem bloßen Interesse an dem Experiment überlassen konnte. Die anderen verharrten in dem überraschten, respektvollen Schweigen, das ihre Worte hervorgerufen hatten.

»Ein rosa Licht!« rief die rotblonde Frau aus, und die Spannung legte sich ein wenig.

»Nicht nur durch die östlichen Fensterflügel ...!« murmelte Jimmy. Er war überrascht, daß er sich, obwohl er noch immer hell leuchtete, wenig oder gar nicht zu Rose hingezogen fühlte. Das heißt, Penny Tanner-Smith (ganz zu schweigen von Alyson Youngfield) beherrschte noch immer seine Gedanken, und er verspürte kein wahnsinniges Verlangen, mit dieser merkwürdigen, beherrschten Frau ins Bett zu gehen.

»Es besteht eine Anziehung, und die GAs spüren sie auf«, bemerkte Rose. »Und darin liegt ihr großer und einziger Wert; sie werden eine Nation von Verklemmten zwingen, ein unumstößliches Gesetz der Natur anzuerkennen. Aber wie ich schon sagte, funktionieren sie auf der Gen-Ebene – oder wie es ohne Zweifel genannt werden wird, auf der Ebene des Unterbewußtseins. Diese Kraft liegt wie ein chemisches Band zwischen Mr. Solent und mir; aber ich verspüre nicht das geringste Verlangen, mit ihm ins Bett zu gehen.«

Jimmy war erstaunt, wie unangenehm diese Wahrheit, dieses Echo seiner Gedanken, erschien. Es war eine Sache, sie stillschweigend zurückzuweisen, und eine vollkommen andere, wenn sie ihn offen zurückwies. Dieser Gedanke nahm ihn so sehr in Anspruch, daß er der Diskussion, die ihn umflutete, kaum folgen konnte.

Merrick schüttelte Rose die langgliedrige Hand; sie gab zu, daß sie ›so etwas wie eine Hirnspezialistin‹ sei. Die Frau des Mannes, der wie ein Priester aussah, äußerte sich kreischend über etwas »wie eine öffentliche Erektion ...« und bedrängte ihren Gatten, sie nach Hause zu bringen. Alle redeten durcheinander. Sir Richard und Felix Garside lachten über einen zweideutigen Witz. Bertie machte dem jungen Kellner ein Zeichen. Getränke und Oliven wurden herumgereicht.

Als Sir Richard sich entschuldigte, um einen neuen Gast zu begrüßen, schlüpfte auch Jimmy fort und entfernte sich in einen anderen Winkel des Saales. Er war verwirrt, und er brauchte Zeit zum Nachdenken. Von der Stelle aus, an der er jetzt stand, konnte er Roses Rücken sehen, eine hoch aufgeschossene

Gestalt, an deren gebeugtem Arm eine Handtasche baumelte. Dann brach zu seiner Linken eine hitzige Diskussion über die Auswirkungen des Farbfernsehens auf Kinder aus und überrollte ihn wie eine Welle. Jimmy beteiligte sich lebhaft daran, aber die Worte kamen automatisch. Einige Zeit später kehrte er seinen Gesprächspartnern den Rücken, da er fand, daß das Thema für ihn nicht interessant war, obgleich er ebenso lebhaft Partei ergriffen hatte wie alle anderen. Er murmelte ein Wort der Entschuldigung, nahm sich einen weiteren Drink und ging in den Flur hinaus zu einem offenen Fenster.

Hier war es deutlich kühler und ruhiger. Jimmy lehnte sich hinaus und blickte die vier Stockwerke hinunter zum schmutzigen Boden des Treppenhauses. Er verfiel, wie so oft, wenn er allein war, in ziellose Träumereien. Seine Gedanken wanderten zu Rose English, der Frau mit dem unmöglichen Namen, zurück und lösten sich wieder von ihr. Ein Hochgefühl ergriff Besitz von ihm. Ein Kellner brachte ihm einen Drink. Die Welt befand sich in einem zerrütteten Zustand: die politische Spannung im Mittleren Osten war unerträglich, es drohte Krieg; die Vereinigten Staaten standen vor einer bedrohlicheren Rezession als 1958; die britischen Parteien stritten sich über den Plan, den Severn zu untertunneln; die Goldreserven waren zusammengeschrumpft; wenn man den Zeitungen Glauben schenkte – aber wer tat das schon – taumelte das ganze, wacklige ökonomische Gefüge des Landes am Rande des Zusammenbruchs dahin; und selbstverständlich würden die GAs der geliebten alten Gesellschaftsnorm einen Tiefschlag versetzen.

Aber es war Sommer. Es war Sommer in England, und er war heiß und süß und schwer. Alle Welt warf die Kleider ab, um den Rasen zu mähen, zum Picknick zu fahren oder an der nächstgelegenen Stelle in die schmutzigen Fluten des Flusses zu springen. Niemand scherte sich darum. Tod und Teufel, die Euphorie schlug unvermeidlich hohe Wellen. Die Hitze machte, ebenso wirkungsvoll wie die nicht endenwollende Niedergeschlagenheit des Winters, Verrückte aus uns.

Er seufzte und sog, erfüllt von einem Gefühl der Unzufriedenheit und Gleichgültigkeit, diesen Markenzeichen des wahren Engländers, die warme Luft ein. Als Jimmy den Kopf vom Fenster zurückzog, kam ihm Rose English mit selbstsicherer Haltung durch den Flur entgegen.

»Hallo«, sagte sie, ohne merklich zu lächeln. »Ich hatte auch das Bedürfnis nach etwas frischer Luft. Man sollte an solchen Abenden keine Parties geben.«

»Nein«, erwiderte Jimmy mißmutig. Ja, sie hatte ein gewisses Etwas.

»Ich hatte vorhin nicht die Absicht, Sie in Verlegenheit zu bringen, Mr. Solent.«

»Jimmy, bitte. Mein Nachname ist so feierlich.« Er hatte sich angewöhnt, nach diesem bescheidenen Scherz nicht darauf zu warten, daß sein Gegenüber lachte. »Sie haben mich nicht in Verlegenheit gebracht; wie Sie sehr richtig sagten, werden bald alle im selben Boot sitzen.«

»Nein, das habe ich nicht gemeint. Ich meine, ich hoffe, daß ich nichts gesagt habe, das Sie verletzt hat.«

»Selbstverständlich nicht.« Sein Normannenlicht leuchtete; er konnte, ohne direkt hinzusehen, erkennen, daß das ihre ebenfalls glühte. Um ein anderes Thema anzuschlagen, sagte er: »Mir würde jetzt ein Bad guttun.«

»Genau wie unsereinem.« Er fand, daß dieser Satz schulmädchenhaft klang aus dem Munde eines Menschen mit ihrer Ernsthaftigkeit, und er fragte sich, ob sie sich ihm zu Gefallen dazu herabließ.

»Ich kenne einen Knaben – wir waren zusammen in Oxford – der einen Swimming-pool hat. Würden Sie gerne dorthin mit mir schwimmen gehen?«

»Danke. Ich ziehe wohl das Abendessen vor«, sagte sie. An ihrem Tonfall erkannte er, daß sie glaubte, er habe sie absichtlich in diese Falle gelockt; wie konnte sie ihn nur für so feinsinnig halten? Er nahm ihre Hand und dachte bei sich, daß er wohl einen kleinen Schwips haben mußte, das zu wagen. Ein verrückter Einfall knospte in seinem Hirn und schwoll an wie ein aufgeblasener Ballon.

»Die Idee ist mir nur so gekommen«, sagte er. »Ganz spontan – die Sache hat keinen Haken. Ein Abend wie der heutige ist eine reine Verschwendung an einem Ort wie diesem; morgen gießt es wahrscheinlich in Strömen! Wir könnten hingehen und ein wenig mit ihnen schwimmen – Hurn heißen sie – und haben danach immer noch genug Zeit zum Abendessen. Ehrlich! Also, wie ist es? Es ist ein aufrichtig gemeintes Angebot. Es würde sehr lustig werden.«

»Vielleicht wäre es wirklich sehr lustig«, entgegnete sie nachdenklich. Ein Kellner, der sie neugierig beobachtete, brachte ihnen Gin Tonics. Und die ganze Zeit über sagte ihm ein ertrinkender Jimmy in seinem Innern: »Sie ist nicht dein Typ, Junge. Du magst diesen kühlen, würdevollen Typ überhaupt nicht. Sie ist fast so groß wie du. Sie ist zu erfahren, du bist Spielzeug in ihren Händen. Sie ist zu alt für dich – sie muß mindestens fünfunddreißig sein. Ich warne dich, Solent, du machst den größten Fehler deines Lebens, wenn du dich auf diese Dummheit versteifst.«

»Sie können Onkel Felix abschütteln, oder?« bat er schmeichelnd und nahm den letzten Schluck Gin Tonic.

»Onkel Felix ist kein Hindernis«, sagte sie. »Er bleibt länger, um sich mit dingsda – Clunes zu unterhalten.«

»Kommen Sie, bitte!« sagte er und ergriff ihre Hand. »Nichts hält uns auf. Niemand wird uns vermissen. Runter mit dem Gin, und dann lassen Sie uns gehen, solange es möglich ist.«

Jimmy, die Person in seinem Innern, registrierte voller Abscheu sein Abgleiten in amerikanische Sprachgewohnheiten und den schmählichen Mißbrauch des Adverbs ›hinunter‹. Er registrierte auch, daß diese große, hübsche junge Frau im Begriff war, sich Jimmys Führung anzuvertrauen. »Sie ist ein wunderbares Wesen! Sei vorsichtig, mehr kann ich dazu nicht sagen«, seufzte der Jimmy im Innern und verabschiedete sich für den Rest des Abends.

Sie stellten ihre Gläser auf die Fensterbank; abergläubisch schob Jimmy sein Glas hinüber, bis es das von Rose berührte. Dann faßte er sie am Arm und führte sie eilends die teppichbelegten Stufen hinunter. Das endlose Geraune der BIL-Party verhallte hinter ihnen.

»Sagen Sie die Wahrheit über diesen Swimming-pool, Jimmy?« fragte sie.

»Warten Sie es ab, schöne Frau!«

Von diesem Augenblick schien sie alle Bedenken, die sich ihr hätten aufdrängen können, über Bord zu werfen. Es war fast, als wäre es ihre Idee gewesen, nicht Jimmys.

II. Ein gemeinsames Badetuch

Die Unschuld, Einfachheit und Schüchternheit, die einen großen Teil von Jimmy Solents Wesen ausmachten, wurden häufig durch männlichen Witz verdrängt; jetzt hatte der durcheinander getrunkene Alkohol das seine dazu beigetragen, sie zu vertreiben. Jeder, der dem Alkohol nicht abhold ist, weiß, daß es zwischen der Nüchternheit und dem Greisenzittern der Volltrunkenheit süße und feine Abstufungen um hundert Grad gibt; Jimmy hatte erst Stufe dreißig oder vierzig auf der Skala erreicht und lief noch auf allen Zylindern. Lediglich seine alte Tante Unentschlossenheit war ausgeschlossen worden.

Sobald Rose und er auf die Straße hinausgetreten waren, rief er ein Taxi herbei und dirigierte es so schnell wie möglich zum Charlton Square. Da er mit einigen weiblichen Eigenheiten vertraut war, hatte er begriffen, daß die ganze Angelegenheit vergleichsweise respektabel wurde, wenn sie sich erst im Besitz von Badeanzügen befanden und die Frage des Nacktbadens somit aus der Welt geschafft war. Er hatte die Absicht, sich Audreys Auto auszuleihen, denn ein Taxi bis Walton und zurück würde ihn teuer zu stehen kommen. Er hatte Rose bis jetzt noch nicht gesagt, wo sich der Swimming-pool genau befand, weil er fürchtete, sie könnte einwenden, daß es ihr zu weit war.

Als Jimmy in der Wohnung anlangte, stellte er fest, daß Aubrey offensichtlich nach Hause gekommen und mit Alyson wieder fortgegangen war. Das war schlecht; vielleicht hatte er den begehrten MG genommen. Er fegte wie ein etwas tolpatschiger Wirbelwind durch die Wohnung, während Rose unten in dem tickenden Taxi wartete, und zerrte seine Badehose und Alysons Badeanzug aus dem Wäscheschrank – er würde Rose ganz einfach passen müssen. Dann hastete er in die Küche und zog zwei Flaschen Chianti aus der Besenkammer, die als Weinkeller diente. Und schon sauste er die Treppe wieder hinunter, rief einer erstaunten Mrs. Pidney einen Abschiedsgruß zu, sprang ins Taxi zurück und legte den Arm um Rose.

In der Garage hatten sie Glück. Der MG war da. Sicher gingen Aubrey und Alyson zu Fuß; es war ein schöner Abend, um spazierenzugehen, wenn man nicht gerade nach Walton wollte. Jimmy bezahlte das Taxi und drängte Rose eifrig in das Coupé.

»Sie sehen uns an, als würden Sie versuchen, mich zu entführen«, sagte Rose und winkte mit der Hand zu den zwei Mechanikern hinüber, die sie beobachteten.

Jimmy lachte.

»Das liegt nur daran, daß wir beide hellrot leuchten«, sagte er.

Lachend fuhren sie im Rückwärtsgang aus der Garage. Jimmy lenkte den Wagen mit äußerster Konzentration und versuchte, die Schleier der Trunkenheit fortzuwischen. Seinetwegen konnten sie sich auf dem Rückweg erschlagen, aber er hatte nicht die Absicht, sich jetzt den Abend zu verderben. Er war freudig erregt. Er hatte einen Preis gewonnen!

»Ich hatte ein altes Auto, als ich oben in Oxford war«, schrie er ihr zu. Das hätte er nicht erwähnen sollen, es erinnerte ihn an Penny, die in diesem Auto gefahren war. Arme kleine, fade kleine Penny! Penny vermittelte nicht diesen Eindruck von

Gegenwärtigkeit wie dieses große, köstliche, wollüstige, fleischliche Wesen...

»Was ist damit geschehen?« fragte sie.

... und ebensowenig hatte sie diesen *Ausdruck* in den Augen.

»Habe es für 20 £ an Gabby Borrows verkauft.«

Aus diesem Handel schuldest du mir noch 4 £, Gabby, du Mistkerl.

»Er hat ein gutes Geschäft gemacht, wie?«

Etwa auf meine, Ikey Solents, Kosten?!

»Du hättest die Blechschüssel sehen sollen! Ich bekam sie ungefähr aus zehnter Hand. Und wieso sitze ich überhaupt hier und erzähle dir etwas über Autos, mein süßes Kind?«

Ohne zu blinken fuhr er an den Straßenrand, bremste und küßte sie lange und fordernd. Ohne Zögern umschlang sie ihn wie ein junger Ringer. Gemeinsam ließen sie sich zurücksinken. Das nächste, woran er sich erinnern konnte, als er später daran zurückdachte, war, daß er laut fluchte, weil es ihm nicht gelang, ihren Büstenhalter aufzuhaken. Schließlich platzte er zu seiner Zufriedenheit auf, und er streichelte ihre Brüste, legte beide Hände darüber, küßte sie. Sie erregten und verwirrten ihn; er merkte kaum, was er tat.

»Laß uns erst ein Bad nehmen, Süßer«, sagte sie aufseufzend.

Jimmy richtete sich mühsam auf und betrachtete sie. Sie tauchten einander in hellroten Lichtschein. Er übergoß sie wie eine Flüssigkeit. Mit ihrem langen Gesicht war eine Verwandlung vor sich gegangen. Ihre Stirn war breit und geduldig; jede Linie ihres Gesichts war entspannt, so daß sie rundlicher, weniger reif, sogar weniger selbstsicher wirkte. Sie war jetzt sehr schön. Er ließ seinen Blick lange auf ihr ruhen und versuchte, alle Eindrücke in sich aufzunehmen.

»›Und warf warme, rote Schatten auf Madeleines helle Brust‹«, zitierte er fast ein wenig schüchtern. »Etwas Chianti?« Wieviel mußte sie bloß vor der Party getrunken haben, fragte er sich, daß sie ihn begehren konnte?

Sie tranken, voll ernster Kameradschaft, gemeinsam aus dem einen Glas, das Aubrey im Handschuhfach aufbewahrte, und fuhren dann weiter. Jimmy fuhr jetzt langsamer. Zum einen war er auf den Geschmack des Abends gekommen: er hatte etwas Friedliches, angenehm Unumgängliches – wie eine Heimkehr. Er würde ein Mann sein und das angemessene Tempo wählen; Rose würde das zu schätzen wissen. Sie wußte genau, wie solche Dinge sich zu entwickeln hatten, und schien es ihm mitzuteilen. Zum anderen machte er sich Gedanken um die Hurns und ihren Swimming-pool.

Rupert Hurn war mit Jimmy zusammen in Merton gewesen. Sie waren nicht eng befreundet, aber Rupert hatte Jimmy und einen weiteren Freund zweimal zu sich nach Hause eingeladen. Sie hatten Ruperts jüngere Schwester kennengelernt (wie hieß dieses dickliche Kind doch gleich?), seine willenlose Mutter und seinen streitsüchtigen, kleinen Börsenmakler-Vater; und sie waren in seinem Swimming-pool geschwommen. Aber der letzte Besuch lag zwei Jahre zurück. Vielleicht war Rupert nicht zu Hause; wahrscheinlich erinnerte sich die Familie nicht mehr an ihn. Möglicherweise waren sie sogar umgezogen. Mit jeder Meile, die sie zurücklegten, schien Jimmys Einfall weniger schlau.

Rose gegenüber erwähnte er seine Bedenken mit keinem Wort. Wenn der Abend ein Mißerfolg wurde, dann sollte er das ohne das geringste Mitwirken von seiner Seite tun.

Als der MG den Bahnhof Walton erreichte, ging die Sonne gerade unter. Zu seiner Erleichterung erinnerte sich Jimmy ohne Schwierigkeiten an den Weg und bog ohne Zögern in die Ryden's Road ein. Ihm fiel jetzt auch wieder ein, wie das Haus aussah: es lag geduckt zwischen zwei gewaltigen Kaminen; der Vorbau ruhte auf abartig dicken Säulen, und ein Goldregen stand zu dicht vor den Fenstern. Bevor er sich versah, war Jimmy an dem Haus vorübergefahren; sie hatten die Vernunft besessen, den Baum abzuschlagen.

Er setzte den Wagen rückwärts in die Auffahrt und kletterte hinaus. Rose stieg aus und strich sich die Kleider glatt. Sie nahm seinen Arm und warf ihm einen spöttischen Blick zu; ihre Augen leuchteten in einem betörenden Gemisch aus Grün und Braun. Jimmy fragte sich erstaunt, wie sie auf den ersten Blick reizlos hatte wirken können.

»Äh ... komm«, sagte er. Ihre Normannenlichter waren verloschen. Er trat zwischen die mächtigen Säulen und klingelte, worauf ein Apparat in der Vorhalle ›Ding dong ding dong‹ sagte. Sonst war kein Laut zu hören.

»Vielleicht sind sie nicht zu Hause«, sagte Rose. »Es brennen nirgendwo Lichter. Sie werden doch wohl noch nicht zu Bett gegangen sein?«

»Du bist schön«, sagte Jimmy. »Entschuldige, daß ich es nicht schon früher erwähnt habe. Du bist schön, wunderbar, einzigartig.«

Die Tür wurde geöffnet, und ein sehr junger Mann steckte den Kopf heraus. Er warf ihnen einen fragenden Blick zu, dann trat er auf den Vorplatz hinaus und zog die Tür hinter sich zu. Er trug einen weichen, schwarzen Anzug, eine malvenfarbene Fliege und große Wildlederschuhe; er hatte eine stürmisch-modische Fransenfrisur, und auf seiner Stirn schimmerte ein GA in metallischem Glanz. Sein kleines, fragendes Gesicht war verschwitzt und hatte etwas Fuchshaftes.

»Wer sind Sie? Sie sind nicht Fred«, sagte er, indem er sie erneut mißtrauisch betrachtete.

»Touché«, sagte Jimmy mit einer Andeutung seines, wie er es nannte, Gesellschaftslachens. »Was können wir tun, um uns freizukaufen?«

»Was wünschen Sie?« fragte der junge Mann, der sich standhaft weigerte, sich ein Lächeln abringen zu lassen.

»Wir sind Freunde der Familie Hurn«, erklärte Jimmy. »Im Namen der Gastfreundschaft bitten wir um Einlaß – oder wohnen sie nicht mehr hier? Ich bin auf das Schlimmste gefaßt.«

»Zu welchem Hurn wollen Sie? Sie sind fast alle ausgegangen.«

»In Gottes Namen«, mischte sich Rose entschlossen in diese

törichte Unterhaltung ein. »Was sind Sie? Ein Gerichtsbüttel?«

Der junge Mann warf ihr einen tumben Dulderblick zu, wie man ihn oft in den Gesichtern nasser Hühnerhunde findet. Er setzte gerade zum Sprechen an, als ein Mädchen im Eingang erschien. Sie trug eine strenge Bluse und eine weite Hose, deren Schmucklosigkeit durch ein zentnerschweres Amulettarmband, das an ihrem linken Handgelenk klimperte, gemildert wurde. In dem schwachen Lichtschein sah sie sehr jung und sehr hübsch aus. Sie hatte ebenfalls einen GA, doch ihr Haar war nach vorn gebürstet, so daß er teilweise darunter verborgen lag.

»Jill!« rief Jimmy aus. Der Name von Ruperts Schwester war ihm ganz plötzlich, genau in dem Augenblick, als er ihn dringend brauchte, wieder in den Sinn gekommen. Jill! Dieses pummelige Wesen, das Ohnmachtsanfälle wegen Rock Hudson erlitten und Jokari im Sitzen gespielt hatte, hatte sich in diesen kleinen Armvoll leidlicher Grazie verwandelt. Er wünschte, zwei Jahre hätten bei ihm das gleiche bewirkt.

»Ach, du meine Güte, Sie sind – sind Sie nicht Jimmy Solvent oder so?« rief sie aus.

»Solent. Ich wünschte, ich wäre solvent. Erstaunlich, daß Sie sich an meinen Namen erinnern!«

Sie schüttelten sich die Hände.

»Du liebe Zeit, ich war einmal wild in Sie verknallt. Sie sahen immer so süß aus auf dem Rücksitz eines Motorrads!«

»Das tue ich immer noch, Ehrenwort«, sagte Jimmy und schlängelte sich auf möglichst elegante Weise um den Fransenjüngling herum, der, verdutzt über diese Wendung der Ereignisse, dastand. »Dies, verzeihen Sie mir, ist Rose English; Rose English, diese englische Rose ist Jill Hurn.«

»Und das«, sagte Jill, indem sie das klirrende Armband zu dem finster dreinblickenden Jüngling schwenkte, »ist mein Freund, Teddy Peters. Kommen Sie lieber ins Haus. Wollten Sie zu Rupert? Er ist nämlich nicht hier. Er ist in Holland.«

»Jedem das seine«, sagte Jimmy leichthin und ging in die Vorhalle voraus. »Eigentlich wollten Rose und ich fragen, ob wir ein wenig schwimmen können. Wir fanden, daß es eine Schande ist, wenn ein Paar wie wir in einer Nacht wie dieser ein Schwimmbecken wie das Ihre nicht nutzt.«

Jill ging voraus, Teddy bildete die Nachhut, und so erreichten sie ein Wohnzimmer im hinteren Teil des Hauses. Von einem Fernsehgerät irgendwo im oberen Stockwerk drang gedämpfte Tanzmusik herunter. Jill schaltete eine Lampe auf einem Ecktisch ein; als das Licht auf ihr Gesicht fiel, stellte Jimmy fest, daß sie zu viel Make-up aufgetragen hatte und ein wenig picklig war. Immerhin war es nicht schlecht für – nun – sechzehn, älter konnte sie nicht sein.

Sie glitt mit beispielhafter Grazie zu einer kostspieligen Cocktailbar hinüber.

»Sie müssen etwas trinken«, sagte sie. »Daddy und Mammi sind ausgegangen.« Das war ein Schnitzer, obwohl er Jimmy nichts verriet, was er nicht schon längst erraten hatte. Um die Rolle, die sie spielte, wieder ins rechte Licht zu rücken (obwohl Teddy, dieser kleine Trottel, den Schnitzer sicher nicht einmal bemerkt hätte, dachte Jimmy), goß Jill gekonnt Whisky in drei Gläser, spritzte Soda darüber und teilte sie aus wie eine milde Gabe. Sich selbst behielt sie ein anderes Getränk vor, wahrscheinlich eine Pepsi Cola.

Jimmy nahm sein Glas und warf Rose, indem er sich fragte, wie ihr wohl zumute sein mochte, einen Seitenblick zu. Sie nippte an ihrem Glas und sagte: »Was für ein reizendes Wohnzimmer Sie hier haben« – was Jimmy aufs äußerste erheiterte; selbst halb beschwipst konnte er erkennen, daß es ein scheußliches, protziges Zimmer war.

»Es ist wunderbar«, log er. »Der Kronleuchter muß außerordentlich teuer gewesen sein. Und Ihr Radio – Ihre Musiktruhe aus massiver Eiche!«

»Komm, wir gehen wieder hinauf, Schatz«, sagte Teddy, der zum ersten Mal, seit er auf dem Vorplatz in den Hintergrund gedrängt worden war, wieder den Mund aufmachte. Indem er sich zu Rose umwandte, fügte er mit einem angedeuteten

Abklatsch von Cagney-Höflichkeit hinzu: »Wir haben gerade getanzt.«

»Wie himmlisch«, sagte Rose würdevoll. »Ich tanze gern.«

Jill hob ihr hauteng bedecktes Hinterteil in die Luft wie eine Stupsnase und drängte Jimmy unbemerkt in eine Zimmerecke. Er hatte nichts dagegen, bedrängt zu werden, wenn ihm nur die eine lebenswichtige Frage beantwortet wurde, und die platzte jetzt unhöflich aus ihm heraus: »Können wir baden?«

Sie antwortete nicht gleich, denn sie war ganz von ihrem irgendwie angestrengten Atem in Anspruch genommen.

Sie hatte die Augen abartig weit aufgerissen. Ihr Parfüm schmerzte ihn, als träte ihm jemand auf die Hühneraugen, und dann lächelte sie. In einem Jahr würde ihr die Vorstellung schon besser gelingen, in achtzehn Monaten konnte man sie vielleicht für echt halten. Vielleicht gab es dieses Echte aber auch gar nicht, sondern nur eine Reihe von undurchschaubaren Fälschungen. Vielleicht war es eine der Heucheleien, die die Normannenlichter nach Roses Worten aus der Welt schaffen würden. Apropos Normannenlichter, alter Junge, Jills färbt sich gerade deinetwegen rot. Behalte deine verdammten Gene für dich, du in deinen verdammten Jeans. Es hat keinen Sinn, meinetwegen den Kopf zu verlieren. Titel für einen Schlager...

»Natürlich können Sie schwimmen, Jimmy«, sagte Jill. Sie verlieh ihrer Stimme einen rauchigen Ton, um ihre Anziehung zu steigern; vielleicht, dachte Jimmy, bewerkstelligte sie es, indem sie Pepsi-Cola in der Kehle gurgeln ließ; und er beobachtete sie, gespannt, ob es ihr aus dem Mund tropfen würde. »Nur, wissen Sie, Jimmy«, fuhr sie fort, »Daddy ist nicht sehr großzügig in bezug auf Paare, die in der Dunkelheit zusammen schwimmen – im Frühjahr hatten wir eine Menge Ärger mit Rupert und einem Mädchen namens Sonia MacKenzie – das muß ich Ihnen einmal erzählen – aber ich bin natürlich tolerant, es ist mir also egal, aber es wäre besser, wenn Sie wieder draußen sind, bevor Daddy zurückkommt. Teddy und ich würden ja mitkommen, aber Teddy kann nicht schwimmen.«

»Jammerschade«, murmelte Jimmy.

»Hier ist der Schlüssel zur Umkleidekabine«, sagte Jill und reichte ihm ein riesiges Schild, das an einem winzigen Schlüssel hing. Ihre Hand berührte die seine und verharrte einen Augenblick. Mit der freien Hand streichelte er ihr das Kinn.

»Sie sind wirklich ein Schatz«, sagte Jimmy. »Ich liebe Sie, und ich werde Sie in meinem Testament berücksichtigen.«

»Ich glaube kaum, daß das ein sehr nützlicher Vorschlag ist«, sagte sie stirnrunzelnd. Diese Bemerkung erheiterte Jimmy ungemein; er verschluckte sich an seinem Whisky.

»Wie Sie sehen«, entgegnete er, »kann ich Ihnen aufgrund meiner gegenwärtigen Bindungen kein nützlicheres Angebot machen.«

Noch immer lachend wandte er sich ab und sah, daß Rose einen langsamen Quickstep mit Teddy tanzte. Die beiden hielten ihre Whiskygläser noch in den Händen. Beide runzelten konzentriert die Stirn. Die GAs der beiden schimmerten schwach rot.

»He, du bist zum Schwimmen hierher gekommen!« sagte Jimmy, der seine gute Erziehung völlig vergaß. Er faßte Rose um die Taille, zog sie mit sich fort und drehte sich, während er sie durch die offene Tür hinausschob, noch einmal um, um den anderen beiden zu winken. Dann drängte er sie weiter durch den Flur und ins Freie hinaus und schloß die Eingangstür hinter sich.

»Das war sehr unhöflich!« sagte Rose anerkennend. Unter den Sternen goß sie den Rest ihres Whiskys aus, ließ ihn auf den Kies tropfen und sank dann in seine Arme. Sie fanden sich wieder in einem leidenschaftlichen Kuß. Im Haus waren sie voneinander getrennt gewesen, es war eine andere Welt. Jetzt waren sie wieder beieinander, und der Abend saß wieder wie ein zahmer Rabe auf ihren Schultern.

Jimmy holte den Chianti und die Badesachen aus dem Auto. »Ich schere mich nicht den Teufel darum«, dachte er verwundert. »Nicht den Teufel.«

»Warte einen Augenblick auf mich, Süße«, flüsterte er. »Ich

fahre den Wagen nur ein Stück die Straße hinunter, falls der alte Mann früh nach Hause kommt und ihn entdeckt.«

»Welcher alte Mann?« fragte sie erstaunt.

»Irgendein alter Mann, Rose, mein Liebes, mein heller Strahl.«

Er schien eine Ewigkeit fort zu sein, in der er einen unauffälligen Abstellplatz für das Auto suchte und seine Notdurft fröhlich an einer Hecke verrichtete, doch als er zurückkam, stand Rose noch immer mitten in der Auffahrt und fragte ihn mit dem gleichen Erstaunen in der Stimme zum zweiten Mal: »Welcher alte Herr, Liebling?«

»Jills alter Herr. Der alte Herr Hurn. Komm, wir sehen uns den Pfuhl an.«

Das Schwimmbecken lag hinter dem Haus. Bei Tageslicht war es klein und armselig; der zementierte Boden war ein Netz von Rissen, und die Sprungbretter hingen schief. Jetzt jedoch, in der Tarnung der Nacht, hätte Aphrodite daraus emporsteigen können, ohne ihn aus den Fugen zu bringen. Auf der anderen Seite war die Umkleidekabine (in einem erstaunlichen Anfall von Bescheidenheit hatten die Hurns sie nicht auf einem Schild als den ›Pavillon‹ ausgewiesen) jetzt noch kleiner, düsterer und stikkiger als bei Tage. Hinter der Tür mit der Milchglasscheibe lag ein einziger Raum, der in der Mitte durch einen Wandschirm unterteilt war, im Vertrauen darauf, daß verschiedene Geschlechter, die sich darin gemeinsam umkleideten, nicht darüberlugten – eine etwas einfältige, aber ideale Anordnung, fand Jimmy.

»Ist es dir hell genug zum Ausziehen?« fragte er Rose.

»Ja, im Schein deines GA«, entgegnete sie.

»Verzeihung«, murmelte er und wandte sich taktvoll ab.

»Wie fühlst du dich in dem Badeanzug?« fragte er, als sie eine Minute später in die Nachtluft hinaustraten.

»Ein bißchen beengt.«

»Genau wie ich. Geht es dir gut?« Sie sah aus wie eine Göttin der Sinnlichkeit.

»Ich habe Hunger«, erwiderte sie und schlang die Arme um ihre Taille.

»Wir essen später, das schwöre ich dir feierlich: Jimmy wird dich niemals verhungern lassen. Die Nacht ist noch jung!«

In diesem Augenblick wurde ihm wahrhaftig bewußt, daß die Nacht jung war, und daß auch er jung war. Die erregende Dunkelheit erfüllte seinen Körper mit wohligem Schauer. Rasend schnell flogen die Ereignisse des Tages in seiner Erinnerung vorüber: das Aufstehen, die Arbeit, die Einpflanzung des GAs, die Party, Rose. Alles schien ihm unwirklich, vergangen, vorsintflutlich. Eine neue Ära hatte begonnen, die GAs waren im Begriff, alles zu verändern. Wie Merrick es ausgedrückt hatte, er hatte ein großes Stück Freiheit geerbt.

Wie ein junger Hund tollte er auf dem Rasen herum.

»Die Welt hat einen neuen Anfang genommen, Rose, meine Liebste«, rief er. »Wir beiden sind die einzigen, die es im Augenblick ahnen, aber das Zeitalter des Friedens und des Glücks hat heute begonnen. Hurra! Das Leben ist die größte Erfindung aller Zeiten!«

»Nicht so *laut*, Jimmy«, mahnte sie. »Du bist verrückt!«

»Verrückt nach dir, du wunderbare, große, herrliche reife Frau«, rief er überschwenglich. Dann nahm er Anlauf und verschwand mit einem dröhnenden Klatschen im Schwimmbecken. Rose folgte ihm etwas eleganter, indem sie einen Kopfsprung vom Beckenrand machte.

»Eindeutig unterkühlt«, sagte sie mit dünner Stimme, während sie Seite an Seite schwammen. Sie schüttelte bekümmert den Kopf.

»Wo haben sie das Becken bloß den ganzen Tag gehabt?« fragte er. »Fühlt sich an wie flüssiger Sauerstoff. Tödlich für die Zeugungsfähigkeit.«

»Ach Jimmy, mir ist ganz komisch. Ich glaube, ich gehe lieber hinaus.«

Er legte ihr den Arm um die Schultern. Ihre Haut fühlte sich kalt und schwer an wie eisgekühltes Fleisch.

»Na, dann komm, Schätzchen«, sagte er. »Ich helfe dir hinaus. Geh lieber ins Haus und wärm dich ein wenig auf. Ein Schluck Whisky ist jetzt genau das richtige für dich.«

»Nein, warte eine Sekunde . . . So, jetzt ist es schon besser. Ich glaube, das war nur eine dieser vorübergehenden Anwandlungen. Entschuldige. Ich glaube, jetzt funktioniere ich wieder richtig.«

Rose bewegte erst die Beine, dann schwamm sie langsam am Beckenrand entlang wie ein Goldfisch im Glas. Das Wasser hatte offensichtlich kühlend auf ihre Gene gewirkt, denn ihre Normannenlichter zeigten nicht den, wie man hätte sagen können, ungewöhnlichen Effekt, sie waren verloschen.

»Bist du sicher, daß es wieder geht, Rosy?«

»Das habe ich dir doch gesagt.«

»Das Wasser ist richtig warm, wenn man sich daran gewöhnt hat.«

»Mein Gedanke.«

Er ließ sich auf dem Rücken treiben und blickte in den klaren nächtlichen Sternenhimmel. Irgendwo dort oben gab es eine Superzivilisation, die alle ihre Probleme gelöst hatte und sich jeden Tag neu kleidete; sie amüsierten sich dort nicht halb so gut wie er.

»Ich glaube, ich gehe jetzt lieber hinaus«, sagte er. »Wie steht es mit dir, Rosy?«

»Nachdem ich jetzt drinnen bin, könnte ich bis zum Tagesanbruch im Wasser bleiben. Man gewöhnt sich daran, weißt du.«

Er glitt zu ihr hinüber. Ihr Gesicht und die Spiegelungen ihres Gesichts schienen zu zittern wie Schmetterlinge in einem Schrank. Er streckte die Arme nach ihr aus und küßte sie; sie kletterten auf einer wackligen Holzleiter aus dem Wasser, überquerten den kurzgeschorenen Rasen und den Kiesweg und gelangten zur Umkleidekabine.

Dort verschloß Jimmy vorausblickend die Tür von innen und schritt dann zur nächsten Stufe seines Generalstabsplanes. Er wartete einen Augenblick, dann rief er leise mit gespielter

Bestürzung: »Rosy, wie dumm von mir! Ich habe vergessen, Handtücher einzustecken.«

»Du lügst mich an, Jimmy, und ich verabscheue Lügen«, rief sie von der anderen Seite der Abtrennung herüber.

»Ich lüge nicht!« widersprach er aufgebracht. »Ich habe keine Handtücher mitgenommen. Ich war so in Eile, daß ich es vergessen habe.«

Im schwachen Lichtschein entdeckte er, während er sprach, an der hinteren Wand der Umkleidekabine ein Badetuch, das an einem Haken hing. Wahrscheinlich hatte auch Rose eines gefunden und dachte nun, Jimmy hätte es dort hingehängt. Er riß es eilig vom Haken, knüllte es zusammen und stopfte es unter die Bank. Dann ging er beschwingt um die Trennwand herum.

»Wenn du ein Handtuch gefunden hast, wirst du es mit mir teilen müssen, Schätzchen«, sagte er. Er sah im selben Augenblick, daß sie eines hatte.

»Mach, daß du fortkommst, Jimmy«, sagte sie hastig und wikkelte es, in sein rotes Licht getaucht, um sich. »Ich habe noch keinen Lippenstift aufgelegt.«

Er war zu angespannt, um zu lachen.

»Es ist ein wunderbar herrlich warmes Badetuch!« rief er und bekam einen Zipfel zu fassen. »Sei nicht so gierig! Es ist groß genug für uns beide! Willst du mich nicht vor dem kalten, kalten Nebel schützen? Ich zittere.«

Merkwürdigerweise begann Jimmy, als sie sich unter dem Handtuch aneinanderpreßten, wirklich zu zittern. Er zitterte vor Erregung, als er ihre feuchte Haut an der seinen spürte. Er strich mit der Hand an der weit geschwungenen Hyperbel ihres Rükkens entlang, ließ sie über ihre Hinterbacken gleiten und streichelte ihre Schenkel.

»Ach Jimmy, du weißt doch, daß ich Hunger habe!« jammerte sie.

»Hab in Gottes Namen ein wenig Geduld«, entgegnete er.

Sie hatte Geduld. Auf dem engen Fußboden nährte er sich von den Reichtümern der großen, weiten Welt. Manchmal fragte er sich mit einem Hauch von Besorgnis, ob sie ihn nicht ersticken, manchmal, ob sie ihm nicht die Rippen brechen würde; dann wieder, ob er nicht mehr abgebissen hatte, als er verdauen konnte, doch er erhob sich immer wieder triumphierend, um einem erneuten Angriff entgegenzusehen, und er war ihnen immer gewachsen. Sie hatte sich auf der Party dagegen ausgesprochen, den Sex zur Farce verkommen zu lassen; dessen machte sie sich nicht schuldig; selbst im Augenblick glücklichster Hingabe ging der Kern von Ernsthaftigkeit nicht verloren, den Jimmy an ihr spürte. Sie erklomm mit ihm den Gipfel der Liebe wie ein Lachs, der den Wasserfall hinaufspringt. Am Ende überflutete ihn glückliches, köstliches Erstaunen, und er wurde an ein Ufer jenseits von Thule gespült. Erschöpft, zitternd, frohlockend, hechelnd wie ein Hund.

»Ach, Liebling . . .«, seufzte Rose schließlich, »was bist du doch für ein rohes Tier!«

»Ich? Du bist das Tier! Du bist die Schöne und das Tier. Rose, du bist alles auf der Welt. Rose, wie alt bist du?«

»Frag mich nicht so unwichtige Dinge«, antwortete sie, umarmte ihn ein letztes Mal, zog ihn sanft an den Haaren und küßte ihn auf den Hals.

»Aber ich weiß so wenig von dir!«

»Das ist nur gut für dich«, sagte sie und erhob sich auf die Knie. Er versuchte, sie wieder auf sich herunterzuziehen, aber sie gab klugerweise nicht nach, also erhob er sich und griff nach der Chiantiflasche. Sie kleidete sich in Windeseile an und wollte keinen Wein trinken.

»Wir müssen ganz schmutzig sein von diesem scheußlichen Fußboden!« sagte sie. »Er ist ganz sandig und verdreckt. Kehren sie die verdammte Hütte denn nie?«

»Wunderbarer, himmlischer Fußboden!« sagte Jimmy. »Wir werden alljährlich am Jahrestag des heutigen Tages hierherkommen und Venus eine Opfergabe darauf darbringen, nicht wahr?«

Als sie nichts erwiderte, wußte er, daß seine Worte kühn

waren. Mehr noch, er wußte, daß sie nie wieder an diesen Ort zurückkehren würden. Er wollte gerade zum Sprechen ansetzen, als sie ihn am Arm packte. Draußen auf dem betonierten Weg ertönten Schritte. Gleich darauf wurden sie vom Gras gedämpft. Dann drückte jemand auf den Türgriff der Umkleidekabine. Jimmy legte die Hand auf die Stirn, um den GA zu verdecken, für den Fall, daß er durch die Milchglasscheibe sichtbar war, er hatte jedoch aufgehört zu leuchten. Sie lauschten, bis sich die Schritte wieder entfernt hatten.

»Wir hätten immer noch behaupten können, wir warten auf den Bus«, sagte Jimmy.

»Jills alter Herr geht spät zu Bett«, sagte Rose, indem sie ihren Rock zurechtzupfte. »Es ist schon nach Mitternacht.«

»Und alle hatten ihren Spaß. Ach Rose, ich liebe dich so sehr! Es war ein so schöner Abend für mich. Ich kann wirklich nicht glauben, daß dein Name wirklich englische Rose ist.«

»Klingt das so unwahrscheinlich?« fragte sie ihn, und in ihrer Stimme schwang ein merkwürdiger Ernst.

»Sehr«, erwiderte er. Er war verwundert, daß er sich plötzlich gereizt fühlte, und verbarg es so gut er konnte; wir stoßen diejenigen zurück, die uns gefallen, denn sie können unsere Schwäche erahnen. »Ich werde dir jetzt etwas zu essen besorgen, Frau.«

»Wirklich?« Sie entspannte sich. Sie war jetzt fast fertig angezogen. Er bedauerte, daß es so dunkel war, daß er nichts von ihrer Unterwäsche erkennen konnte; diese Dinge waren für ihn äußerst geheimnisvoll. Er riß sich zusammen und tappte zur anderen Seite der Trennwand, um sich ebenfalls anzukleiden.

»Wo, Jimmy?«

»Was wo, Schätzchen?«

»Wo essen wir etwas?«

»Dein Onkel Jimmy kennt ein verkommenes kleines chinesisches Restaurant in der Nähe der Shaftesbury Avenue, das bis zwei Uhr morgens geöffnet hat.«

Sie kam herüber in seinen Teil der Kabine und blieb dort

stehen, um ihm zu zeigen, daß sie stolz auf ihn war. Als sie endlich fertig waren, schlichen sie sich aus der Hütte hinaus, ließen den Schlüssel außen im Schloß stecken und gingen leise um das Schwimmbecken herum. Die Wasseroberfläche lag so ruhig und schwarz da wie Öl. Sie gingen, indem sie sich so lange wie möglich auf dem Rasen hielten, um das Knirschen auf den Kieswegen zu vermeiden, um das Haus herum, in dem keine Lichter mehr brannten.

Von oben rief ihnen eine Stimme leise »Gute Nacht!« nach. Sie blickten auf und erkannten Jill Hurn, die im Schatten der Regenrinne aus dem Fenster ihres Zimmers lehnte. Sie mußte schon lange an dieser Stelle stehen und nach ihnen Ausschau halten. Jimmy hob die Hand zum stillen Gruß und führte Rose zum Wagen zurück.

In besinnlichem Schweigen aßen sie ihr Chow Mein, das süßsaure Schweinefleisch und die knusprigen Nudeln. Als Rose nach dem Mahl darauf bestand, ein Taxi zu rufen und allein nach Hause zu fahren, widersprach Jimmy ohne großen Nachdruck und gab unverzüglich nach.

Sie waren müde und hatten einander nichts mehr zu bieten.

Es war Viertel vor zwei, als er die Tür des Hauses Charlton Square 17 aufschloß, und er schlief erst nach drei Uhr ein. Als er am nächsten Morgen erwachte, stellte er fest, daß sein Bettzeug mit Sand, braunem Gras und Schmutz bedeckt war, der am Abend zuvor in der Umkleidekabine an ihm hängengeblieben war; es sah aus, als hätte er mit einer Wilden im Bett gelegen.

III. In der IBA

Die International Book Association, wo Jimmy arbeitete, war in einem großen, schmucklosen Gebäude unweit des Bedford Square beheimatet. Anders als ihre Konkurrentin und ältere

Schwester, die National Book League, erhob die IBA keinerlei Anspruch auf eine vornehme Residenz. Sie wurde von amerikanischem Kapital getragen; sie war modern, und sie war stolz darauf.

Wenn man durch die Spiegelglastüren in das Foyer, in dem überall Kakteen lauerten, eintrat, verkündete ein fettgedrucktes Schild: ›Nur Bücher stehen zwischen uns und dem Höhlenleben. Clyde H. Nitkin.‹ Das IBA-Getriebe wurde mit Dollars geschmiert, die die Clyde H. Nitkin-Stiftung zur Verfügung stellte, und überall im Haus stieß man auf die ebenso originellen wie einleuchtenden Sprüche des großen Mannes. Unten in der Cafeteria, unter einer Abbildung der Mojavewüste, stand zu lesen: ›Lesen heißt, einen Schlag für die Sache der Kultur zu führen. Clyde H. Nitkin.‹ Im Hauptausstellungssaal im Erdgeschoß stand: ›Sprechen ist Silber, Schweigen ist Gold, Drucken ist bombastisch. Clyde H. Nitkin.‹ Der Spruch in der Bibliothek lautete überaus passend: ›Nur durch Bibliotheken kann die Menschheit überleben. Clyde H. Nitkin.‹ Und der herzergreifendste Aufschrei von allen, der dem Sitzungszimmer unter dem Dach vorbehalten war, besagte: ›Mein Gott, ich würde lieber ein Schriftsteller sein als Clyde H. Nitkin.‹

An diesem Morgen kam Jimmy ziemlich spät. Er blieb einen Augenblick hinten im Foyer stehen und strahlte allgemeines Wohlwollen aus. Es war erst sechs Monate her, daß er nach London gekommen und diese, seine erste, Stelle angetreten hatte. Der Gedanke daran erfüllte ihn noch immer mit Vergnügen: er betrachtete alles mit einer Zufriedenheit, die einerseits kindlich und andererseits väterlich wohlwollend war. Posters und Buchhüllen drängten sich hier in fröhlicher Geselligkeit unter Büsten von Shakespeare, Sophokles und Edna St. Vincent Millay. Mr. J. B. Priestley würde am 18. des kommenden Monats über ›Die Bedeutung des kanadischen Theaters‹ sprechen. Angus Wilsons neues Stück ›Die Kirchgänger‹ lief bereits die fünfte Woche im Criterion. Thyroid Annersons neues Stück im Stumer. Die neue Francis-Bacon-Ausstellung – die mit den lachenden

Hunden – in der Galerie Hanover. Kingsley Amis sollte am 25. geheimnisvollerweise über ›Den neuen Ekel‹ einen Vortrag halten. Zumindest die Poster waren auf stille, unerschütterliche Weise englisch.

Die Buchhüllen schlugen einen etwas exotischeren Ton an. Peters Greens Name war auf dem von Schlangen heimgesuchten Schutzumschlag seines umfangreichen neuen Romans ›Patinotaxas Esel‹ zu lesen. Auf dem neuesten, bei Secker erschienenen, Mittelholzer-Titel jagte eine Horde Affen hintereinander her. Ein beachtlicher Dschungel umgab das Wort ›Popocatepetl‹ auf Edmund Wilsons neuer Sammlung von Reisebeschreibungen. Orangefarbene Prismen lagen hingeschmettert über ›Berg und die Unbeständigkeit unserer Zeit‹. All das empfand Jimmy als ebenso anheimelnd wie aufregend.

Er nickte der Empfangsdame, Mrs. Charteris, freundlich zu (aus irgendeinem Grund wußte er nie, was er mit der Frau reden sollte) und begab sich zu seinem Büro. Es lag hinter dem Hauptausstellungsraum und war daher von allen anderen im Haus abgeschnitten; dennoch war es angenehm, überhaupt ein eigenes Büro zu haben, und Jimmy, der das Amt des stellvertretenden Ausstellungsleiters innehatte, genoß – besonders an diesem Morgen – in Abwesenheit von Dirk Hanahan, der krank und in Boston war, das Alleinsein.

Er befand sich in einem Zustand goldener Benommenheit. Er hatte kein anderes Bedürfnis, als still dazusitzen und an die Freuden der vergangenen Nacht zu denken, als er Rose leibhaftig in den Armen gehalten hatte. Sein Büro war fast leer; selbst in dem unvermeidlichen Bücherregal stand nicht viel mehr als ein Webster's Wörterbuch und ein Stapel IBA-Broschüren über Menschen wie Svevo. Ein Stilleben von Ben Nicholson unterstrich nur den schmucklosen Charakter des Büros. Das kam Jimmy gelegen: je weniger äußere Ablenkung, desto besser.

Das Sprechgerät auf seinem Schreibtisch summte.

»Und nun ein Wort von unserem Schirmherrn«, brummte Jimmy vor sich hin.

Er drückte auf einen der Elfenbeinknöpfe und sagte mit angemessen rauher Stimme: »Solent.«

»Hier ist Scryban, Jimmy. Wir haben gerade eine inoffizielle Diskussion über die Pläne für den nächsten Monat, nur um ein paar Ideen zu koordinieren. Es wäre gut, wenn Sie sich von der Ausstellungsseite daran beteiligen würden, glaube ich. Würden Sie so freundlich sein und heraufkommen, bitte?«

»Selbstverständlich.« Das war unangenehm. Jimmy fühlte sich vollkommen sicher, außer, daß sein Mund ein wenig trocken war, aber er wollte an diesem Morgen einfach niemanden sehen. Aber schließlich war Scryban Scryban, und Geschäft blieb Geschäft ... In Jimmys Schreibtischschublade lag ein Schnellhefter mit der Aufschrift: ›Ausstellung Haiti‹; er erwog, ihn in Scrybans Büro mitzunehmen, fand dann aber, da die Ausstellung erst im September stattfinden sollte, daß es lächerlich nach Selbstüberschätzung oder etwas ähnlich Schrecklichem aussehen würde. Also nahm er den Aufzug und fuhr hinauf zu Scrybans Büro.

»Die Literatur ist eine eifersüchtige Gottheit; diene ihr mit Taten und Worten«, mahnte Clyde H.Nitkin in Augenhöhe.

In Scrybans Büro hatten sich bereits vier Leute eingefunden. Donald Hortense, der Bibliothekar der IBA, zwinkerte Jimmy, ein Science Fiction-Magazin in der Tasche, zu. Er war der einzige Anwesende, von dem Jimmy mit Recht behaupten konnte, ihn zu kennen. Mrs. Wolf, eine kleine Frau mit auffälligem Lippenstift und einem großen, streitsüchtigen Ehemann, lächelte ihm zu. Jimmy erwiderte das Lächeln, denn Mrs. Wolf war stets sehr freundlich zu ihm. Paul de Perkin, dessen Bürotür das Schild ›Soziales‹ trug, machte diesem Schild alle Ehre, indem er Jimmy einen Stuhl anwies und ihm eine Zigarette anbot. Der einzige im Raum, der Jimmys Erscheinen überhaupt keine Beachtung schenkte, stand am Fenster und blickte hinaus; es war Martin ›Bloody‹ Trefisick, der behauptete, aus Cornwall zu stammen, obwohl böse Zungen munkelten, er käme aus Devon. Er war ein erklärter Feind von Mrs. Wolf, und seine Bürotür trug die hinterhältige Mitteilung: ›Sprecher des Hauses‹.

Conrad Scryban, der Leitende Direktor der IBA, saß seitlich und mit übergeschlagenen Beinen an seinem Schreibtisch. Jimmy hatte diesen Mann von ihrer ersten Begegnung im stillen bewundert; wirkungsvoll und bescheiden war er der Inbegriff des englischen Literaturmenschen in so vollkommener Weise, daß Jimmy sicher war, daß an dem Burschen irgend etwas faul war. Das machte ihn, grob geschätzt, zehnmal so interessant wie die anderen, zuverlässigen aber leicht durchschaubaren, Anwesenden im Raum.

Mit Ausnahme von Scryban und Trefisick trugen alle Anwesenden bereits ihr Normannenlicht auf der Stirn. Das verlieh der Szene etwas Fremdes und Neuartiges, so, als entdeckte man ein Taschentuch inmitten römischer Altertumsfunde.

»Großartig«, sagte Scryban zerstreut, als Jimmy zwischen de Perkin und Mrs. Wolf Platz nahm. Scrybans tonsurähnliche Glatze verlieh ihm ein mönchisches Aussehen, das aber durch seine Kleidung schweigend Lügen gestraft wurde. »Bevor Sie kamen, Jimmy, sprachen wir gerade darüber, daß der nächste Monat, da es der August ist, wie üblich ein flauer Monat sein wird. Jeder, der etwas auf sich hält, wird so weit fort sein vom Bedford Square wie Teneriffa. Dennoch haben wir die Pflicht, denjenigen unter unseren Lesern, die an unsere Tür klopfen, Unterhaltung in irgendeiner Form zu bieten ... Ich frage Sie, haben Sie irgendwelche Vorschläge? Ich beeile mich, hinzuzufügen, daß wir anderen keine haben.«

»Ich glaube, daß die Veröffentlichung von ›Das Kloster und der Herd‹ irgendwann im nächsten Monat hundertjähriges Jubiläum hat«, fiel Mrs. Wolf schüchtern ein.

Schweigen senkte sich über den Raum. »Ich glaube, ich hätte einen Vorschlag«, begann Jimmy, als die Furcht, von Trefisick ausgelacht zu werden, allmählich verdrängt wurde von der Furcht, von Scryban für phantasielos gehalten zu werden. Er räusperte sich.

»Wie wäre es, wenn wir uns irgendwie mit der Politik befassen?« wandte er sich an die ganze Runde und ließ dann eine glänzende Improvisation folgen. »Ich habe an die Weisheit von Nitkin gedacht, daß jedes Gedicht eine Umklammerung ist. Könnten wir dafür nicht ein paar zeitgenössische Beispiele auskramen?«

»Ich sehe den tieferen Sinn«, sagte Scryban und machte in diesem Augenblick den Eindruck, als erspähe er ihn in einem fernen Winkel. »Aber wie stellen Sie sich das genau vor... ich meine, was ich nicht verstehe...«

Er war zu liebenswürdig zu erklären, was er nicht verstand, aber Jimmy hatte den Verdacht, daß es dasselbe war, was er selbst nicht verstand: was in Gottes Namen er eigentlich vorschlagen wollte. Er versuchte es mit einem Gegenschlag.

»Nun, was halten Sie von der augenblicklichen politischen Lage?« fragte er.

Scryban antwortete nicht sofort. Aber Paul de Perkin, dessen Züge interessiert aufleuchteten, beugte sich nach vorn und sagte: »Ich glaube, Sie sind da auf eine vielversprechende Sache gestoßen, alter Junge. Meinen Sie die internationale Lage?«

›Himmel, ist er wirklich blöd genug, anzunehmen, ich hätte etwas?‹ fragte sich Jimmy düster und kam dann zu dem Schluß, daß de Perkins, ebenso verunsichert wie er selbst, versuchte, einen geistreichen Eindruck zu machen.

»Ja, genau, die internationale Lage«, sagte er ins Blaue.

»Aha, wollen doch mal sehen«, sagte Scryban nachdenklich. »Wir haben auf der einen Seite den westlichen Block, auf der anderen Seite den Ostblock, nicht wahr? Und dazwischen pendelt der Mittlere Osten. So liegen die Dinge auf internationaler Ebene nun schon seit einigen Jahren, und ich muß gestehen, daß ich die Situation nicht eben anregend finde: es ist ein unfruchtbarer Zustand.«

»Wir befinden uns in einem andauernden Zustand der Kampflosigkeit«, sagte Mrs. Wolf. Jimmy lachte, ihm gefiel die Bemerkung. Sie lächelte ihm zu und fiel in sein Gelächter ein.

»Das ist wirklich für alle sehr unangenehm«, pflichtete Scryban bei. »Man ist wirklich versucht, die Worte zu zitieren, die Donne in einem etwas anderen Zusammenhang gebraucht hat: ›Den Feind, der stets den Feind vor Augen hat, ermüdet das Warten, wiewohl er niemals kämpft‹.«

»Es wird sich jetzt einiges ändern«, fiel Trefisick ein, indem er sich räkelte, um seine breiten Schultern in den Fensterrahmen einzupassen. »Die GAs haben die Verhältnisse im Land vollkommen umgekrempelt; sie werden unweigerlich Auswirkungen auf das Ausland haben. Ohne mir im entferntesten prophetische Fähigkeiten anzumaßen, würde ich sagen, daß das Chaos wieder einkehrt. Bereits jetzt ist Britannien zur Zielscheibe des Spotts für ganz Europa geworden.«

»Das stimmt nicht ganz! Im *Guardian* steht, daß Skandinavien gelb vor Neid ist«, sagte Jimmy aufbrausend. Es war das erstemal, daß er es wagte, Trefisick zu widersprechen.

»Wirklich? Mit diesen Worten?« fragte Scryban, endlich doch hellhörig geworden.

»Mir ist aufgefallen, daß der *New Statesman* weniger freimütig über die Intrigen der Tories schreibt als in der vergangenen Woche«, bemerkte de Perkin. »Und der Commonwealth scheint uns Anerkennung entgegenzubringen ... Besonders Australien; ich habe schon immer gefunden, daß Australien sehr vorausblikkend ist ...«

»Im *Telegraph* stand ein Artikel«, sagte Mrs. Wolf und blickte, indem sie ihre Zeitung hervorholte, in die Runde. Mit dem neuen Gesprächsstoff waren sie alle merklich aufgeblüht. »Da ist es. Hier steht, daß wir eine gesellschaftliche Erfindung gemacht haben, deren Machtpotential weitaus größer ist als das der Wasserstoffbombe.«

»Und wir gehen her und machen Selbstversuche damit!« rief Trefisick erbost aus. »Mein Gott, eine solche Dummheit ist mir wirklich noch nicht vorgekommen. Sie werden mich nie dazu bringen, so ein scheußliches Ding zu tragen, das kann ich Ihnen versichern!«

»Das Leben ist zu kompliziert geworden, Martin«, entgegnete

Scryban freundlich. »Das haben wir in den vergangenen Jahren so oft gesagt, daß es ein Gemeinplatz geworden ist. Jetzt, da es etwas gibt, das die Dinge angeblich für uns vereinfacht, sind wir moralisch verpflichtet, unserem geschenkten Gaul nicht ins Maul zu sehen – besonders, da es gratis auf der Liste des Nationalen Gesundheitsdienstes steht.«

»Aber werden diese verdammten Apparate das Leben wirklich vereinfachen, frage ich Sie?« rief Trefisick streitsüchtig und ließ, indem er die Daumen in den Hosenbund einhakte, seine Schultern noch breiter erscheinen. »Haben Sie Ihr Geschlechtsleben vereinfacht, Solent? Und wie steht es mit ihrem, de Perkin? Finden Sie jetzt alles leichter, nur weil Sie eine Metallplatte über der Nase haben?«

»Ich habe meinen erst einen Tag«, erwiderte Jimmy und spürte im gleichen Augenblick, wie ihm die Röte in die Wangen stieg. Er verfluchte sich innerlich, daß er ihm nicht die Stirn bot.

»Da müssen Sie die Schar meiner Geliebten fragen, Trefisick«, lachte de Perkin lahm, und Jimmy verfluchte ihn, weil er auch nur ein armseliger Duckmäuser war.

Mrs. Wolf rollte energisch ihren *Telegraph* zusammen. Sie war mindestens neunundvierzig, und die Falten traten deutlich zutage; aber für einen Augenblick verlieh ihr der Trotz ihre Jugend wieder. »Dieser verdammte Apparat, wie Sie ihn nennen, Martin, hat mein Leben ganz sicher nicht vereinfacht«, sagte sie beherrscht. Sie sah Trefisick herausfordernd an, und ihre scharfen Zähne glitzerten. »Im Gegenteil, er hat es schwieriger gemacht. Mein Mann und ich befinden uns in einem Zustand, der sich bei vielen Paaren einstellt: wir lieben uns nicht mehr. Während wir jahrelang alle möglichen Anstrengungen unternommen haben, diese Tatsache voreinander – und vor uns selbst – *und* vor anderen Menschen zu verbergen – können wir es jetzt nicht mehr leugnen. Die Normannenlichter führen uns die Wahrheit vor Augen.«

»Es tut mir leid, das zu hören«, sagte Trefisick und kratzte sich verlegen im Nacken; dann fuhr er, gegen seinen Willen, fort:

»Dennoch haben Sie meine Behauptung bewiesen, Veronica, daß diese Dinger eine Bedrohung sind.«

»Ganz und gar nicht«, widersprach sie. »Zum ersten Mal haben mein Mann und ich die Freiheit, vollkommen aufrichtig zueinander zu sein. Ich habe nur eine einzige Hoffnung für die Zukunft: daß wir nämlich, endlich gezwungen, die Wahrheit zu erkennen, etwas besseres erlangen als einen faulen Kompromiß.« Sie hielt inne. »Es tut mir leid. Ich hätte nicht...«

»Liebe Mrs. Wolf«, sagte Scryban, indem er die Hände von den Knien hob und wieder sinken ließ, »Sie dürfen sich nicht entschuldigen, das lasse ich nicht zu. Was Sie gesagt haben, vermehrt nur unsere Bewunderung und unseren Respekt für Ihre Person; unsere Liebe für Sie wächst schneller als ein Imperium. Sie zeigen –«

»Ich versuche lediglich zu zeigen«, fiel sie ihm ins Wort, »daß diese Normannenlichter wirklich unser tiefstes Vertrauen verdienen. Es ist die erste wissenschaftliche Erfindung, die uns zwingt, uns selbst ins Gesicht zu sehen.«

Mrs. Wolfs Enthüllungen über ihre Ehe hatten sie zuvor verlegen gemacht, nun brach betretenes Schweigen wie ein berstender Puderzuckerkuchen über sie herein.

»Nun, ich danke Ihnen allen, daß Sie gekommen und ihre Vorschläge unterbreitet haben. Wir werden die politische Richtung im Kopf behalten, nicht wahr?« sagte Scryban mit ungewöhnlicher Eile. »Aber jetzt halte ich Sie sicher von Ihrem Kaffee ab. Ich möchte Ihnen aber noch sagen, wenn Sie gestatten, daß ich, obwohl mir persönlich die GAs nicht angenehm sind, nicht verstehen kann, warum die Kritik aus dem kulturellen Lager, die von Leuten wie Betjeman, Clark und Ayrton vorgebracht wird, sich auf ästhetische Gesichtspunkte beschränkt. Ich finde, daß denjenigen von Ihnen, die sich ihren Anzeiger bereits haben einpflanzen lassen« – hier wurden seine Worte von einem verzeihungheischenden Lächeln begleitet – »ein Hauch von Größe anhaftet.«

Als sie Scrybans Büro verließen, tauchte Donald Hortense wie aus dem Nichts zu Jimmys Linker auf. Er war einer von Jimmys engsten Freunden, was seine Anwesenheit im Augenblick noch weniger erwünscht machte, da Jimmys liebender Sinn nicht nach Geselligkeit stand.

»Ich glaube, du hast da drinnen kein einziges Wort gesagt«, wandte er sich vorwurfsvoll an Donald.

»Dazu braucht man auch eine Menge Mut, besonders, wenn man nichts zu sagen hat. Hast du das Portrait für deine Ausstellung von Sir Richard Clunes bekommen?«

»Er hat es mir für den Zeitpunkt zugesagt, wenn wir soweit sind, und mehr wollte ich nicht«, erwiderte Jimmy. »Und gestern abend war ich auf einer Cocktail-Party, die er gegeben hat. Eine offizielle Angelegenheit.«

»Ach? Und was halten die Jungen aus den Gefilden der Macht von den Nonnenjägern?« Das war Donalds Bezeichnung für jeden, der sich in Verwaltungs- oder Wissenschaftskreisen bewegte, gleichgültig, wie untergeordnet seine Stellung war.

»Sie scheinen das *Prinzip*, das dahintersteht, begeisterter aufzunehmen als wir Jungen aus den Gefilden der englischen Literatur.«

»Das ist nicht verwunderlich, wir sind ein rückständiger Haufen. Die Tage unseres Ruhmes liegen hinter uns, mit Nitkins freundlicher Erlaubnis«, sagte Donald ohne große Anteilnahme. »Komm mit in die Cafeteria, dort können wir plaudern. Es gibt absolut nichts zu tun in der Bibliothek heute morgen.«

Jimmy war einverstanden. Mit den Augen der Erinnerung erblickte er flüchtig ein Paar makelloser Brüste, die sich ihm auf dem Weg nach Walton entgegendrängten. Die IBA erschien ihm an diesem Morgen seltsam unwirklich.

»Was hältst du davon, daß die Wölfin ihre schmutzige Wäsche in aller Öffentlichkeit gewaschen *und* gebügelt hat?« fragte Donald.

»Ich fand es recht mutig, daß sie in Bloody Trefisicks Gegenwart kein Blatt vor den Mund genommen hat. Ich habe sie dafür bewundert.«

»Du bist ein hoffnungsloser Fall, Jimmy. Das war nicht mutig, du Esel, das war masochistisch, und sonst gar nichts. Und ihr Alter muß ein Pantoffelheld sein.«

»Das glaubst du doch selbst nicht, Donald«, entgegnete Jimmy vorwurfsvoll, doch die Gewohnheit des anderen, jeder erdenklichen Beziehung einen perversen Zug anzudichten, langweilte ihn allmählich; es rührte natürlich daher, daß Donald das war, was er war, und von der gesetzlichen Beurteilung dessen, was er war. »Wenn überhaupt Nachsicht geübt wird, dann gilt, was ich schon immer gesagt habe, es ist alles nur menschlich«, murmelte er vor sich hin. Jedenfalls aber wäre er nicht im Traum auf die Idee gekommen, Donald von Rose zu erzählen, so sehr es ihn auch danach verlangte, jemandem von ihr vorzuschwärmen.

In der Cafeteria nahmen sie an einem Ecktisch, gerade noch außer Schlagweite einer riesigen amerikanischen Aloe, Platz. Donald stützte munter die Ellbogen auf den Tisch. Trotz der vorzüglichen Schneiderkunst, die ihn umhüllte, sah er mit seinem Igelhaar und der leicht abgeflachten Nase wie ein Rugbystürmer aus, der gerade vom Spielfeld kommt. Sein Äußeres strahlte etwas Gesundes aus; Jimmy fand sich bereits damit ab, daß Donalds Licht in seiner Anwesenheit immer wieder aufleuchtete.

»Heute morgen ist ein Gedicht von mir angenommen worden, Junge«, sagte Donald. *»Mandragora* hat es genommen – das über die Scheißhaufen, das Tambimuttu abgelehnt hat.«

»Ich erinnere mich. Gut! Herzlichen Glückwunsch. In ungefähr drei Jahren müßte es erscheinen.« Jimmy gefiel keins von Donald Hortenses Gedichten, aber er fand, daß man sie sich erstaunlich leicht merken konnte – zum Teil deswegen, weil Donald, als Mitglied der Scribistenbewegung, ausschließlich Gedichte verfaßte, die sieben kurze Zeilen lang waren.

»Ich werde natürlich meine Methode, Gedichte zu schreiben, vollkommen ändern müssen«,sagte Donald nachdenklich. »Was viele Leute noch nicht begriffen haben, ist die Tatsache, daß die Normannenlichter allem einen neuen Aspekt verleihen. In der

Literatur wird das eine viel umwälzendere Veränderung sein als die Vielzahl von Veränderungen, denen sie in diesem Jahrhundert schon unterworfen war. Es wird bedeuten, daß die Schriftsteller eine neue Sprache lernen müssen, noch schwieriger als es Shaws Vierzig-Buchstaben-Alphabet gewesen wäre: die Sprache der veränderten und bereicherten Reaktionen in der Außenwelt. Wohl oder übel wird Dichtung und Prosa in die Gefilde der Erforschung zurückgeworfen werden.«

»Wahrscheinlich«, pflichtete ihm Jimmy bei. »Schriftsteller beschreiben nichts so empfindungsreich wie ihre Kindheit. Es wird eine Herausforderung an ihr Können sein, sich der neuen Situation zu stellen. Jeder Schriftsteller, der sich nicht mit der unmittelbaren Gegenwart befaßt, wird als historischer Schriftsteller eingeordnet werden.«

»Nicht nur das. Die Normannenlichter werden einen Zustand ständiger Veränderungen mit sich bringen, der jahrelang anhalten wird, denn die Verästelungen werden in allen Gesellschaftsbereichen Eingang finden. Eine Synthese, eine Analyse wird höhere Anforderungen stellen als je zuvor – *und* ihr Wert wird mehr in Frage gestellt werden. Denn kaum hat man eine Novelle, oder was auch immer man schreibt, fertig, ist das Ding schon aus der Mode. Hast du die *Vogue* gesehen?«

Jimmy schüttelte den Kopf. Nie hatte er die *Vogue* gesehen, Donald dagegen immer. Modezeitschriften für Frauen übten eine unwiderstehliche Anziehung auf den Bibliothekar aus; durch sie erhaschte er flüchtige Blicke auf eine gewaltige, geschäftige Welt, mit der ihn nicht das mindeste verband.

»Es ist ein interessanter Artikel von Grigson darin«, erklärte Donald. »Begabter Typ, dieser Grigson; ich bewundere ihn darum. Er versucht, die Wirkung vorherzusagen, die die NLs auf weibliche Tricks wie Make-up und Hüte haben – und damit auf das ganze Verständnis der weiblichen Schönheit. Er glaubt, daß die Hüte zuerst so entworfen werden, daß sie die NLs verbergen, später dagegen so, daß sie sie *unterstreichen.* Seine Voraussage auf lange Sicht betont, daß wir unseren Körper mit einem neuen sexuellen Reizpunkt ausgestattet haben, von dem er annimmt, daß er einige andere an äußerlicher Bedeutung verdrängen wird. So wird Mitte der Siebziger Jahre ein bloßer Busen vielleicht eine vollkommen normale Sache sein, etwas, worüber sich kein Mensch mehr aufregen würde.«

»Das ist jedenfalls etwas, worauf man sich freuen kann.«

»Und rechts, links und in der Mitte schießen kindliche Traumata aus dem Boden«, rief Donald aus und schüttete seinen Kaffee verächtlich hinunter. »Nun, ich muß jetzt gehen.«

In sein kleines Büro zurückgekehrt, zog Jimmy die Haiti-Mappe aus der Schreibtischschublade und schlug sie auf. Auf die erste Seite hatte er mit großen Buchstaben geschrieben: ›Bücher auf Haiti seit 1804‹. Es würde eine gute und ungewöhnliche Ausstellung werden: *seine* Ausstellung. Er mußte umgehend wegen der Photographien von Königin Marie-Lousis Grabstätte an die Universität von Pisa schreiben; ausreichend vergrößert, würden sie den ungünstigen Alkoven im hinteren Teil der Ausstellungshalle ausfüllen. Er machte sich an einen Entwurf, der den von ihm benötigten Kamerawinkel verdeutlichen sollte.

Doch schon nach kurzer Zeit hielt sein Stift inne. Ausdruckslos starrte er in die Ferne. Der weiche, verzehrende Gedanke an Rose hüllte ihn ein. Als ruhe er schweigend auf einem Gipfel von Darién, hatte er einen neuen Ozean der Wahrheit entdeckt. Er erkannte, daß in den meisten Büchern, die sich im Haus befanden, und in den meisten Büchern, die er je gelesen hatte, Lügen standen; daß seine Freunde und Bekannten ihn getäuscht, daß seine Eltern und Lehrer ihn in die Irre geführt hatten; daß überhaupt nur wenige, abgesehen von einem Häufchen von Weisen, die fälschlicherweise als Lüstlinge bezeichnet wurden, je über seine gewaltige Entdeckung gestolpert waren. Die körperliche Liebe war etwas Gutes!

Jimmy erinnerte sich an die widerlichen Bemerkungen St. Augustins zu den Frauen; er dachte an die Schmähschriften der Puritaner und Viktorianer, an all die schmutzigen Witze, die er gehört und erzählt hatte; und unbändiger Zorn wallte in ihm auf. Das alles war ein Haufen niederträchtigen Schmutzes, faule, krankhafte Lügen und Vorspiegelungen! Nichts war mit der Schönheit der leiblichen Befriedigung zu vergleichen, es gab keine Reinheit wie die Reinheit der weiblichen Intimität.

Ja, wenn auch Frauen wie Männer Säcke voll Fleisch, Gedärmen und Schleim sein mochten, welch süße chemische Reaktion konnte sich doch zwischen ihnen entfalten.

Er erinnerte sich an all die modernen Romane, die er gelesen hatte und in denen die Leidenschaft als düstere, vernichtende Macht oder bestenfalls als ausgedörrte Wüste beschrieben wurde. Wie plump diese Dichter die Wirklichkeit mißgedeutet hatten. Die Wahrheit lag im Körper verborgen und konnte nur auf die Weise erlangt werden, auf die Jimmy sie in der vergangenen Nacht erlangt hatte. Es war der Sprung, der unbedingt gewagt werden mußte. Und wenn man auch Flügel hatte, so war doch das Eintauchen in den brennenden See lebensnotwendig.

Wie man an dieser Zusammenfassung seiner Gefühle zu erkennen vermag, waren Jimmy Solent die kühneren Alchimien des menschlichen Systems vollkommen fremd. Schüchtern, wie sein Wesen war, hatte sich seine Erfahrung bisher beschränkt auf: einen linkischen Versuch, den er mit mehr oder weniger wissenschaftlichen Absichten vor acht Jahren mit einem Mädchen am Strand unternommen hatte; die Flut hatte sie überrascht, bevor sie noch zu irgendwelchen aufschlußreichen Ergebnissen gekommen waren; ein Geplänkel auf einer Party in Oxford mit einem Mädchen namens Diana, die mittelalterliches Recht studierte, ein Geplänkel, das an einem sehr entscheidenden Punkt durch Penny unterbrochen worden war (was auch der Grund dafür war, daß Penny ihr Verlöbnis mit Jimmy gelöst hatte); und einige Probedurchläufe mit Penny, die zwar nicht unbefriedigend genug gewesen waren, um als Mißerfolge bezeichnet zu werden, die aber – wie Jimmy jetzt klar wurde – auch nicht genügend Stil besessen hatten, um als Erfolge zu gelten.

Rose hatte Stil. Was mit Penny nur eine Balgerei gewesen war, wurde mit ihr zu einer Liebesverschwörung. Die unbekannten Tempel, die sie in dieser Nacht errichtet hatten, waren so streng wie die Kathedrale von Salisbury und doch auch so üppig wie Gaudis Barcelona gewesen; mit Penny war, um die architektonische Metapher beizubehalten, lediglich ein plumpes Rundfunkgebäude im Bereich des Möglichen.

Das lag nicht nur an der Gegensätzlichkeit in der Persönlichkeit von Rose und Penny zwischen Erfahrung und Unschuld, zwischen fünfunddreißig und zweiundzwanzig. Es lag am Unterschied in der Haltung, der sich nicht nur in allen Äußerungen der Liebe manifestierte, sondern in allen Facetten der Beziehung zur Außenwelt. Darum hatte Jimmy das Gefühl, daß Rose ihm das Tausendjährige Reich gebracht hatte: er glaubte, durch ein Guckloch einen Blick auf ein vollkommenes – und unendlich begehrenswertes – Leben geworfen zu haben.

Je genauer Jimmy die angenehmen Gefühle erforschte, von denen er durchdrungen war, desto unruhiger wurde er. Der Widerspruch erstaunte ihn, bis ihm der Grund dafür schlagartig klar wurde. Er mußte mehr von dieser wunderbaren Welt haben, und er wußte Roses Adresse nicht. Er hatte nicht einmal soviel Intelligenz bewiesen, sich ihre Adresse geben zu lassen, und sie hatte kein zweites Treffen vorgeschlagen.

Er saß beim Mittagessen in der Cafeteria, als ihm diese Dummheit plötzlich bewußt wurde. Er setzte die Kaffeetasse mit einem so heftigen Ruck ab, daß seine Freunde erschrocken aufsprangen.

»Mir ist gerade eingefallen – ich muß jemanden anrufen«, erklärte Jimmy Donald Hortense und Sylvia Redfern, der zweiten Bibliothekarin der IBA.

»Immer mit der Ruhe, Mann. Das hat doch Zeit, bis du deinen Kaffee getrunken hast, oder nicht?« sagte Donald. »Hast du vergessen, daß der Kaffee hier einen Schilling kostet?«

»Es ist ein privates Gespräch«, sagte Sylvia. »Das sieht man an seinem Gesichtsausdruck.«

Ein Spur von Bitterkeit lag in ihrer Stimme: sie hatte gehofft,

Jimmys GA zum Leuchten zu bringen, aber es war ihr nicht gelungen.

Sobald es der Anstand erlaubte, kehrte Jimmy in die Zurückgezogenheit seines Büros zurück und setzte sich ans Telephon. Es gab zwei Möglichkeiten, Roses Adresse aufzutreiben, nämlich über Sir Richard Clunes oder über Guy Leighton; seine Wahl fiel auf Guy, obwohl Jimmy wenig für ihn übrig hatte und zuerst Aubrey anrufen mußte, um seine Nummer herauszufinden. Endlich jedoch klang Guys tüchtige Stimme in seinem Ohr; seltsam, wie ausgewogen eine Stimme klingen konnte, als stünde sie fest auf ihren Füßen.

»Hallo, Solent. Ihr Anruf kommt so unerwartet. Was können wir für Sie tun?«

Ohne Umschweife fragte Jimmy nach Roses Telephonnummer. In der Leitung entstand eine bedeutungsvolle Pause.

»Sind Sie Miss English vor der gestrigen Cocktail-Party schon einmal begegnet?« fragte Guy schließlich.

»Nein. Ich dachte, Sie wüßten das. Warum fragen Sie danach?«

»Hören Sie, Solent, es läuft meinen Prinzipien zuwider, unentgeltliche Ratschläge zu verteilen, und ich sage Ihnen das aus reiner Freundschaft, aber ich an Ihrer Stelle würde im Augenblick die Finger von der Iral-Vereinigung lassen. Verstehen Sie?«

»Nein, tut mir leid, Guy, das verstehe ich nicht. Ich habe Iral mit keinem Wort erwähnt; ich habe Sie lediglich gefragt, ob Sie wissen, wo ich Rose finden kann.«

Die Stimme am anderen Ende der Leitung nahm einen etwas gepreßten Märtyrerton an. »Wie Sie vielleicht gehört haben, wird das Normannenlaboratorium, in dem das Normannenlicht oder der Gefühlsanzeiger erfunden wurde, von der Iral-Chemie beherrscht. Sie konkurrieren größenmäßig mit Monsanto, und das neue Produkt versetzt selbst der ICI einen Stich des Bedauerns; vielleicht ist Ihnen aufgefallen, wenn Sie sich in diesen Dingen auf dem laufenden halten, wie sprunghaft die Iral-

Aktien in letzter Zeit gestiegen sind. Felix Garside ist Direktor der Iral. Rose English ist seine Nichte. Ich kann mir nicht erlauben, zuviel zu sagen, aber wenn das NL-Geschäft mit der Regierung nicht zustande kommt, hat Rose – und alle anderen ebenfalls – äh, mit erheblichen Schwierigkeiten zu rechnen.«

»Ich kann Ihnen nicht folgen«, sagte Jimmy, beunruhigt durch diese Information. »Das NL-Geschäft ist doch schon zustande gekommen? Am ersten September muß dem Gesetz zufolge jedermann sein NL haben.«

Guy lachte trocken.

»Sie vergraben sich zu tief in Ihren Büchern, Solent«, sagte er, »sonst hätten Sie den erheblichen Widerstand gegen die Normannenlichter bemerkt – ein Widerstand, der mit der zunehmenden Aufklärung der Öffentlichkeit ständig wächst. Es ist mehr als wahrscheinlich, daß die Regierung bis zum ersten September gestürzt ist.«

Als er das Gehörte in sich aufgenommen hatte, sagte Jimmy lahm: »Vielleicht ist es so, wie Sie sagen, Guy, aber ich verstehe wirklich nicht, was das alles mit meinem Treffen mit Rose zu tun haben soll.«

»Ich versuche Ihnen in Ihrem eigenen Interesse zu erklären, warum ich glaube, daß Sie aus Ihrer Versunkenheit heraus ins kalte Wasser stürzen, Solent.«

»Großer Gott, ich habe Sie nicht darum gebeten, sich darum zu kümmern, ob ich ertrinke. Ich möchte lediglich wissen, auf welchem Weg ich mich mit Rose in Verbindung setzen kann.«

k»Dann tut es mir leid, aber ich weiß es nicht. Meines Wissens – und das ist durchaus begrenzt – hält sie sich selten in London auf. Leben Sie wohl, Solent. Wir müssen einmal einen Drink zusammen nehmen.«

Jimmy legte den Hörer auf, und langsam stieg die Wut in ihm auf. Ein zusätzlicher Stachel zu seiner Wut war sein Unvermögen, zu erkennen, wieviel von Guys Unhöflichkeit beabsichtigt war. Als er den Siedepunkt erreicht hatte, begab er sich mit festem Schritt hinaus in die Eingangshalle zu Mrs. Charteris, der

Empfangsdame. Dieses eine Mal wußte er, was er mit ihr reden sollte. Er bat sie um das Londoner Telephonbuch und suchte Iral darin.

IV. »Man merkt überhaupt nichts«

An diesem Nachmittag, als die IBA ihre Tore zum größten Teil geschlossen hatte (nur Bibliothek, Cafeteria und Vortragssäle waren noch geöffnet), spazierte Jimmy im heißen Sonnenschein dahin und schenkte seiner Umgebung mehr Aufmerksamkeit als gewöhnlich. Zwei Stenotypistinnen der IBA eilten mit schwingenden Hüften an ihm vorüber, und zwei Armeesoldaten von niederem Rang pfiffen ihnen nach. Die Soldaten trugen GAs, die beim Anblick der Mädchen nicht aufleuchteten, sie hatten demnach aus reiner Gewohnheit gepfiffen, ein Zeichen, das mehr füreinander als für die Stenotypistinnen bestimmt war. Ein kleiner Prozentsatz der Menschen auf der Straße trug die Scheibe auf der Stirn.

Jimmys Blick fiel auf eine Plakatwand am Ende der Straße. Neben »Wenn Toast – dann Melloaf«, den guiness-trinkenden Tukanen, Jack Hawkins in ›First the Beachheads‹ und dem gerade sehr verbreiteten UN-Poster ›Das Gegenteil von Frieden heißt nicht Krieg, sondern Tod‹, hing das neue Plakat der Regierung, auf dem ein hübsches, aber recht verschlossen dreinblikkendes Mädchen mit einem GA auf der Stirn verkündete: ›Ich bin jetzt achtbar; niemand wird mich belästigen, wenn jeder sehen kann, daß ich nicht interessiert bin.‹ Unter dieser ungewöhnlichen Erklärung stand der Spruch: ›Dein Leben wird einfacher‹, doch als Jimmy den Blick über den halben Hektar Papier gleiten ließ, sah er, daß jemand quer darüber gekritzelt hatte: ›Wir wollen keinen Sex in unserem Haus‹.

Er kaufte einen *Standard* beim Zeitungsjungen an der Ecke.

Nur ein Drittel der Seite war dem Freundschaftsspiel gegen Ceylon überlassen worden. Auf dem Rest prangte eine Schlagzeile: ››Big‹ Bill Bourgoyne sagt: Die Lichter bringen Finsternis.‹ Unter der Überschrift schrieb ein Reporter: ›Unter dem Beifall der Opposition verkündete ›Big‹ Bill Bourgoyne, sozialistischer Abgeordneter für Sludge (Ost), daß die glänzende Erfindung des Normannenlaboratoriums, die GAs, ein neues Zeitalter der Finsternis nach sich ziehen würde. ›Schenkt den Behauptungen der Regierung, daß sie euch das Leben erleichtern werden, keinen Glauben‹, rief er in den Tumult. ›Sie werden lediglich den Polizeistaat stärken.‹ Das Unterhaus kam zusammen, um das neue Tagesdoppel-Gesetz zu diskutieren.

Bill Bourgoyne, vierundsechzigjähriger Parlamentarier und Fernsehstar, berühmt für seine Ausfälle während der Ratifizierung des GA-Gesetzes Anfang des Jahres, ist der Vorsitzende der Bourgoyne-Gruppe, die heute abend eine Protestversammlung auf dem Trafalgar Square veranstalten wird. Wie einer seiner Kritiker erklärt hat, setzen sich die Reihen seiner ›Hände weg vom Sex‹-Kampagne vornehmlich aus ältlichen Damen zusammen, die die Hände noch nie daran hatten. Desungeachtet wird die Versammlung sicher lebhaft Verlauf nehmen.

Als Bourgoyne behauptete, GAs seien getarnte Gedankenleser, hielt ihm Mr. Peter Thornton aus den Regierungsreihen heftig entgegen: ›Das ist gefährlicher und unwissenschaftlicher Blödsinn! Die Gefühlsanzeiger sind der bedeutendste Beitrag der Menschheit zum gesellschaftlichen Leben – Sie sind ein verklemmter Viktorianer!‹ Zwischenrufe wie: ›Was haben Sie zu verbergen, Bourgoyne?‹ wurden laut. Der Sprecher ermahnte die Abgeordneten, beim anstehenden Thema zu bleiben, nämlich – die späteren Schließungszeiten der öffentlichen Parkanlagen. Jemand hatte der Überzeugung Ausdruck gegeben, daß leuchtende GAs den Parkwärtern helfen konnten, verspätete Parkbesucher aufzuspüren.‹

Jimmy lächelte und strebte der Untergrundstation entgegen. Er konnte in Bourgoynes Versuchen wenig Hinweise dafür entdecken, daß die Regierung in Bedrängnis war; Guy Leighton wußte nicht, wovon er redete, offensichtlich war der Bursche allzu versessen darauf, Eindruck zu machen. Wenn es Schwierigkeiten gegeben hätte, dann vor der Ratifizierung der Gesetzesvorlage. Aber die Regierungspartei hatte ihr Vorhaben sorgfältig vorbereitet, und diejenigen, die sich gegen den Antrag aussprachen, konnten mit Leichtigkeit als Fortschrittsgegner, Unterdrücker der Koedukation der Jugend, wenn nicht gar als schmutzige alte Männer angeprangert werden. »Es ist nicht jeder ein wahrer Meister der Wahrheit«, sagte Sir Thomas Browne, »oder bereit, den Fehdehandschuh für die Sache der Wahrheit aufzunehmen«, und der Widerstand gegen den GA kam durch die offenkundige Voreingenommenheit seiner Verleumder schnell in Verruf.

Dennoch wäre die Einpflanzung des GA auf jeder Stirn des Königtums für alle Ewigkeit ein Traum geblieben ohne den einen Faktor, nämlich den revolutionären Charakter dieser Erfindung. Wie die *Time* schrieb: ›Behext von der Neuheit, beschließt Britannien, Liebeslicht aufzusetzen.‹ Die ganze Sache wurde wie ein Überraschungsangriff durchgeführt. Es gab noch weitere Faktoren, die dazu beitrugen, wenn auch nicht die Unterstützung der Öffentlichkeit, so doch deren Zustimmung zum GA-Feldzug der Regierung zu gewinnen. Der Premierminister Herbert Gascadder und sein überaus fähiger Gesundheitsminister Dr. Warwick Bunnian vermieden es sorgfältig, irgend jemanden durch die Verwendung des Wortes ›Sex‹ zu verschrekken; sie stellten lediglich ein Modell des gesunden Menschenverstandes in Verbindung mit aufgeklärten emotionalen Maßstäben zur Diskussion, in denen die GAs die gleiche Funktion für das Blut innehatten wie Verkehrsampeln im Straßenverkehr. Es wurde den Gegnern des Entwurfs überlassen, das schreckliche Wort mit den drei Buchstaben in den Mund zu nehmen, mit der vorhersehbaren Folge, daß sie auf diese Weise Vorurteile gegen sich selbst schürten. Der eigentliche Gegenstand der Diskussion geriet, wie so oft, in Vergessenheit, und Menschenverstand versus Sex wurde vorgestellt als das auf dem Spiel stehende Thema.

Bescheidenere und gesündere Teile der großen britischen Öffentlichkeit mochten wohl den neuen Gedanken hinter einer Barriere der Prüderie abwehren. Doch diese Prüderie hielt dem ersten vereinten Frontalangriff, dem sie je ausgesetzt war, nicht stand: sie war nur eine armselige, zerbrechliche Erscheinung, ein Mythos der Mittelklasse, der kaum länger als ein Jahrhundert Bestand hatte. Das Erbe der Vergangenheit, das Erbe Chaucers, Shakespeares, Wycherleys und Boswells lebte über Nacht wieder auf, und der größte Teil der Bevölkerung war begierig, zu erkunden, welcher ihrer Bekannten wie starke Gefühle für sie hegte; um das herauszufinden, nahm man auch in Kauf, seine eigenen Gefühle zu offenbaren. *Und* die GAs wurden gratis durch den nationalen Gesundheitsdienst verteilt. Diese schlichte ökonomische Überlegung war das Zünglein an der Waage – ungeachtet der ebenso einleuchtenden Überlegung, daß der nächste Haushaltsplan die erforderlichen Millionen würde auftreiben müssen.

Während die Gesetzesvorlage dem Unterhaus zur Ratifizierung vorlag, stellte Gallup Poll vom *News Chronicle* dem Land zwei Fragen und erhielt folgende vielsagende Antworten:

›Glauben Sie, daß Sie mit Ihrem GA (Normannenlicht, Sexanzeiger etc.) auffallen werden, wenn alle anderen auch einen tragen?‹

Ja	Nein	Weiß nicht
31 %	24 %	45 %

›Interessiert es Sie, die Reaktion anderer Menschen auf Sie und aufeinander zu erfahren?‹

Ja	Nein	Weiß nicht
93 %	2 %	5 %

Stellen Sie der Nation irgendeine beliebige Frage – Sind Sie heute morgen aufgewacht? –, und immer werden mindestens fünf Prozent der Befragten es nicht wissen; ohne Zweifel sind es immer dieselben fünf Prozent. Tatsache war: die Liebe des Landes zur Privatsphäre wurde von seiner traditionellen Liebe zum ›einen Versuch machen‹ verdrängt. Die GA-Gesetzesvorlage wurde angenommen und wurde zum Gesetz. Vier Monate später sammelten sich im ganzen Land die Schlangen vor den grauen Anhängern.

In dem Anhänger auf dem Charlton Square schien das Geschäft lebhaft zu gehen, als Jimmy an diesem schönen Abend vorüberkam. Er konnte sich nur schwer vorstellen, daß er sein Normannenlicht erst seit vierundzwanzig Stunden trug, so viel war in der Zwischenzeit geschehen. Gestern war er Rose zum ersten Mal begegnet: heute abend würde er, so hoffte er wenigstens, sie wiedersehen – denn er hatte es geschafft, eine Telephonverbindung zu Iral zu bekommen und schließlich mit einer Sekretärin verbunden zu werden, die ihm widerstrebend und nur im Austausch gegen Jimmys Namen und Adresse mitgeteilt hatte, daß Miß English im Debroy Dalmar abstieg, wenn sie sich in London aufhielt. Sobald wie möglich würde sich Jimmy auf den Weg zu diesem prächtigen Hotel machen; er mußte nur vorher eine Dusche und einen kleinen Imbiß nehmen, dann würde er aufbrechen.

»Wenn eine schöne Frau sich herabläßt, eine Dummheit zu begehen, muß der Mann, der sie dazu verführt hat, dafür sorgen, daß sie noch eine Dummheit begeht, bevor die Neigung verfliegt«, murmelte er vor sich hin und fügte hinzu: »Versuch nicht, so zu tun, als ließe sie dich kalt und hart, Junge: Ich weiß, daß du unter der Oberfläche so weich wie Butter bist.«

Er duschte, stellte sich dann einen Imbiß zusammen und lief unruhig in einem buntseidenen Morgenmantel in der Wohnung umher. Dann kleidete er sich an und verließ das Haus, bevor sein Bruder kam. Er schlenderte in allerbester Laune dem Debroy Dalmar entgegen und fragte sich verträumt, wie bequem die

Betten dort wohl sein mochten. Er brauchte eine Viertelstunde und genoß jeden einzelnen Schritt. Seine Schuhe, die er einen Monat zuvor gekauft hatte, hatten sich gerade an seine Füße gewöhnt. Der Abend war so warm und still, daß die Trennung zwischen seiner Haut und der Außenwelt dieses eine Mal aufgehoben schien und der ganze Abend wie eine Ausstrahlung seiner Zufriedenheit war.

Die Markise am Eingang des Debroy war aufgespannt und vermittelte, auf vornehme Weise, den Eindruck, als würde es aufs Mittelmeer hinabblicken. Die Empfangshalle war auf streitsüchtige Weise unaufdringlich und einschüchternd diskret; eine Inderin in blau-gold-silbernem Sari schwebte wie ein Geist darin umher und umwehte Jimmy mit einem Hauch von Moschusduft. Er wartete begehrlich auf einen zweiten wohlriechenden Atemzug, aber das Parfüm war verflogen. Er lächelte geistesabwesend vor sich hin und genoß die Atmosphäre von Reichtum, weder blasiert genug, sie zu ignorieren, noch naiv genug, sich zu schämen – er lächelte wirklich einfach nur geistesabwesend vor sich hin. Dann riß er sich aus seiner Tatenlosigkeit los und ging zur Rezeption hinüber, wo hinter einer geschwungenen Balustrade aus Buchen- und Ulmenholz ein wunderschöner junger Mann stand. »Darum also muß das Debroy einen Preis nehmen, der Claridges so tief in den Schatten stellt: um dieses Lamm auszustaffieren bei Charles-of-the-Ritz und Austin Reed«, murmelte Jimmy vor sich hin.

Auf Jimmys Frage hin erwiderte dieses Lamm, dessen Betragen die Vermutung nahelegte, daß er am Quai d'Orsai geboren und aufgewachsen war, bedauernd, daß Miss English vor ungefähr sechsundvierzig Minuten abgefahren war und erst nach dem Wochenende zurückerwartet wurde. Jimmy bewunderte die ›ungefähr sechsundvierzig Minuten‹ und haßte alles andere. Schwerfällig trat er wieder in den feindlichen Abend hinaus. Es war zu heiß, und die Füße wurden ihm schwer.

Einen täuschenden Augenblick lang glaubte er, Rose deutlich vor sich zu sehen, sie schien wie ein Wunder aus dem Straßenpflaster emporzuwachsen. Sie trug den engen Rock und die bauschige Jacke, in der sie so oberlastig wirkte; ihr langes, recht kantiges Gesicht hatte sich zu einem Lächeln verzogen. Jimmy wußte, warum er sie liebte. Das lag daran, daß sie *erwachsen* war. Andere Mädchen, zu denen er überhaupt eine engere Beziehung aufgenommen hatte, waren, vermutlich nach dem Prinzip einer unbewußten Auswahl, schüchterne Wesen gewesen, Mädchen, die sich fürchteten, einem entschiedenen Handlungsablauf zu folgen (wie zum Beispiel mit einem zu schlafen). Rose lebte, wie es ihr gefiel: wieder stellte er sich den bestimmenden Teil ihres Lebens vor. Sie konnte Entscheidungen treffen und bei ihren Entscheidungen bleiben. Sie stieg in Häusern wie dem Debroy Dalmar ab und fuhr übers Wochenende Gott-weiß-wohin – und mit Gott-weiß-wem. Das Geheimnisvolle und Verführerische, das sie umgab, vertiefte sich. Und es war erst Freitag. Drei langweilige Tage mußten vergehen, bevor sie wieder erreichbar sein würde; Quai d'Orsai hatte bedauernd erklärt, daß er Miss Englishs Adresse nicht wüßte. Jimmy spürte den physischen Schmerz des Verlangens in den Lenden. Dieses Gefühl war ihm vollkommen neu, und es war schlimmer als kribbelige Beine.

Jimmy betrat den nächstbesten Pub und brütete dort über einem schmalen Glas Lager. Er sehnte sich nicht nach Unterhaltung, er wollte nur trübsinnig an seinem Bier nippen; an dem unruhigen Zappeln in Verbindung mit entsetzlich unregelmäßigen Atemzügen erkannte er, daß der dicke Mann, der allein am Nachbartisch saß, vor Verlangen, mit ihm zu reden, geradezu platzte. Hartnäckig weigerte sich Jimmy, in seine Richtung zu schauen; statt dessen heftete er den Blick fest auf den Fernsehapparat an der Bar, in dem sich zwei Komiker gerade einen Witz über die GAs erzählten. »... worauf *er* sagte: ›Woher sollte ich das wissen? – Ich bin farbenblind!‹« Tosender Applaus, Pfeifen, Stampfen.

Jimmy dachte daran, daß die geheimnisvolle Vertiefung unter Roses Wangenknochen sich in einer Kurve an der Innenseite ihrer Schenkel wiederholte, aber das mußte er, um sicherzugehen, noch einmal überprüfen. Nach den Komikern führten drei Akrobaten auf einrädrigen Fahrrädern das Ballett ›Schwanensee‹ vor. Sein Bier war fast ausgetrunken; sollte er gehen oder ein zweites bestellen?

Als er mürrisch zum Fernsehschirm aufblickte, sah er, daß die Kameras über den Trafalgar Square schwenkten, wo die Leute sich wie Tauben um die steinernen Löwen drängten. Die Gruppe um Bourgoyne sammelte sich zu ihrer Zusammenkunft; es ging so wohlgeordnet zu wie bei einer Versammlung der Gesellschaft zur Einhaltung der Tage des Herrn. Unter Spruchbändern mit den Inschriften: ›Unterdrückt die Wissenschaft!‹, ›Hände weg vom Sex!‹ und ›Hütet euch vor einer zweiten Eroberung durch die Normannen!‹ sprach ein hagerer Mann mit gelehrter Stimme zu der Menge. Er las unbewegt vom Blatt ab.

»... seit der Industriellen Revolution. Englands grüner, wunderbarer Grund und Boden ist ausgelöscht worden – durch die Wissenschaft. Jawohl, durch die Wissenschaft. Schauen Sie sich um und sehen Sie, was sie daraus gemacht hat. Aber sie kommt gerade erst in Fahrt. Der neue Despotismus hat gerade erst begonnen. Oh ja! Diese neue Erfindung, der sogenannte Gefühls-Anzeiger setzt da zum tödlichen Schlag an, wo wir es am meisten spüren werden, in unseren Gedanken. Ja, Ihre Gedanken und Gefühle sind nicht länger heilig. Sie werden in die Maschine eingespannt werden. Es ist von nun an ungesetzlich, seine Reaktionen bei sich zu behalten. Wir werden eine Nation von Robotern werden, wenn Sie uns nicht jetzt Ihre Unterstützung und Ihre Spenden geben.«

Ein Strom von Gästen, die zur Bar drängten, versperrten Jimmy die Sicht auf den Bildschirm. Er erhob sich und lehnte sich an die Bar, um besser sehen zu können.

»Das war Percy Warren, der Vorsitzender der Gesellschaft zur Unterdrückung der Wissenschaft, die sich öffentlich der Bourgoyne-Gruppe angeschlossen hat«, verkündete die undeutliche Stimme des Ansagers. Er sprach in ein offenes Mikrophon: im Hintergrund waren leise die Töne einer Bläserband zu hören, die ›Oh, Peaceful England‹ spielte. »Und von meinem Platz aus sehe ich die Freitagabendmassen langsam von Whitehall herüberkommen, und die Dächer der historischen Bauwerke um mich herum sind noch immer vergoldet, wunderbar vergoldet von den Strahlen der untergehenden Sonne. Und selbst die Stare scheinen verstummt zu sein. Und alle warten jetzt auf den nächsten Redner, William Bourgoyne höchstpersönlich. Ich sehe seinen Wagen, seinen Armstrong Siddeley Sapphire, der unweit der National Gallery auf ihn wartet. Und nun hat er das Wort.«

Wenn er in Fahrt war, ähnelte Bourgoyne stark dem Labourführer John Burns, der einmal zwischen denselben ungerührten Löwen eine Ansprache gehalten hatte. Er hatte das, was man eine gute Ausstrahlung nennt, die, gepaart mit einem mächtigen Bart und einer hallenden Rednerstimme, seinen Zuhörern Respekt einflößte.

»Sie kennen Herbert Gascadder«, begann er ohne Umschweife. »Er ist unser Premierminister; er und sein Kabinett haben Schande über uns gebracht. Sie haben *internationale* Schande über uns gebracht. Können Sie sich vorstellen, daß unsere Verbündeten, die Franzosen, irgendeinen Unsinn mit diesen Normannenlichtern im Sinn haben? Natürlich nicht! Sie sind immer ohne sie ausgekommen – genau wie wir. Und wir können auch weiterhin ohne sie auskommen. Über uns ist auch *nationale* Schande gebracht worden. Wenn dieses Teufelswerk erst eingepflanzt ist, welcher Sohn wird dann seiner Mutter, welche Schwester ihrem Bruder entgegentreten wollen?« (Jemand aus der Menschenmenge rief: »Solche Gefühle haben wir nicht alle für unsere Schwestern!«) »Ich warne Sie, das Familienleben wird mit einem Schlag zerstört sein. Aber vor allem anderen ist *persönliche* Schande über uns gebracht worden. Ob diese Anzeiger so funktionieren, wie erwartet wird oder nicht, ist unwesentlich; bestehen bleibt die Tatsache, daß es beleidigend ist, von einem Mann oder einer Frau zu erwarten, daß sie einen Blechknopf auf der Stirn trägt. Es ist eine Schande! Es ist ein Rückfall in die Zeit der Wilden. Bald wird man uns Ringe durch die Nase ziehen!«

Er geriet allmählich in Aufregung, doch Jimmy in der Bar spürte nur eine wachsende Unruhe, vielleicht, weil die Fernsehkameras jetzt auch unruhig wurden und über die Menge huschten oder gar einen Blick auf Nelson auf seiner Säule wagten, da sie sich doch auf diesen hypnotischen Bart hätten konzentrieren sollen. Oder vielleicht, überlegte Jimmy, litt er an diesem typischen Mangel in der britischen Mentalität, daß er, wenn ein Problem in den Bereich der Politik hinüberglitt, nicht begreifen konnte, daß es nicht dadurch seinen Realitätsbezug verlor.

Was ihn betraf, so war die Rede Bourgoynes für sein tägliches Leben ebenso bedeutend wie, sagen wir, das Freundschaftsspiel, wenn auch vielleicht gegenwärtiger. Das Tragen des NL war eine persönliche Entscheidung – und er für sein Teil hatte keinerlei Zweifel gehabt –, gegen die dieser ganze Europa- oder Kontinent-von-Mütter-Gedanke nicht zählte; vielleicht wäre er anderer Meinung gewesen, hätten seine Eltern noch gelebt.

»Aber wir können uns widersetzen!« rief Bourgoyne. »Wenn Sie mir Ihre Unterstützung geben, können wir uns widersetzen. Die Briten werden sich niemals, niemals zu Sklaven der Lampe machen lassen. Wir müssen uns ein Beispiel an Gandhi nehmen. Passiver Widerstand ist wirkungsvoller Widerstand. Wenn sich *keiner* von uns auf diese Weise brandmarken läßt, kann schließlich nicht das ganze Land ins Gefängnis geworfen werden, nicht wahr? Männer, seid Männer! Frauen, seid Frauen! Widersetzt euch dieser Schande! Verwehrt Gascadder den Zutritt zu eurem Privatleben!«

»Er hat natürlich recht«, sagte eine Frau, die über ihrem Gin saß, in die Runde an der Bar. »Wenn man es recht bedenkt, ist es eine Unverschämtheit, uns *vorzuschreiben,* daß wir die Dinger tragen müssen.«

»Zumindest können uns die Männer dann nicht mehr nur um unseres Geldes willen heiraten, Nancy, mein Schatz«, sagte die Barfrau und zwinkerte in die Runde.

»Ist das denn soviel schlimmer, als um des Sex willen zu heiraten?« fragte ein knochiger Mann im Nadelstreifenanzug ernsthaft. Ein kurzes Schweigen folgte; gedruckt konnte man das Wort akzeptieren, die Bedeutung in versteckten Anspielungen willkommenheißen, es aber auszusprechen, wenn alle so hübsch beisammensaßen und in einem netten, ehrbaren Pub so freundlich ein Gläschen miteinander tranken... Nun ja, sie würden sich eben daran gewöhnen müssen. Es war ein Zeichen der Zeit.

»Seht euch den alten Freddie dort drüben an«, sagte die Barfrau, indem sie einen Bitter einschenkte. »Wartet nur, bis er seins bekommt. Die Kneipe hier wird ständig in Rot getaucht sein, wie das Folly Bare-Jair.«

In das Gelächter hinein, das diesen Worten folgte, sagte der dicke Mann: »Sie sagen aber doch, man spürt überhaupt nichts.«

»Glauben Sie das nur nicht«, entgegnete der Nadelstreifenträger, der die unvorsichtige Bemerkung gemacht hatte. »Meine Tochter Elsie ist gelernte Krankenschwester, und sie sagt, daß hinter der Scheibe zwei kleine Drähte sind, die direkt ins Gehirn führen.« Auch auf diese Bemerkung folgte betretenes Schweigen.

»Ach, ihr seid alle verrückt«, sagte schließlich jemand.

»Ich verstehe nicht, warum sie sich bei mir und meiner Alten einmischen«, murmelte der dicke Mann unglücklich in seinen Bart. »Wir waren doch ganz zufrieden, so wie es war.«

V. Frühstück mit Zeitung und weißem Nylon

Das, was die meisten Menschen an den meisten Revolutionen am meisten wundert, ist ihr unrevolutionäres Wesen. Das Leben geht weiter, ob die Barrikaden nun niedergerissen werden oder standhalten. Das ist ganz besonders dann der Fall, wenn der Gegenstand unzureichend erklärt ist und das nationale Drama hauptsächlich in den Herzen einzelner stattfindet. Blut steigert die Spannung, und es floß kein Blut.

Oder nur sehr wenig. Der Tag nach Bourgoynes Rede war der erste Samstag, an dem die grauen Anhänger, deren offizielle Bezeichnung GA-Einpflanzungs-Zentren lautete, in Betrieb genommen wurden. Viele Menschen sind am Samstag unruhiger als an irgendeinem anderen Tag der Woche. In Glasgow stürmte eine Gruppe demonstrierender Schüler aus der Sauchiehall Street hervor und stürzte einen grauen Anhänger, der im Kelvingrove Park seinen Standort bezogen hatte, um. In Pontypool vergewaltigte ein Postbote eine Hausfrau, deren Normannenlicht, wie er behauptete, seinetwegen geleuchtet hatte; später wurde richtiggestellt, daß ihr Licht lediglich die Farbe seines Postautos widergespiegelt hatte. In Frinton versuchte ein Badegast – und man hatte das Gefühl, daß das irgendwie typisch war –, sich den GA, der ihm am selben Morgen eingepflanzt worden war, auszureißen, und wurde ins Krankenhaus gebracht. In Bikkington, Norddevon, beschloß eine alte Dame von fünfundsiebzig, lieber den Kopf in den Gasherd zu stecken, als sich so neumodischem Kram zu unterwerfen; da sie die gesetzliche Altersgrenze weit überschritten hatte, blieb die Geste weitgehend fruchtlos. Auf Orkney schlug eine entschlossene Inselbrigade unter Führung von Eric Linlklater den medizinischen Versorgungsfrachter, der mit einer Ladung von GAs versuchte zu landen, in die Flucht. Am West Cliff in Bournemouth wurde eine junge Frau angezeigt, weil sie einen Verkehrsstau verursacht hatte; für eine bescheidene halbe Krone pro Kopf versuchte eine lange Schlange begeisterter junger Männer, durch Küsse ihr Normannenlicht zum Leuchten zu bringen und auf diese Weise zehn Zigaretten zu gewinnen.

Aber diese Vorkommnisse waren bedeutungslos neben dem Lauf der weltweiten Ereignisse. Verzweiflung auf der Wall Street, Despoten in Jordanien, Hoffnungslosigkeit über der Stadt. Erdbeben in Griechenland, Aufruhr in Rumänien, Plünderungen in der ägyptischen Armee. Bemanntes Raumschiff in

Woomera geplant, Bericht über ein Seeungeheuer vor der belgischen Küste, Yetispuren von der ersten internationalen Himalaya-Expedition gesichtet. Verheerende Feuersbrunst in Georgetown, British Guyana, aufsehenerregende Massenmorde in Mailand, Rauschgiftring in Marseille aufgedeckt. Und natürlich ein Filmstar, der heiratet, die königliche Familie auf Reisen, das süße Pandababy im Zoo, drei Menschen in Seebad ertrunken. Ach ja, und das Freundschaftsspiel.

Zwischen diesem umfangreichen Sorgenkatalog und den alltäglichen persönlichen Gedanken um Geld, Essen, Liebe, Sport, Ansehen, Steuerhinterziehung, Arbeit und Gesellschaftsschicht wurde dem Problem des GA nie die gebührende Aufmerksamkeit gezollt, obwohl seine offenkundigeren Eigenschaften in jedermanns Munde waren. Die Leute neigten entweder dazu, sich ihren einpflanzen zu lassen, und damit basta, oder aber abzuwarten, bis ihre Freunde ihre hatten. Abstraktes Denken als nationaler Charakterzug ist etwas, das nicht einmal die allgegenwärtigen Fernsehquizzsendungen zu fördern in der Lage waren.

In dieser Hinsicht war Jimmy Solent, wie in so vielen anderen Punkten, der durchschnittliche Bürger. An diesem Samstag lief er herum, und es ging ihm kaum ein konstruktiver Gedanke durch den Kopf. Cupido, dieser finstere Sensenmann, hatte von ihm Besitz ergriffen.

Am Abend nahm ihn sein Bruder Aubrey in einem Anfall von Erbitterung mit in das Stumer Theater, wo Thyroid Annersons neues Stück ›Kein sicherer Hafen als Ithaka‹ lief. Für kurze Zeit wurde der Geist der Rose aus seinen Gedanken vertrieben. Vor schwarzer Kulisse und unter gräßlichem Scheinwerferlicht standen Odysseus und seine Mannschaft in Regenmänteln der bebrillten Circe gegenüber. Sie trat vor und bot ihm einen Blumenstrauß dar.

ODYSSEUS: Was ist das?
CIRCE: Blumen; das purpurrote Veilchen, das in den scheu-

en Schatten der Insel wächst.

ODYSSEUS: Wozu sind sie gut?

CIRCE: Wozu sind Blumen gut? Wenn ich die gelehrten Orte der ganzen Welt durchforschen würde, könnte ich keine dümmere Frage finden. Kannst du dir nicht möglicherweise vorstellen, daß diese Blumen ... schön sind?

ODYSSEUS: Ach was, es sind armselige kleine Dinger, nichts weiter als ein Maulvoll Gras. Ich habe dich gefragt, warum du sie mir bringst.

CIRCE: Wie töricht meine Hoffnung! Ich hoffte, sie würden dir gefallen. Ich hoffte, sie würden dich anrühren. Ihre schlichte Schönheit, so dachte ich, würde eine Saite der Harmonie, der Menschlichkeit in dir berühren.

ODYSSEUS: Menschlichkeit und Blumen sind fremdere Bettgenossen als die Sonne und die Keuschheit. Bewahre diese dürftigen Blumen für Gärtner und kichernde Naturfreunde auf. Odysseus hat keinen Bedarf dafür.

CIRCE: Ich habe viele große Männer gekannt, die fähig waren, der Veilchenseite des Lebens etwas abzugewinnen.

ODYSSEUS: *(er zündet sich eine Zigarette an)* Vielleicht. Aber sie waren nicht Odysseus.

CIRCE: Natürlich nicht; ebensowenig, wie du Odysseus bist. Odysseus ist ein Produkt deiner Phantasie. Er ist eine Attrappe, ausgestopft mit unerhörter Tapferkeit und mit einem Kopf voll steinerner Vorsätze. Er ist die Gallionsfigur, die bewegungsunfähig vor das Schiff deines Lebens gespannt ist, und dir bleibt keine andere Wahl, als ihm zu folgen.

An dieser Stelle nickte Jimmy ein.

»Ich finde, es hatte etwas von *Caravaggio*«, formulierte Aubrey vorsichtig, als sie nach Ende der Vorstellung das Theater verließen. Er nahm seine Theaterbesuche ebensoernst wie andere ihren Schnupftabak.

Jimmy, dem jedes Wort, das er gehört hatte, zuwider war und der überdies die Spielart seines Bruders erkannte, sagte feierlich: »Ich finde, daß sie für *Griechen* viel zu griechisch waren.«

»Ja, es war sicher nicht genügend verallgemeinert«, pflichtete Aubrey nüchtern bei. »Ich hatte auch den Eindruck. Es hatte etwas Provinzielles, ebenso in bezug auf die Zeit wie auf den Raum.«

Alyson, die sie begleitete, brach in schallendes Gelächter aus und sagte: »Jimmy hat den Philister gespielt und dich auf den Arm genommen, Aubrey.«

»Dazu hat er kein Recht«, fuhr Aubrey erbost auf. »Er hat den entscheidenden zweiten Akt völlig verschlafen. Ihr zornigen jungen Leute seid furchtbare Feiglinge, wenn es um ein bißchen Kultur geht.«

Mit seinen einunddreißig Jahren war Aubrey schon zu lange ein ehrbarer Bürger. Seine Arbeit bei der BIL hatte ihn ernüchtert, anfällig für Hämorrhoiden gemacht und bewirkt, daß er sooft wie möglich Handschuhe trug. Dennoch hatte er sich immer noch einige der liebenswürdigen Charakterzüge der Solents bewahrt, was er dadurch unter Beweis stellte, daß er Alyson und Jimmy nach dem Theater mitnahm in seinen Club, den Quadrant.

»Dieses Sammelbecken des Frevels!« rief Jimmy aus und gab vor, an der Tür zurückzubleiben. »Diese schummrige Bar, um die sich die betrunkenen Gäste drängen! Das ist nichts für mich!«

Als sie eintraten, wurde sich Jimmy einer Unzufriedenheit bewußt, die er nicht in Alkohol ersäufen wollte. Als sein Tio Pepe gebracht wurde, starrte er ihn an, als wolle er seiner chemischen Wirkung auf ihn die Stirn bieten.

»Mach ein freundliches Gesicht, Jim«, stieß Alyson ihn an. »Es ist viel heller hier drin, als du befürchtet hast.«

»Hell! Diese fluoreszierenden Lichter sind einfach grauenhaft. In beigem Licht sehe ich nie besonders vorteilhaft aus.«

»Du siehst ein bißchen wie ein fahler Orientale aus«, sagte sie mitfühlend. »Kopf hoch, da kommen ein paar von Aubreys Freunden.«

Erleichtert stellte Jimmy fest, daß er die Freunde nicht kannte. Während des Abendessens und des Drinks, den sie später nahmen, konnte er sich ein wenig abseits von der Gesellschaft halten. Als er bemerkte, daß sein GA Alyson sanft anstrahlte, zog er sich gänzlich zurück und wartete im Waschraum, bis das Licht erloschen war.

In bedrückter Stimmung kehrte er mit den beiden anderen nach Hause zurück. Noch zwei Tage, bis er Rose wiedersehen konnte. So lang ihm diese Zeit erschien, hatte er doch den Verdacht, daß es für sie lediglich ... nun, ein paar Tage sein mochten.

So verging der Tag der Revolution für Jimmy, und seine großen, beherrschenden Fragen waren beinahe ausgelöscht. Der Sonntag brachte sie jedoch wieder schärfer ins Blickfeld. Denn am Sonntag erschienen die Sonntagszeitungen.

Wie gewöhnlich ging Aubrey zur Messe, und Jimmy frühstückte allein mit Alyson, die einen steifen, sittsamen Nylonmorgenmantel über dem Nachthemd trug. Seit Jimmy zu Anfang des Jahres in Aubreys Wohnung eingezogen war, hatten die Schlafvereinbarungen zwischen Aubrey und Alyson zu einigen peinlichen Auftritten geführt – auf eine unbedachte Bemerkung von Jimmy hin war die Atmosphäre auf die Größe einer Briefmarke zusammengeschrumpft; aber er hatte sich bald an den Gedanken gewöhnt, daß Alyson die Nacht bei Aubrey verbrachte, wann immer es ihr gefiel, wiewohl es ihr im allgemeinen an den Wochenenden gefiel. Es war wahrscheinlich nicht einmal eine besonders ungewöhnliche Übereinkunft, das Ungewöhnliche daran waren die Personen, die daran beteiligt waren.

»Das ist wirklich lustig«, sagte Jimmy und strich den *Observer* neben seinem Teller glatt, wobei seine Blicke den weißen Nylonmorgenmantel sorgfältig vermieden. »Sie haben einen Haufen sogenannter herausragender Persönlichkeiten dazu gebracht zu sagen, ob sie für oder gegen die Normannenlichter sind.«

»Hast du Munnings Brief im gestrigen *Telegraph* gelesen?«

»Ja, was hast du erwartet? Hör dir das an, Alyson. Hier entscheiden die Großen, auf welche Seite des Zaunes sie zu springen gedenken. Bertrand Russel: ›Das Bewußtsein ist ein fehlerhaftes Instrument, das mit allen Mitteln vervollkommnet werden sollte.‹ Jack Solomons: ›Das ist ein schwerer Schlag für den britischen Boxsport.‹ Sir Miles Thomas ist mit Vorbehalten für den GA. Koestler ist dagegen. Lord Salisbury ist dagegen. Der Dekan von St. Paul sagt: ›Zwar mag das Gesetz, das die zwangsweise Einpflanzung der Geräte vorschreibt, verwerflich sein; aber insofern, als die Apparate selbst uns ständig an unser Gewissen erinnern, müssen sie jedem wahren Christen von jedem wahren Christen anempfohlen werden.‹«

»In der *Times* steht ein langer Artikel von Aldous Huxley«, sagte Alyson. »Das wird Aubrey gefallen – du weißt ja, wie sehr er Huxley immer bewundert hat.«

Jimmy wußte es. Aubrey hatte in seinen letzten Tagen in Oxford einen Aufruhr verursacht, als er vor dem Besuch des Films ›Moulin Rouge‹ eine Überdosis Mescalin genommen hatte und auf der Treppe zum Ritz ohnmächtig umgekippt war. Auf diese Weise hatte er weder Toulouse noch den menschgewordenen Dharma gesehen.

»Huxley ist eigens aus Kalifornien gekommen, um zu sehen, wie sich die Dinge entwickeln«, fuhr Alyson fort und überflog die Seite, während Jimmy bewundernd die weiße Nylonlinie ihres Nackens betrachtete. Mit der gewohnten Flexibilität des Geistes begrüßte Huxley die neue Verordnung als die erste nützliche gesellschaftswissenschaftliche Neuerung seit der Einführung der arabischen Zahlen aus Indien. Gefühls-Anzeiger sollten lediglich als ein weiterer Schritt in der Kultivierung des

Geschlechtslebens betrachtet werden, die durch den nachlassenden Einfluß der jüdisch-christlichen Moralvorstellungen möglich geworden war. Viele tausend Erg an Nervenkraft wurden täglich bei dem Versuch der einzelnen Menschen verbraucht, zu entscheiden, wer wessen nächstmöglicher Sexualpartner war: in einer Gesellschaft, die mit GAs ausreichend ausgerüstet war, löste sich dieses Problem auf den ersten Blick, wodurch folgerichtig ein Potential an Geisteskräften freigesetzt wurde, das für konstruktivere Ziele eingesetzt werden konnte.

So saßen Jimmy und Alyson zufrieden bei aufgebackenen Brötchen und Coopers Oxford Marmelade beisammen und lasen sich gegenseitig Zeitungsausschnitte vor.

»Damien Goldgate, texanischer Ölexperte, der sich gegenwärtig in England aufhält, fragt: ›Sollte die Utopie für das U.K. in greifbarer Nähe sein? Ich weiß es nicht, aber ich fiebere danach, so lange hier zu bleiben, wie meine Firma es mir gestattet. Es ist großartig.‹ Viele gleichgesinnte Amerikaner, die gerade Europa einen Besuch abstatten, stornieren ihre Reise zum Kontinent und bleiben in England, um zu sehen, was passiert. Neben dem einen verärgerten Kalifornier, der rief: ›Warum muß ein Land ausgerechnet dann durchdrehen, wenn ich es besuche? Ich bin hierher gekommen, um den Leuten zu entkommen, die den lieben langen Tag nur über das Eine reden«, muß man die vielen Amerikaner sehen, die das GA-Experiment für ehrenwert, wenn auch gefährlich halten. ›Das ist Britanniens schönste Stunde‹, erklärte mir einer von ihnen gestern auf dem Flughafen Gatwick.«

Der *Observer* wußte von weniger optimistischen amerikanischen Reaktionen zu berichten, angefangen vom unerschütterlichen Standpunkt des Präsidenten: ›Kein Kommentar‹ bis hin zur Erklärung eines Hollywoodsternchens: ›Was diese Engländer mit ihren Lichtern können, kann ich schon lange allein‹. Der Bürgermeister von Rapid Rapids, Iowa, sagte: ›So etwas könnte in Rapid Rapids, Iowa, nicht passieren.‹ Die Universität von Puget Sound schickte einen Soziologen, einen Schüler Dr. Kinseys, nach England, wo er eine unabhängige Studie anfertigen sollte. Studenten einer Universität im Staat New York wählten Britannien zum verrücktesten Land, von dem sie je gehört hatten. Der *Herald Tribune* sagte einen entsetzlichen Zusammenbruch des sozialen Gefüges noch vor dem Stichdatum des ersten September voraus.

»In Europa sind die Reaktionen ebenso unterschiedlich, wenn sie auch nicht so offen ausgesprochen werden«, sagte Alyson. »Abgesehen von der üblichen langweiligen Front sowjetischer Verurteilungen scheint niemand so recht zu wissen, was er von uns halten soll.«

»Haben sie das je gewußt?« entgegnete Jimmy.

»Nun, ich nehme an, genau wie unsere Nation sich jahrelang damit gebrüstet hat, allzu bescheiden zu sein, haben wir immer so getan, als gäbe es bei uns kein großes Liebesleben, und jetzt...« Alyson zögerte, dann fuhr sie hastig fort: »Jedenfalls scheinen die Skandinavier uns für fortschrittlich zu halten. Und auch Kanada und Australien erklären ihre Zustimmung.«

Es war ausgesprochen angenehm, so gemütlich mit einem eleganten Wesen in eleganter Morgentoilette beisammenzusitzen und zu plaudern. Jimmy hätte Rose den Vorzug gegeben, aber Alyson war eine reizende Stellvertreterin. Er schob ihr seine Tasse, um Kaffee bittend, entgegen. Als sie die Hand danach ausstreckte, ergriff er sie.

»Du wirst so süß aussehen mit deinem Nonnenjäger, Alyson«, sagte er. »Du mußt ihn dir sobald wie möglich einsetzen lassen! Ich fühle mich im Nachteil, solange ihr zwei, du und Aubrey, keinen habt.«

Sie entzog ihm ihre Hand.

»Ich habe meine Meinung diesbezüglich geändert«, sagte sie. »Sie werden viele Schwierigkeiten mit sich bringen. Ich will keinen haben. Der Gedanke daran erschreckt mich, wirklich. Ich... würde mich lieber einsperren lassen und eine Strafe zahlen, als einen zu tragen.«

Eine rote Ausstrahlung färbte den Tisch und die Gegenstände, die darauflagen; Jimmys Gene schlugen aus. Jimmy schüttelte hilflos den Kopf, dann ging er zu Alyson hinüber und legte ihr die Hände auf die Schultern. Die Südaussicht war großartig von hier aus.

»Ich fühle mich wie ein Idiot, Alyson«, sagte er, »und so habe ich mich noch nie in deiner Gegenwart gefühlt. Du weißt doch genausogut wie ich, was los ist. Mit diesem verdammten Apparat, der jedesmal rot leuchtet, wenn ich dich sehe, kann ich meine Gefühle nicht länger verbergen. Ich möchte dich fragen...«

Sie erhob sich hastig und verschüttete dabei ihren Kaffee, dennoch gelang es ihm, ihre Oberarme mit den Händen umfangen zu halten.

»Alyson, gib mir...«

»Laß mich los, Jimmy«, sagte sie ruhig. »Du bist zu alt für diese Spielchen. Es ist nicht sehr nett deinem Bruder gegenüber, nicht wahr? Und ich fühle mich ausgenützt. Du kannst so nervtötend sein, Jimmy. Ich nehme an, du glaubst wirklich, weil ich seine...« Sie hielt inne.

»Ich denke nichts dergleichen«, sagte Jimmy sanft. »Aber jetzt kannst du sehen, was ich fühle.«

»Ich will es nicht sehen!« entgegnete Alyson. »Um Himmels Willen, geh in dein Zimmer, bis es vorbei ist. Ich wünschte, diese gräßlichen Dinger wären nie erfunden worden. Es ist so, als würde man einem Hund eine Blechdose an den Schwanz binden – plötzlich wird ihm bewußt, daß er einen Schwanz hat. Und jetzt wird jedem Mann plötzlich bewußt – ach, um Himmels Willen, Jimmy, mein Lieber, geh und beruhige dich. Du machst uns allen dreien das Leben schwer; wenn du das nur einsehen würdest. Geh jetzt und beruhige dich.«

Er ließ die Hände sinken. Er hatte sie noch nie wütend erlebt und wußte, daß sie es auch jetzt nicht war. Selbst, als sie ihn bat, zu gehen, hatte sie ihn verstohlen angelächelt.

»Es ist nicht eine vorübergehende Spinnerei«, sagte er. »Siehst du das nicht selbst? Seitdem ich hier eingezogen bin...«

»Damals warst du mit Penny verlobt«, erinnerte sie ihn.

»Das hat nichts mit dem zu tun, was ich dir sagen wollte.«

»Doch, das hat es, und du weißt es auch«, widersprach Alyson mit fester Stimme. »Außerdem weißt du, daß dieser verfluchte GA dich verändert hat. Du hast ihn erst seit drei Tagen, und schon bist du völlig anders.

Glaub nur nicht, daß ich es nicht gemerkt habe – und ich meine nicht nur wegen meinem feuchten Badeanzug. Es ist so offensichtlich, daß es mich wundert, daß Aubrey noch kein Wort gesagt hat. Was ist Donnerstagnacht passiert? Ich habe gehört, wie du zu unchristlicher Stunde zurückgekommen bist. Und seither bist du sehr merkwürdig und schleichst mit verträumtem Gesichtsausdruck herum. Gestern abend im Quadrant hast du kaum ein Wort gesprochen. Ich mache mir Sorgen um dich, Jimmy; es ist eine Frau, stimmt's? Und versuch nicht, mir zu sagen, das ginge mich nichts an – denn du hast gerade versucht, dafür zu sorgen, daß es mich etwas angeht.«

Er stand mit niedergeschlagenen Augen kleinlaut vor ihr, und ihm gingen fünfzig mögliche Antworten durch den Kopf.

»Ich hatte nicht vor zu sagen, es ginge dich nichts an«, entgegnete er. »Aber ich muß sagen, daß ich diesen schwesterlichen Ton lästig finde, besonders, wenn du deinen Morgenmantel trägst.«

Alyson ging zu dem Raumteiler hinüber und zündete sich eine Zigarette an. Sie blies den Rauch aus und sah ihn mit zwingendem Blick an. Obwohl ihr Haar die Farbe von reifem Weizen hatte, waren ihre Augen und Augenbrauen dunkel; sie wirkten herrisch, selbst wenn sie eine Bitte aussprach.

»Komm hierher, Jimmy«, sagte sie.

Er ging zu ihr.

Sie seufzte. »Du bist zu folgsam, das habe ich dir schon einmal gesagt«, erklärte sie, ohne vor ihm zurückzuweichen. »Du bist so beeinflußbar. Ach Gott, Jimmy, du und dein Bruder, ihr braucht jemanden, der sich um euch kümmert – besonders jetzt ... Ich mache mir Sorgen um dich. All diese Fachleute und Schlauköpfe haben monatelang über die GAs diskutiert, und ich glaube, das Wichtigste ist ihnen entgangen: wenn alle Menschen sich mit *dem* Problem beschäftigen, steht uns eine Welle der Ausschweifungen bevor. Alle denken auf eine Weise über den Sex, wie sie es nie zuvor getan haben. Nimm dich zusammen und laß dich da nicht hineinziehen, ja? Das ist etwas, das nicht zu dir paßt.«

Jimmy zündete sich eine Zigarette an und stellte fest, daß seine Hände zitterten. Er war wütend auf Alyson und erstaunt über sich selbst. Plötzlich erschien es ihm außerordentlich wichtig, dieses Mädchen in weißem Nylon nicht zu beleidigen. Sie war schließlich seinesgleichen – mehr als Rose, obwohl das nicht zur Debatte stand.

»Es tut mir leid . . .«, brachte er schließlich hervor.

»Mir auch«, entgegnete sie und verschwand eilig im Badezimmer.

Für den Rest des Tages war Jimmy sehr nachdenklich. Er verbrachte den größten Teil des Vormittages in seinem Zimmer und ›meditierte über das Leben‹, eine Bezeichnung, mit der man im allgemeinen das Nachdenken über den eigenen Charakter meint. Wie gewöhnlich waren die Schlüsse, die er daraus zog, niederschmetternd. Als typischer Vertreter einer, vom anthropologischen Gesichtspunkt aus betrachtet, Spezies von Wirbeltieren in der plazentalen Untergruppe der Säugetiere und innerhalb dieser Untergruppe von Primaten, wußte Jimmy wenig über seine eigene Physiologie und über die Schilddrüsen, Nebenschilddrüsen, Thymusdrüsen, Hirnanhangdrüsen und Nebennierendrüsen, von denen sein emotionales Gleichgewicht abhing. Noch weniger wußte er von der grauen, wunderbaren Welt der subatomaren Teilchen, die, wie Heisenbergs Unschärferelation bewies, sein Denken und seine Orientierung lenkten. Schlimmer noch, Jimmy war es zufrieden, nichts von alldem zu wissen. Seiner Selbstbestimmung waren Grenzen gesetzt; wie eine vielgelesene Tageszeitung war er der Gnade seiner Zirkulation ausgeliefert.

Er hatte nur eine verschwommene und unzulängliche Vorstellung von einem Burschen – seiner eigenen Person –, der ein mehr oder weniger tiefes Verhältnis zu drei Mädchen hatte. »Du sollst nur einen Gott haben; wer würde die Kosten für zwei tragen? Du sollst nur ein Mädchen haben; drei wären eine Verschwendung von Geld und Liebe.« Diese modernen zehn Gebote schienen ihm so bindend wie ein Moralgesetz. Wenn Alyson ihn verurteilte, verurteilte er selbst sich ebensosehr – wenn ihm auch in einem entfernten Winkel seines Bewußtseins klar war, daß er Rose aus ganz anderen Gründen als Alyson begehrte.

Die arme kleine Penny Tanner-Smith war auf den miserablen dritten Platz abgeschlagen. In diesem Punkt zumindest konnte er sein Gewissen auf der Stelle erleichtern und sein Leben vereinfachen. Seitdem sie die Verlobung gebrochen hatte, hatte sich Penny seinen ernsthaften Versuchen, die Verbindung wiederherzustellen, verschlossen. Also gut. Sie war süß und melancholisch – er dachte nicht mehr daran; wenn sie gehen wollte, sollte sie gehen. Er hatte sie geliebt, sicher; aber sie gehörte der alten Welt, dem vergangenen Zeitalter an. Unsere sexuellen Antennen reagieren schließlich außerordentlich schnell auf alles Neue. Er würde ihr schreiben und die Verbindung endgültig lösen.

Jimmys vierter Versuch eines Briefes an Peggy schien ihm die richtige Mischung aus Festigkeit und Güte, Bedauern und Erleichterung zu treffen. Er hatte den Brief bereits aufgegeben, als ihm einfiel, daß er sich seinen GA um Pennys willen so rasch hatte einsetzen lassen: soviel hatte sich seither verändert! Einen Augenblick lang wurde er von bösen Ahnungen überflutet, und in dieser Flut drängte sich das Strandgut veralteter religiöser, moralischer, abergläubischer und sentimentaler Vorstellungen; da er sie nicht voneinander unterscheiden konnte, schob er sie alle als Überbleibsel einer begrabenen Vergangenheit weit von sich, doch zuvor kam ihm eine Strophe aus einem alten Stück in den Sinn und verhöhnte ihn:

Du hast Unzucht getrieben –
Aber das war in einem anderen Land;
Und überdies, die Hure ist tot.

VI. Eine interessante Theorie

Conrad Scrybans Haaransatz war sehr hoch, was seiner Stirn eine weitere Bogenlinie verlieh. Seine Nase war feingeschnitten und wächsern, sein Mund wirkte entschlossen. Seine Augen waren braun. Sein Gesicht machte einen gepflegten Eindruck. Er hatte das milde Aussehen eines Schauspielers, der zu oft den Butler gespielt hat.

»Weißt du, er ist ein richtiges kleines Bild von einem Geschäftsführer«, hatte sich Jimmy einmal in einem Gespräch mit Donald beklagt. »Es ist einfach zu gut, um wahr zu sein. Diese Augen sind so sanft und aufrichtig, daß sie nur die Augen eines Scharlatans sein können.«

»Warum zerbrichst du dir darüber den Kopf?« hatte Donald geantwortet. »Du kannst nichts anderes erwarten, als daß der Direktor eines verrückten Ladens wie der IBA so aussieht.«

Vielleicht hatte der Bibliothekar recht, dachte Jimmy jetzt, während er da stand und Conrad Scryban betrachtete. An diesem Montagmorgen trug der Direktor einen grünen Tweedanzug und derbe Halbschuhe; eine Jagdflinte unter seinem Arm wäre nicht weiter aufgefallen. Statt dessen trug er eine Aktenmappe. Mrs. Wolf, die, so gesellig wie ein stadtgeborener Aasgeier, an seiner Seite dahineilte, trug ebenfalls eine Aktenmappe unter dem Arm. Jimmy trug seinen Haiti-Ordner. Donald vervollständigte die Vierergruppe; er trug gar nichts, sondern hatte die Hände in die Hosentaschen geschoben.

Während sie durch einen Gang, den auch die vornehme grauschwarze Tapete nicht aufheitern konnte, zum Hauptausstellungssaal gingen, erzählte ihnen Scryban von einem Büchlein, das Maginn zu Beginn des vorangegangenen Jahrhunderts veröffentlicht hatte: ›Die Leitsprüche des Morgan O'Doherty.‹

»Wenn Sie Gefallen finden an Epigrammen, wird Ihnen O'Doherty, der diese verfeinerte Kunstform für einige sehr weltliche Weisheiten benutzte, gefallen«, sagte Scryban. »Wenn wir auch heute die Brauen hochziehen mögen über Sprüche wie: ›Es gibt nichts besseres auf der Welt zum Frühstück als kalten Schweinskopf‹, können wir die Kühnheit in ›Kein Zigarrenraucher hat je Selbstmord begangen‹ nur bewundern.«

»Da ist etwas Wahres dran«, pflichtete Donald ihm bei. »Tabak ist der Tabak des armen Mannes.«

»Hör auf mit diesen Scribistenwitzen«, sagte Jimmy.

»Aber meine beiden Lieblingssprüche«, fuhr Scryban liebenswürdig fort, ohne die unverständlichen Unterbrechungen der Jugend zu beachten, »haben einen hochmoralischen Inhalt. ›In der Literatur und in der Liebe steht am Anfang gewöhnlich schlechter Geschmack‹ ist der einc. Ausgezeichnet. Ich bin sicher, daß sie mir darin zustimmen.«

»Ausgezeichnet«, stimmte ihm Veronica Wolf mit einem etwas bitteren Lächeln zu.

»Und der zweite«, bemerkte Scryban, als sie den Ausstellungsraum betraten, »ist einer, der gedruckt ausgesprochen großartig wirkt: ›Wenn ein Mann betrunken ist, spielt es keine Rolle, womit er sich betrunken hat‹.«

»Das klingt fast wie Johnson«, sagte Mrs. Wolf.

Jimmy dachte, wie seltsam die Gewohnheit Scrybans doch war, in literarischen Gesprächen zu schwelgen, soweit sich die Narren, die ihn umgaben, darauf einließen. Vielleicht gefiel es ihm, über Literatur zu reden; vielleicht hoffte er, auf diese Weise etwas an seine Untergebenen weitergeben zu können. Was auch immer der Grund sein mochte, es war so ungewöhnlich für einen Literaturschaffenden in England, über Literatur zu reden, daß es auffiel. Dann war da noch diese niederschmetternde Bemerkung über das Betrunkensein. Jimmy würde sie sich merken müssen. Sie war sehr treffend.

»Und nun, Mrs. Wolf, würden Sie vielleicht so freundlich sein, uns, vielleicht vor allem zu Jimmys Information, den Hintergrundeffekt zu beschreiben, den wir hinter all unseren kleinen Ausstellungen hier erzeugen wollen«, sagte Scryban, indem er um eine schwere Kommode herumging, die eines der Ausstellungsstücke in der gegenwärtigen Ausstellung ›Das englische Haus als literarisches Thema‹ bildete.

»Mit Vergnügen«, sagte Mrs. Wolf und lächelte dabei, als hätte sie die Absicht zu beißen. Jimmy heftete den Blick fest auf ihre kleinen, spitzen Zähne und versuchte sich einzureden, daß er aufmerksam zuhören und vergessen mußte, daß Rose jetzt wahrscheinlich irgendwo in London, vielleicht keine Meile von der IBA entfernt war.

»Unsere Grundannahme ist überaus einfach«, erklärte Mrs. Wolf. »Die Zivilisation hat eine Ebene erreicht, auf der Literatur vielleicht für ebenso selbstverständlich gehalten wird wie heißes Wasser aus der Leitung. Darf ich als flüchtiges Beispiel daran erinnern, daß der augenblickliche UN-Slogan ›Das Gegenteil von Frieden heißt nicht Krieg, sondern Tod‹ von einem Engländer geprägt wurde, dessen Erziehung von den Bildungsrichtlinien von '44 bestimmt war. Man kann sich heute darauf verlassen, daß Bücher ihre Aufgabe, wie Tauchsieder, unbemerkt erfüllen.

Dieser Allgemeinplatz mag vor ein paar Jahren noch revolutionär geklungen haben, als die Welt noch in Aufruhr war und der Kalte Krieg noch nicht kalt genug, um, wie heutzutage, mit einer Eisschicht überzogen zu sein, die dick genug ist, daß man darauf Schlittschuh laufen könnte – oh ja, die Russen können sich einen Krieg im Mittleren Osten noch weniger leisten als wir. Im letzten Jahrzehnt, in den fünfziger Jahren, verkam das Buch zur bloßen Ware, zum Fernseher des armen Mannes.«

Sie lächelte Jimmy forschend an; er fragte sich, ob er hätte Notizen machen sollen: ›Zivilis. auf Ebene. Heißes Wasser. Schlittschuh laufen. Fernseher ds. armen Ms.‹

»Inzwischen hat das Buch seine Bewährungsprobe bestanden«, fuhr Mrs. Wolf fort. »Es hat sich von einem langweiligen Gegenstand zum Ideal entwickelt – zu einer Sehnsucht, um mit den Worten unseres Gründers zu reden. ›Unsere Sorge‹, so hat er einmal zu einem aufdringlichen Buchhändler gesagt, ›gilt nicht den Verkaufszahlen, sondern der Seele.‹ Der beklagenswerte

Abstieg des Buches zum Aschenbrödel des Unterhaltungsbereichs gilt nicht mehr; von heute an ist es ein Kultgegenstand, etwas, das verehrt wird und über das man spricht, das man aber lieber nicht liest – wie ich schon sagte, ein Symbol und kein Bildröhrenersatz.

Das Buch ist verschwunden, verflogen. An seine Stelle ist eine lebendige, bebende, schöpferische, empfängliche *Atmosphäre* getreten. Alles kann daraus entstehen, und wir von der IBA haben die Aufgabe, dafür zu sorgen, daß das geschieht.«

Sie beendete ihren Vortrag mit tönender Deklamierstimme, die kaum verklungen war, als Donald mit gedämpfter Stimme sagte: »Mit anderen Worten, die lange Nacht der Aufklärung neigt sich ihrer Dämmerung entgegen.«

»Unser Bibliothekar ist heute morgen zynisch«, bemerkte Conrad Scryban fröhlich. »Ich glaube, wir können davon ausgehen, daß eins seiner Gedichte angenommen worden ist.« Dann wandte er sich an Jimmy und sagte: »Nun, das müßte Ihnen die nötigen Anhaltspunkte für Ihre Haiti-Ausstellung geben, nehme ich an. Wenn Sie irgendwelche Hilfe brauchen, wenden Sie sich an Mrs. Wolf oder mich.«

»Danke«, sagte Jimmy. »Aber ich verstehe leider nicht ganz, wie man diese Prinzipien auf etwas anwenden kann, das immerhin eine Buchausstellung werden soll. Ich meine, man muß doch *Bücher* ausstellen.«

»Das stimmt nicht ganz«, erklärte Scryban und sah mit einem kaum merklichen Stirnrunzeln auf seine schwere Armbanduhr. »Schließlich ist da erst einmal das Portrait von Clunes. Versuchen Sie, die Illustrationsebene auszubauen. Ein paar fröhliche Haitiuniformen zum Beispiel – rufen Sie V. und A. an, die müßten welche haben –, sie würden sich in der vorderen Nische gut machen. Es dürfte Ihnen auch nicht schwerfallen, ein paar zeitgenössische Waffen aufzutreiben. Aber Sie müssen darauf achten, daß Sie die Ausstellung nicht mit Büchern überfrachten; Sie werden feststellen, daß das Publikum davon nur abgestoßen wird. Wir müssen immer das Publikum im Auge behalten.«

»Ich verstehe«, sagte Jimmy widerspenstig. »Ich soll die eine Sache, die zu fördern unsere Aufgabe ist, herunterspielen. So, wie jedermann irgendeiner Form der Sexualität frönt, jedoch entsetzt ist, wenn offen über das Thema gesprochen wird.«

Conrad Scryban vergrub die Hände in den Taschen seiner Tweedjacke, legte den Kopf zur Seite und betrachtete Jimmy, dessen Wangen sich leicht gerötet hatten. Dann sagte er: »Sie ziehen da einen recht unfairen Vergleich, aber vermutlich lautet die Antwort generell ja. Niemand ist versessen auf die sexuellen Bekenntnisse der anderen. Sie dürfen nicht vergessen, daß unsere Aufgabe, gottlob, nicht darin besteht, Bücher zu verkaufen, wir verkaufen den Begriff des Buches. Und jetzt nehme ich an, daß ich Sie alle von Ihrer wohlverdienten Kaffeepause abhalte. Bitte, entschuldigen Sie mich.«

Sie sahen ihm nach, als er davonging. Donald hängte sich bei Mrs. Wolf ein und sagte: »Kommt, Kinder, für heute ist die Arbeit getan. Wir wollen den Wink befolgen und eine Tasse Kaffee trinken.«

»Geht ihr schon vor«, sagte Jimmy. »Ich komme gleich nach. Ich muß noch einen Anruf erledigen.«

Er eilte in sein kleines Büro. Dort zwinkerte er dem Ben Nicholson zu, nahm den Hörer auf und wählte die Nummer des Debroy Dalmar. Am anderen Ende der Leitung ertönte eine knitterfreie Kunststoffstimme, und er bat sie, ihn zu Roses Zimmer durchzustellen.

Er hörte ein Summen, dann sprach eine Männerstimme. Sie erklärte bedauernd, daß Miß English ausgegangen sei.

»Können Sie mir sagen, wo ich sie erreichen kann oder wo sie arbeitet?« fragte Jimmy, dem instinktiv jeder Fremde verhaßt war, der in Roses Abwesenheit in ihrem Zimmer herumlungern konnte.

»Vielleicht kann ich etwas ausrichten. Würden Sie mir bitte Ihren Namen und Ihre Adresse geben?«

»Da ich ihr nichts auszurichten habe«, erklärte Jimmy, »wird das kaum notwendig sein. Ich möchte sie sehen.«

»Dann schlage ich vor, daß Sie mir Ihren Namen und Ihre Telephonnummer sagen, damit sie zurückrufen und eine Verabredung mit Ihnen treffen kann.«

»Tun Sie nicht so verflucht geheimniskrämerisch, alter Knabe. Sagen Sie mir einfach, wo sie arbeitet. Den Rest überlassen Sie mir.«

»Das ist im Augenblick nicht möglich«, sagte die Stimme am anderen Ende der Leitung ungerührt. »Aber wenn Sie mir Ihre Telephonnummer geben, werde ich sehen, was ich für Sie tun kann.«

Jimmys Widerstand erlahmte, und er gab dem Fremden seinen Namen und seine Telephonnummer. Er war zu verwirrt, um sich zum Kaffeetrinken zu den anderen zu gesellen. Statt dessen blieb er sitzen, trommelte mit den Fingern auf die Schreibtischplatte und starrte die IBA-Broschüren über Menschen wie Svevo an. Ohne Zweifel war Rose eine Herausforderung. Als das Telephon schrillte, fuhr er zusammen.

Er riß den Hörer an sich und sagte: »Solent.«

»Jimmy?«

»Hallo, ja. Hier ist Jimmy Solent. IBA: Wer ist da, bitte?« Die Stimme klang vertraut, aber...

»Man hat mir gesagt, daß du angerufen hast.«

»Mein Gott! Rose – bist du's, Rose?«

Es war Rose. Das Wunder war geschehen: diese wundervolle Frau war mit ihm verbunden. Über das Telephon. Der Herumtreiber in ihrem Zimmer hatte wenig Zeit verloren, sie anzurufen. Jimmy geriet in helle Aufregung.

»Ach, Rose, hör zu... Hallo, ich wollte sagen, Schätzchen! Ich... du... ich hatte nicht erwartet, daß du so schnell anrufst.« In seiner Aufregung geriet Jimmy ins Stottern. »Schau, hör zu, Süße, es ist eine Ewigkeit her seit Donnerstag. Ich habe so viel an dich gedacht in diesen Tagen. Geh heute abend mit mir aus. Geh mit mir essen oder sonst irgendwas: was du willst.«

»Das ist lieb von dir, Jimmy, aber ich habe furchtbar viel zu tun«, sagte die gutgelaunte, beherrschte Stimme. »Ich schaffe es nicht heute abend; es ist ein bißchen kurzfristig, weißt du.«

»Ich war am Freitag da, aber du warst fort.«

»Wo warst du? Hier?«

»Im Debroy.«

»Ach so, ich verstehe.« Darauf folgte ein Schweigen, und Jimmy sank das Herz ein wenig. Sie klang so verheerend unverbindlich.

»Ich nehme an, daß ich morgen abend auch noch am Leben bin, sagte er mit gewollt fröhlicher Stimme«, sagte Jimmy mit gewollt fröhlicher Stimme.

»Jimmy, mein Lieber, es tut mir leid, aber ich habe diese Woche keine Zeit, ich habe nicht einen einzigen freien Abend. Das ist keine Ausrede, ich habe nur einfach furchtbar viel zu tun.« Er konnte sich nicht verheimlichen, daß ihre Stimme keine Spur von Bedauern erkennen ließ.

»Ich muß dich sehen, Rose.« Er verzichtete jetzt auf jeden Versuch, so zu tun, als ginge es nicht um Leben und Tod für ihn. Es spielte keine Rolle mehr für ihn, ob die IBA-Telephonistin mithörte oder nicht. »Ich muß dich sehen Rose, wirklich. Meine... meine Lenden sehnen sich schmerzlich nach dir. Verlangen, weißt du... körperliches Verlangen. Es ist schrecklich; ich habe so etwas noch nie zuvor empfunden. Verstehst du? Iß mit mir. Irgend etwas. Du mußt schließlich irgendwann essen gehen. Ich muß dich bald sehen. Iß mit mir zu Mittag. Heute. Wie wär's heute?«

Nach einer kurzen Pause sagte sie: »Ich kann nicht von hier weg, aber vielleicht kannst du herkommen. Wäre das möglich?«

»Heute? Natürlich. Wo bist du?«

Rose nannte ihm den Namen: Ghearing and Flower, Ltd. und eine Adresse in Debtford; dann hängte sie auf. Benommen und erfüllt von Ängsten und Hoffnungen, saß Jimmy da. Er sollte sie um zwölf Uhr dreißig treffen; jetzt war es noch nicht elf Uhr. »Ich werde darum kämpfen«, sagte er sich. »Es ist etwas, das ich mir sehr heftig wünsche. Diesmal habe ich es mit einer wahrhaft erwachsenen Frau zu tun; wenn ich mich zum Narren mache, wird sie mich hinauswerfen. Ach Rose, meine Süße, wenn du nur *wüßtest* ...!«

Zufrieden stellte er fest, daß sein Normannenlicht beim bloßen Gedanken an sie kirschrot aufleuchtete.

Bis zwölf Uhr versuchte er vergeblich, in Mackenzies ›Anmerkungen zu Haïti‹ zu lesen, die ihm Donald beschafft hatte. Dann rief er, einem Anfall von Tatendrang folgend, Donald an.

»Mir ist gerade eingefallen, daß ich den Holmes-Raum für Goldings Rede um zwei Uhr vorbereiten sollte«, sagte er. »Es ist mir aus irgendeinem Grund vollkommen entfallen. Du hast doch gerade nichts zu tun, Donald, oder? Sei ein Engel und rück die Stühle zurecht und füll die Karaffe für Golding auf, ja? Ich gehe jetzt kurz aus dem Haus und bin vielleicht nicht rechtzeitig zurück.«

»Sei vorsichtig und bleib der Herr deiner Fliegen, das ist alles, was ich dazu zu sagen habe«, sagte Donald düster.

Einen Augenblick später stand Jimmy auf der Straße und strebte der Holborn-Station entgegen. Dort verschlang ihn die U-Bahn ebenso mühelos mit der Menge wie ein Wal, der Plankton schluckt. Erst im Zug begann er sich zu fragen, wer Ghearing and Flower war und was Rose wohl in Debtford zu tun hatte. In der herrschenden Schwüle empfand er es als störend, sich mit diesen Fragen konfrontiert zu sehen.

In Debtford war es drückend heiß. Niemand kannte den Settle Place, wo die Herren Ghearing und Flower lebten und wirkten und ihr ruhmreiches Dasein führten. Als er bereits eine ganze Weile hoffnungsvoll dahingewandert war, stieß er endlich auf einen Mann, der sagte: »Ja, natürlich, Settle Place – Sie haben Glück, ich wohne dort. Ungefähr 200 Meter geradeaus bis zum ›Hirsch‹, dann links, dann die zweite rechts, und dann ist es zu Ihrer Rechten hinter dem Kia-Ora Lagerhaus. Sie können es nicht verfehlen. Ghearing ist ein großes weißes Gebäude.«

Es war bereits 12 Uhr 25. Jimmy fiel in Laufschritt. Der bloße Gedanke, daß er in Deptford war, schien ihm unwahrscheinlich.

Es kam ihm vor wie ein Traum. Er wagte nicht einmal, im ›Hirsch‹ auf einen Schnaps Halt zu machen.

Wunderbarerweise erwies sich die Beschreibung, die man ihm gegeben hatte, als richtig, und um 12 Uhr 28 lief er im Galopp auf dem Settle Place ein. Der Settle Place war schwarz; Ghearing and Flower war ein weißer Palast. Die Empfangshalle, von der mehrere Korridore ausgingen, strahlte den Chic der Fünfziger Jahre aus und bedurfte dringend der Reinigung. Neben dem Auskunftsschalter stand ein unordentlicher Stapel kriegsschiffgrauer Lattenverschläge. Jimmy nannte einer Empfangsdame seinen Namen und wartete ungeduldig. Er trocknete sich mit einem Taschentuch das erhitzte Gesicht und rückte, überzeugt, daß er im Augenblick nicht eben dem Bild von Roses Liebhaber entsprach, seine Krawatte zurecht. Das Hemd klebte ihm an der Brust; er zupfte es vorsichtig ab und blies über dem zweiten Knopf hinein.

»Was *tun* Sie hier eigentlich?« fragte er die Empfangsdame mit ungewollter Heftigkeit, als er ihren Blick auf sich ruhen sah.

»Dasitzen und lesen, wenn niemand in der Nähe ist. Warum?« fragte die Empfangsdame. Sie war ein sprödes, bleiches Pflänzchen von einer Frau; Jimmy vermutete, daß sie Witwe und dem Methodistenglauben verfallen war.

»Nein, ich wollte wissen, was diese Firma tut«, sagte er beharrlich.

»Ach so ... Pillen. Kunststoffe. Wissen Sie ... Chemikalien und so.« Sie wandte sich ab, als würde sie die Anstrengung, freundlich zu wirken, krank machen.

Ein Bote erschien und führte Jimmy durch mehrere Gänge in einen Innenhof. Es war ein riesiger Platz von fast reizvoller Häßlichkeit. Er wurde durch eine Tür mit der Aufschrift ›Kein Zutritt‹ geschoben und alleingelassen. Jimmy stand in einem Raum, der wie ein riesiges, gläsernes Gewächshaus mit Fliesenboden aussah. Der Weg war nicht mit Blumen, sondern mit kleinen Verschlägen gesäumt; in einigen der Käfige saßen kleine Tiere: Kaninchen, Affen, Katzen, Hamster, Schweine, Meerschweinchen, ein Fuchspärchen. Die grüne Atmosphäre roch nach Desinfektionsmitteln. Am anderen Ende der Halle stand Rose und unterhielt sich mit einem Mann in weißem Kittel. Als Jimmy auftauchte, entfernte er sich.

Rose drückte ein Notizbrett, auf dem ein Blatt Papier festgeklemmt war, an sich und schritt über die Steinfliesen auf ihn zu. Er hatte das Gefühl, sich in seine molekularen Bestandteile aufzulösen. Sie trug ein eisblaues, maßgeschneidertes Leinenkleid, das bis auf zwei Taschen im Rock vollkommen schmucklos war. Es verlieh ihr Vollkommenheit, hob sie mit einem Schlag jenseits von Gut und Böse, in die Sphäre, der Kunstwerke angehören.

Im Näherkommen lächelte sie, und ihr Gesicht schob das Kinn ohne ihr Zutun etwas seitlich. Jimmy kannte diesen Ausdruck, als würde sie ihn seit Jahrhunderten für ihn aufsetzen. Ihre Augen hatten diese aufregende Mischung aus Grün und Braun: wie die Jupiteratmosphäre, dachte Jimmy, undurchsichtig und tödlich. Sie hatte einen selbstsicheren Gang, den Gang, den man hat, wenn man im Debroy Dalmar verkehrt. Als sie neben Jimmy trat, ließ sie das Klemmbrett und die Papiere in eine Ablage über einem der Verschläge fallen; er erkannte das Wort ›Speichelfluß‹ auf dem obersten Blatt Papier. Er schluckte krampfhaft den eigenen Speichel hinunter und versuchte, seine Haltung zurückzugewinnen.

»Ich brauche nicht erst zu fragen, ob du Ghearing oder Flower bist«, sagte er, und seine Stimme rasselte, als hätten sich die Mandeln in seinem Hals gelockert. »Ich bin mir nur noch nicht sicher, ob du eine – nein, keine Rose, das ist zu einfach – eine Lupine – oder ist das zu phallisch? – oder, oh ja, ich glaube, eine Kaktus-Dahlie. Das sind meine Lieblingsblumen.«

»Ein Löwenzahn, Mann«, sagte sie und ließ auf diese kurze und bündige Weise das Thema fallen. Sie stand vor ihm und sah ihn an, und er hatte das unangenehme Gefühl, daß sie seinen Schweiß roch.

Er berührte ein kleines Stückchen des steifen Leinenstoffs, der ihre Hüften bedeckte und tätschelte es mit unbeholfener Vertraulichkeit.

»Ich mußte einfach kommen, Rose. Es tut so gut, dich wiederzusehen. Ich hoffe, ich komme dir nicht ungelegen.« Das war ein Fehler; er hatte sich vorgenommen, sich nicht die Spur von mangelndem Selbstvertrauen anmerken zu lassen; es hatte verdammt nicht ungelegen zu sein. »Ich habe das, was ich am Telephon gesagt habe, ernst gemeint. Ich verzehre mich nach dir. Du bist wie Juckpulver in meinem Blut.«

Sie betrachtete ihn aufmerksam. Auf ihrer Stirn waren zwei ausgeprägte Linien zu sehen, um ihre Augen zogen sich fröhliche Fältchen. Ja, sie mußte mindestens fünfunddreißig sein. Sie war nicht im eigentlichen Sinne schön zu nennen; vielleicht konnte man sogar sagen, daß sie überhaupt nicht schön war – nur, daß das in anderem Sinne gelogen war. Denn in ihrem Gesicht drückte sich Verständnis und Offenheit aus, eben Charakter; es war ein einmaliges Gesicht.

»Wahrscheinlich ist es ebensogut, daß du gekommen bist«, sagte sie. »Komm, wir gehen hinüber in die Kantine.«

»Mir gefällt es hier, Rose. Können wir nicht hierbleiben und uns unterhalten?«

»Ich muß etwas essen.«

Während Jimmy ihr folgte, fragte er sich, wozu die Tiere gut waren. Nicht, daß er sich den Teufel darum geschert hätte.

»Wir lehren sie, zu lügen und betrügen wie Menschen«, sagte sie, ohne daß sich ihre Stimme merklich veränderte.

Die Menschen, an denen sie vorübergingen, starrten Jimmy durchdringend an; sie wurden, einer nach dem anderen, einen Augenblick lang in Jimmys roten Schein getaucht. Bekümmert stellte er fest, daß Roses Normannenlicht neutral blieb. Es hatte nicht einmal geflackert. Doch er gab die Hoffnung nicht auf.

In der Kantine, einem trostlosen Raum, durch den Tanzmusik wie ein Windhauch säuselte, nahm sich Rose einen Teller Spaghetti mit Ei und einen Schokoladenpudding und stellte sie auf ein Blechtablett. Als sie auf einen Tisch hinter einem Raumteiler zuhielt, folgte er ihr mit einem Kaffee; ihm war nicht nach Essen zumute. Der Gegensatz zwischen Rose und ihrer Umgebung war so groß, daß er fragte: »Was *tust* du eigentlich hier, Rose?«

»Es ist eine der Firmen meines Onkels«, erklärte sie. »Onkel Felix; ich glaube, du bist ihm begegnet. Gefällt es dir nicht hier?«

»Ich habe keine Ahnung«, entgegnete er. Die Frage war so belanglos; und ihre Antwort war auch nicht gerade zufriedenstellend. Er sah ihr zu, wie sie die Spaghettis in Angriff nahm; sie wirkte aufreizend gesund und gelassen. Sie war sehr sauber. Sie hatte ein paar Sommersprossen, kaum wahrnehmbare Pünktchen.

»Was wolltest du mir sagen, Jimmy?« unterbrach sie das Schweigen, als sie den Teller halb leergegessen hatte.

»Was ich schon am Telephon zu sagen versucht habe. Daß ich erfüllt bin von dir, daß mein Körper berauscht ist von dir. Daß ich nicht erwartet oder verdient habe, was ich Donnerstagnacht bekommen habe, aber daß es mich... umgehauen hat, daß es außerhalb meiner bisherigen Erfahrungswelt liegt und mich völlig verwirrt hat. Es fällt mir nicht leicht, das zu sagen – es ist nicht einmal sehr würdevoll – aber es ist nun mal zufällig die Wahrheit. Das ganze war... eine Offenbarung für mich.«

Er hielt inne, um ihr Gelegenheit zu geben, etwas zu sagen. Sie hielt den Blick noch immer auf ihren Teller gesenkt und stocherte in den Spaghettis. Sie sagte: »Sprich weiter, Jimmy.«

»Ich habe mich doch bisher klar ausgedrückt, oder nicht?« entgegnete er verdrossen. Sie hatte gerade eine Gelegenheit ausgelassen, ihm zu sagen, wie wichtig der Donnerstag auch für sie war.

»Ja, vollkommen klar. Es hat dir Spaß gemacht am Donnerstag. Mir auch, es hat mir Spaß gemacht, und es war wunderbar. Aber jetzt ist es vorbei. Der Donnerstag ist nicht mehr Wirklichkeit. Er war zu seiner Zeit wirklich, aber jetzt nicht mehr.«

»Du irrst dich, Rose«, widersprach er verzweifelt. »Vielleicht war es letzte Woche nicht wirklich, nur eine verklärte Wunschvorstellung; aber seither ist es wirklich geworden – wirklicher als die Wirklichkeit. Ich muß… ich wünsche mir so sehnlich, mehr von dir zu sehen, dir zu zeigen… ach, dir zu zeigen, daß du mir plötzlich eine ganz neue Welt eröffnet hast.«

»Du bist wie so viele Menschen, du möchtest in der Vergangenheit leben«, sagte sie. Sie wirkte vollkommen ruhig. »Das geht nicht…«

»Vergangenheit! Vier Tage ist es her!« gab er unbeherrscht zurück.

»Es tut mir leid, Jimmy, aber der vergangene Donnerstag ist ebenso unwiederbringlich wie das Jahr 1966. Ich möchte mich ohnehin nicht auf eine gefühlsmäßige Bindung mit dir einlassen.«

Das Wort blieb ihm im Halse stecken. Bis zu diesem Augenblick hatte Jimmy, obwohl sein Empfang viel zu wünschen übrig ließ (vielleicht, weil Rose sich in dieser nüchternen Umgebung nicht wohl fühlte, hatte er gedacht), den Donnerstag nur als goldenen Auftakt zu einem herrlichen Drama des sinnlichen und mystischen Erwachens gehalten. Schlimmer noch, es war ihm in seiner unschuldigen Naivität nicht einmal in den Sinn gekommen, daß man es auch anders betrachten konnte. Er hatte seine Gefühle – diesen eisglühenden Heiligenschein, der ihn umhüllte – nicht bewußt gelenkt; zu erfahren, daß Rose die ihren vollkommen in der Hand hatte, traf ihn mitten ins verwundbare Herz.

Jimmy starrte sie an, während sie dem letzten Wurm auf dem Teller nachjagte. Er schüttelte die Kälte ab, die sich in ihn hineinfraß. Als sie Messer und Gabel auf den leeren Teller zurücklegte, sagte er gequält: »Du hast mir soviel gegeben. Ich hatte gehofft, ich hätte dir auch etwas gegeben. Es fällt mir schwer, das zu sagen, aber du – du warst so voller Verlangen in dieser Nacht.«

»Du hast mir absolut nichts gegeben«, sagte sie. Von der ganzen Unterhaltung waren das beinahe die einzigen Worte, deren sich Jimmy später noch erinnerte. Sie würden ihn, grausam und unerbittlich, noch viele Jahre begleiten, so, wie ein Fisch, der in den See zurückgeworfen wird, den Stich des Angelhakens immer mit sich herumtragen muß.

Ihm fiel keine Erwiderung ein, und es war Rose, die das Wort wieder ergriff. Sie hörte auf, Pudding zu löffeln, sah ihm in die Augen und sagte:

»Wenn du ehrlich mit dir selbst bist, wirst du verstehen, daß der Donnerstag eine in sich geschlossene Einheit war. Es hat Spaß gemacht, und es war wunderbar« – wieder ging ihr dieser Satz so leicht über die Lippen – »aber du machst alles kaputt, wenn du es nicht losläßt. Es geschah alles nur zufällig. Warum bist du nicht dankbar und läßt es darauf beruhen?«

»Aber aus dem Zusammenhang gerissen, war der Donnerstag gemein und töricht«, widersprach Jimmy verzweifelt. »Nur, indem wir die Sache weiterführen, können wir ihr Schönheit und Bedeutung verleihen.«

»Mit anderen Worten bist du so hartnäckig, weil du das, was wir getan haben, *rechtfertigen* willst, weil du nicht verstehst, daß es in sich gerechtfertigt ist«, sagte sie so gesetzt wie ein Richter. »Ich fürchte, ich habe sehr wenig Verständnis für diese Art von Sentimentalität.«

Jimmy konnte nicht länger daran zweifeln, daß sie zwei vollkommen und unüberwindlich zerstrittene Menschen waren, und obwohl Rose ihm keine Feindseligkeit zeigte, spürte Jimmy sie sehr deutlich. Sie flammte plötzlich auf, als sei sie immer dagewesen. Er hatte einen Fehler gemacht und war hart dafür bestraft worden. Am meisten mißfiel ihm der Gedanke, daß er diese Frau geliebt und infolgedessen seine Abwehrmechanismen gelockert und sich ihr geöffnet hatte – nur um verhöhnt zu werden. Der Gegensatz zwischen ihrer gegenwärtigen, eiskalten, eisblauen Erscheinung und der großherzigen Göttin, die er am Donnerstag erblickt hatte, entzog sich seinem unreifen Verständnis.

Jimmy sagte mit leiser, kehliger Stimme, als stieße er eine Verwünschung hervor: »Ich werde dir sagen, warum ich hergekommen bin und einen solchen Narren aus mir gemacht habe. Ich hatte eine Entdeckung gemacht. Ich dachte wahrscheinlich, ich wäre der erste, der diese Entdeckung gemacht hat – weiß der Himmel, warum. Weißt du, als ich mit dir zusammen war, habe ich entdeckt, daß die Frauen nicht nur geistig, sondern auch körperlich vollkommen verschieden sind; körperlich unterschiedlich, meine ich an ihren intimsten und köstlichsten Stellen. Vielleicht ist das etwas, das ich auch bei van de Velde oder Marie Stopes hätte lernen können, aber ich habe es durch dich aus erster Hand erfahren. Es – ich kann es nicht erklären – es hat all meine Vorstellungen von der Liebe verändert. Ich behaupte nicht, daß ich viel Erfahrung mit Frauen habe, und du findest mich sicher unerfahren und unbefriedigend, aber du – die geheimsten Stellen deines Körpers, Rose, schienen mir so schön wie eine Frucht; und das ist ein Gefühl, das ich nie zuvor erfahren habe. Deine verborgenen Früchte, Rose, sind etwas Wunderbares, viel feiner als die der anderen Mädchen, genauso, wie manche Menschen ein feineres Gesicht und einen feineren Verstand haben als andere. Einzigartig. So süß wie das Innere einer Orange. Und ich dachte, wenn du etwas so Schönes hast, mußt du durch und durch schön sein; ich hatte die Vorstellung – oh, es war albern –, daß ich deinen Charakter, dein ganzes Wesen erkennen könnte, nur mit Hilfe meiner Sinne. Ich hatte die Vorstellung, wir würden einander kennenlernen, indem wir uns liebten. Seit Donnerstag habe ich nicht aufgehört, dir nah zu sein, verstehst du. Und jetzt zeigst du mir, daß du eine Fremde bist und daß ich mich geirrt habe.«

Sie steckte eine Zigarette in eine Zigarettenspitze und zündete sie an einem zylindrischen Feuerzeug an, das Jimmy bereits auf Clunes Party gesehen hatte.

»Es ist eine interessante Theorie«, sagte sie.

Entweder war sie zynisch, dachte Jimmy, oder aber furchtbar gelangweilt, und sie versuchte höflich zu sein; oder vielleicht – nein, ihm fiel nichts ein. Ihre Bemerkung war für ihn so rätselhaft und tot wie der Stein von Rosette. Es war ihm unmöglich, sich vorzustellen, daß diese reife Frau, die ihm in dieser entsetzlichen Kantine gegenübersaß, auch nur einen Hauch der magischen Kräfte besaß, mit denen er sie geschmückt hatte. Oder daß sie überhaupt einer Gefühlsregung fähig war. Sie war schlimmer als eine Fremde: sie war seine Feindin. Jimmy starrte sie voller Haß an, und mußte doch im gleichen Augenblick den heftigen Wunsch unterdrücken, noch einmal mit ihr im Bett zu liegen. Er bebte vor Abscheu gegen alles, was sie oder er getan und gesagt hatte, gegen alles, was in seiner Einbildung fälschlicherweise zwischen ihnen bestanden hatte.

Er erhob sich.

»Ich muß gehen«, sagte er.

Mit einer fast männlichen Gebärde erhob Rose sich ebenfalls. Als sie ihm in die Augen sah, war Jimmy verwirrt; etwas in ihrem Ausdruck, entweder in der durchscheinenden Welt ihrer Pupillen oder an ihren Gesichtszügen, sprach ihm Mut zu. Es war, als würde sie wortlos zu ihm sagen: »Das Leben ist eine Hölle, Bruder; das ist ein Wissen, das wir beide gemeinsam haben.« Aber Jimmy war zu unerfahren, um zu wissen, daß Blicke unmißverständlich ausdrücken, was die Sprache nicht vermitteln kann.

»Bist du mit dem Auto da?« fragte sie.

Bist du mit dem Auto da ... Oh Gott! Die Frau war verrückt.

»Lebwohl«, sagte er.

Zweiter Teil

Siegreich aber eingeschüchtert?

VII. So natürlich wie der Bauchnabel

Für Jimmy Solent waren die folgenden Wochen bar jeder Freude. Sie verrannen mit einem Geräusch, das ebenso bedeutungslos war wie das Stampfen eines durchgegangenen Pferdes auf Kopfsteinpflaster. Für die Mehrheit der britischen Bevölkerung war es dagegen eine glückliche Zeit, und wenn schon nicht glücklich, so doch erfüllt von der atemberaubenden Spannung, die ein angemessener Ersatz für das Glücksgefühl ist. Ständig geschah irgend etwas oder war im Begriff zu geschehen, denn es war etwas eingetreten, das ihre Einstellung zum eigenen Leben veränderte.

Das schöne Wetter hielt sich im allgemeinen, obwohl es in Old Trafford wechselhaft war, und jedermann ging hinaus an die Luft, sooft es möglich war, und es entstand der gewohnte Massenandrang an den Stränden der Südküste und in den Parks der Städte. In diesem Jahr waren die Menschen von einer zusätzlichen Spannung ergriffen, einer Spannung, die ihren Ursprung in der Neuheit hatte. Die Beschau wurde zum nationalen Hobby: die Leute gingen hinaus, um zu sehen, wer wen ›anblinkte‹ (wie die neue Redewendung lautete). Bei dieser Beschäftigung war es dann beinahe unumgänglich, daß man ebenfalls blinkte. Die beleuchtete Neun-Meilen-Strecke in Blackpool verblaßte manchmal im Schatten des allgemeinen Strahlens.

Viele Gewerbezweige kamen zu unverhoffter Blüte. Würstchen- und Eisverkäufer machten Geschäfte wie nie zuvor, besonders profitierte Ingolsby, der Eishersteller, der gewöhnliche Eiskrem als ›Genkrem‹ bezeichnete und in einer Papierhülle mit der Aufschrift ›Kühlen Sie Ihre erhitzten Gene ab!‹ verkaufte. Die Bildreporter waren hoffnungslos überlastet, und ein Vertreter von Kodak erklärte: »In diesem Jahr hat die Farbphotographie ihren wahren Durchbruch erfahren; Schwarz-Weiß ist so veraltet wie der Hörfunk.« Jeder wollte einen Schnappschuß von ›ihm, als er mich anleuchtete‹ oder von sich selbst, ›als ich sie anleuchtete‹. In den Vergnügungshallen waren die ›Prüfen Sie Ihr Leuchten‹-Apparate ebenso verbreitet wie die ›Prüfen Sie Ihre Kraft‹-Apparate.

Die einzigen, die eine finanzielle Einbuße hinnehmen mußten, waren die Hersteller von Hüten und Ansteckknöpfen mit so merkwürdigen Aufschriften wie ›Ich will – du auch?‹ und ›Komm, fang mich‹. Gefühls-Anzeiger konnten dasselbe vornehmer und deutlicher zum Ausdruck bringen. Doch selbst als die Wellen der allgemeinen Zufriedenheit am höchsten schlugen, war unter der Oberfläche ein schwelendes Unbehagen zu spüren. Im Wohlfahrtskessel braute sich Unheil zusammen, doch die Anzeichen waren so trügerisch, daß sich jedem genügend Möglichkeiten boten, sie zu übersehen. Ein paar Streiks außer der Reihe, eine zunehmende Selbstmordrate, ein versuchter Aufstand in Aldershot, ein gewaltiges Handelsdefizit – all das war nicht von besonderer Bedeutung. Die Flut stieg an, aber niemand machte sich die Mühe, seinen Deckliegestuhl zu verrücken.

England war voll mit Besuchern aus Übersee, und das gefiel England ausgezeichnet. Die Besucher waren nicht einfach Touristen, sondern wissenschaftliche oder pseudowissenschaftliche Gesellschaften oder ihre Vertreter, die sich mit Untersuchungen zur kühnen neuen Welt des GA befaßten: Soziologen, Anthropologen, Psychologen, Dokumentarfilmer aus so fernen Ländern wie Argentinien und Japan, Philosophen aus Indien und zwei Sexualforscherinnen aus Berlin.

Eines Abends in der zweiten Augusthälfte las Jimmy gerade in dem neuen Chandler-Krimi, als Aubrey die Wohnung betrat. Aubrey nickte ihm mit einem flüchtigen Lächeln zu und verschwand dann wortlos in seinem Zimmer. Dieses Verhalten war so ungewohnt an seinem sonst so förmlichen Bruder, daß Jimmy augenblicklich wußte, daß irgend etwas geschehen war. Da er in diesen Tagen ständig ein schlechtes Gewissen hatte, blieb er reglos am Fenster sitzen und spürte, wie sich sein Magen zusammenzog. Wie zum Selbstschutz deklamierte er vor sich hin: »Deine Sünden werden dich heimsuchen! Das ist das Schlimmste an den Sünden: wenn sie dich nicht heimsuchen, wird der Ehemann dir heimleuchten!«

Nach wenigen Minuten kehrte Aubrey, der seinen Anzug inzwischen gegen eine Baumwollhose und ein cremefarbenes Nyltesthemd getauscht hatte, zurück. Es war zehn nach sieben.

»Laß uns die Idiotenlaterne für die Nachrichten einschalten«, sagte er, und seine scherzhafte Bezeichnung für das Fernsehen klang genau so unterkühlt und herablassend jovial wie sie gemeint war.

»Du machst so ein strenges Gesicht«, sagte Jimmy. »Stimmt irgend etwas nicht?«

»Ich weiß nicht, Jimmy. Niemand scheint der Meinung zu sein, daß etwas nicht stimmt, außer mir – und ich bin genau derjenige, der finden müßte, daß alles in Ordnung ist.«

»Dramatisierst du nicht ein bißchen, Aubrey?« fragte Jimmy. Diese verdammten Verwaltungsmenschen gefielen sich darin, den Gefühlen in ihrer Freizeit freien Lauf zu lassen. Aubrey klang und wirkte sehr eigenartig. Seine gewohnte Zurückhaltung war verschwunden; er stand mitten auf dem Teppich wie Hamlet auf dem Schlachtfeld von Elsinore.

»Ich glaube, diese Normannenlichter sind Grund genug zu dramatisieren«, sagte er. »Aber außer den Spinnern und den Bourgoynisten scheint niemand dieser Meinung zu sein. Sie definieren das Wesen des Friedens so, wie wir es kennen.«

»Oh!« sagte Jimmy, erleichtert und enttäuscht zugleich. Die

Haltung seines Bruders in bezug auf die GAs hatte sich in letzter Zeit verhärtet, und sie hatten zu diesem Thema bereits einige nicht allzu freundschaftliche Diskussionen geführt. Aubrey gehörte zu der immer kleiner werdenden Minderheit von Bürgern, die ihren GA noch nicht hatten einpflanzen lassen; da nur noch wenig mehr als zwei Wochen blieben, um die Scheiben einsetzen zu lassen, bevor das Gesetz zur Anwendung kam und Haftstrafen drohten, wuchs die Unruhe in dieser unentschlossenen Minderheit.

»Es ist wirklich erstaunlich, daß du diese Haltung einnimmst, Aubrey«, sagte Jimmy. Er nahm einen formellen Ton an, um sich seinem Bruder anzupassen. »Im ganzen Land kristallisieren sich jetzt die Meinungen heraus. Man sieht allmählich, daß das Murren gegen die GAs hauptsächlich aus dem akademisch-kulturellen Lager kommt, während dein Lager, nämlich Wissenschaft und Verwaltung, das neue Gesetz entschieden *befürwortet.«*

Aubrey fegte den Einwand beiseite und verzichtete dabei vollends auf seine gewohnte Höflichkeit.

»Das weiß ich auch«, sagte er. »Ich habe C. P. Snows Artikel im *New Statesman* ebenfalls gelesen. Ich habe die Parteilinie weit mehr zu spüren bekommen als du. Nur kann ich in diesem Fall nicht konform gehen. Meine Abneigung gegen den GA und alles, was er beinhaltet, hat zum Teil religiöse Gründe ...«

»Obwohl der gute alte Erzbischof persönlich erklärt, daß er schließlich allenthalben die christliche Ehrlichkeit und Keuschheit fördern wird?«

»Ja, auch dann. Du kümmerst dich nur um das, was der Erzbischof sagt, wenn es dir in den Kram paßt. Aber meine tiefste Abneigung entspringt einem humanen Gesichtspunkt: der Zwang, diese Apparate zu tragen, ist unwürdig, eine Vergewaltigung des menschlichen Geistes.«

»Das sind große Worte!« sagte Jimmy spöttisch. Dabei war ihm abscheulich zumute, am liebsten hätte er Purzelbäume auf dem Fußboden geschlagen und wäre im Flickflack in sein Zimmer gehüpft, nur um seinem Bruder zu zeigen, wie wenig er sich aus diesen Sprüchen der Leitartikelverfasser machte. Wo, um alles in der Welt, nahm dieses gewöhnliche kleine Nichts von einem Bruder nur solche anmaßenden, aufgeblasenen Ideen her? Wenn andere sich widerspruchslos mit dem GA anfreunden konnten, warum nicht Aubrey?

»Es ist hoffnungslos, mit dir zu streiten«, sagte Aubrey schroff. »Obwohl ich festgestellt habe, daß du immer mit dem Streit anfängst. Mir ist selten jemand begegnet, dem so vollkommen jedes moralische Gewissen fehlt wie dir.« Er wandte sich ab und starrte, die Hände in den Taschen vergraben, auf das Fernsehgerät hinunter, bis die Nachrichten begannen.

Die neue Ansagerin, Tanky Craig, sandte ein gewinnendes Lächeln ins Wohnzimmer und sagte: »Die Regierung der Schweiz hat soeben verlauten lassen, daß sie, infolge des günstigen Berichts des Forschungsteams, das Großbritannien im vergangenen Monat bereiste, den Beschluß gefaßt hat, der gesamten erwachsenen Bevölkerung des Landes den Gefühls-Anzeiger einzusetzen. Der Auftrag zur Lieferung der Geräte, dessen Umfang auf etwa achtzehn Millionen Pfund geschätzt wird, ergeht an britische Firmen. Die erste Lieferung von Scheiben ist voraussichtlich für Mitte Oktober geplant.

Ein Regierungssprecher in Basel sagte heute: ›Wir sind zum selben Schluß gekommen wie die britische Regierung: indem wir unserem Gefühlsleben einen amtlichen Rang verleihen, werden wir Licht in viele dunkle Winkel bringen und die meisten der unerwünschten Hemmungen und Neurosen, denen die Zivilisation bis zum heutigen Zeitpunkt zum Opfer gefallen ist, eliminieren.‹ Sehen Sie nun die Bilder, die vor der Erklärung vor dem Regierungsgebäude aufgenommen wurden ...«

»Großer Gott! Bist du deswegen so deprimiert?« rief Jimmy aus und blickte seinem Bruder herausfordernd und so eindringlich wie ein kurzsichtiger Anthropologe in die Augen. »Ich würde sagen, daß das die beste Nachricht überhaupt war! Das spricht für die verdammte Schweiz! Schließlich waren wir trotz der vielen wohlwollenden, wenn auch ein wenig gedämpften

Kommentare des Auslandes nahe daran, uns zum Gespött der übrigen Welt zu machen. Jetzt sind wir gerechtfertigt – oder zumindest ist unsere Verrücktheit nicht mehr einzigartig. Die Briten wurden schon immer für ein wenig absonderlich gehalten, selbst in den guten alten Tagen des Imperialismus, aber niemand würde über die Schweizer lachen!« Er ging zum Raumteiler hinüber und öffnete die Tür des Barschranks. »Weine nicht mehr, Bruder. Trink und vergiß deine Botschaft an die Welt. Das schreit nach einem Martini.«

Aubrey nahm den Drink kraftlos entgegen. Sein Gesicht nahm wieder den triefend besserwisserischen Ausdruck an; er sah aus wie Joshua Reynolds beim Portraitsitzen für Gainsborough.

»Es wird sich wahrscheinlich erweisen, daß deine Reaktion auf die Neuigkeit typisch ist für die Art, wie sie im ganzen Land aufgenommen wird«, sagte er. »Interessant! Ich kann dich nicht in Bausch und Bogen verurteilen, aber siehst du denn nicht, daß es damit enden wird, daß die ganze Welt diese albernen Dinger trägt?«

»Prost! Was ist daran so schlecht, Aubrey? Jeder Mensch auf der Welt hat einen Bauchnabel, aber wen kümmert das? In fünf Jahren wird der GA ebenso natürlich sein wie der Bauchnabel.«

»Genau das befürchte ich«, entgegnete Aubrey.

»Aber das ist keine rationale Furcht.«

In kühles Schweigen gehüllt, tranken sie ihren warmen Martini. Gerade, als Jimmy begann, sich so klaustrophobisch in der Zeit gefangen zu fühlen wie ein Fossil im Schiefergestein, tauchte zu seiner großen Erleichterung Alyson auf.

»Ich kann nicht bleiben, Süßer«, sagte sie und küßte Aubrey. Sie trug einen kecken, kleinen Hut, und ihre Stirn war noch unberührt von der silbernen Scheibe. »Ich bin auf dem Weg zu Blanche, aber ich dachte, ich schaue kurz herein und erinnere dich an morgen nachmittag. Ein Ausflug zum Hampton Court, weißt du noch?«

»Ich hatte die Absicht, später vorbeizukommen«, sagte Aubrey, der mit hinter dem Rücken verschränkten Händen dastand. »Es tut mir leid, Liebling, aber ich werde es morgen nachmittag nicht schaffen. Ich muß Überstunden machen. Du weißt ja, wie sehr man sich bei BIL abschinden muß. Die nächsten drei Wochen werde ich rund um die Uhr beschäftigt sein, fürchte ich.«

Sie stutzte. Dann sah sie ihn aufmerksam an und sagte kühl: »Ich dachte, daß damit jetzt Schluß ist, nachdem das K. R. Shalu-Geschäft abgeschlossen ist.«

»Das war Kinderkram gegen das neue Projekt, Alyson«, erklärte er. »Es ist wirklich wichtig.« Er erläuterte ihr die Entscheidung der Schweiz, den GA zu übernehmen, und fügte hinzu: »Die Schweiz schließt den Vertrag mit Iral und den damit verbundenen Gesellschaften ab – den Normannenlaboratoren und all den anderen. BIL wickelt die Verwaltungsangelegenheiten für sie ab und unterstützt sie nach Kräften, damit sie die Sache rechtzeitig unter Dach und Fach bekommen. Du kannst dir vorstellen, daß das für uns alle eine Menge Arbeit und Organisation mit sich bringt. Sir Richard hat es mir gleich heute morgen, als ich ins Büro kam, mitgeteilt; er hat den Tip gestern spät in der Nacht aus dem Ministerium bekommen.« Aubrey ließ eine Pause entstehen, damit die Worte ihre Wirkung tun konnten, dann fuhr er fort: »Alles ist in hellem Aufruhr. Sir Richard versetzt mich aus der Asienabteilung in die Europaabteilung. Das ist ein beachtlicher Aufstieg für mich – oder wird es jedenfalls sein, wenn wir die Schweiz erledigt haben.«

Die beiden beglückwünschten ihn herzlich. Warum, fragte sich Jimmy, hatte Aubrey nur diesen salbungsvollen Blödsinn verbreitet? Konnte es vielleicht daran liegen, daß seine unerwartete Beförderung ihn verunsichert hatte? Jimmy holte die Martiniflasche und ein Glas für Alyson und goß ein Schlückchen in jedes Glas.

»Auf das neue Zeitalter!« sagte er, und als er sein Glas erhob, überfiel ihn, wie ein plötzlicher Zahnschmerz, der Gedanke:

Diesen Ausdruck habe ich zuletzt am Rande von Hurns' Swimming Pool in Walton gebraucht! Er kämpfte gegen eine Welle von Schwermut an, die ihn zu überrollen drohte, und fuhr laut fort: »Das war ein miserables Schauspiel, das du mir geliefert hast, als du mir den alten Schmus über die Normannenlichter erzählt hast, mit dieser Karte im Ärmel! Du undankbarer Hund, Aubrey! Ich wette, sie verdoppeln dein Gehalt. Jetzt verstehe ich, warum du so seltsam dreingeschaut hast, als du hereinkamst: du hast dir Gedanken darüber gemacht, ob ich den MG annehme, wenn du dir einen Daimler kaufst.«

»Noch viel ehrgeiziger«, entgegnete Aubrey, und seine Stimme hatte jetzt eine geschäftsmäßige Glätte angenommen. »Ich hatte sogar die Hoffnung, daß ich es mir leisten kann zu heiraten.«

Alyson tat, als wäre ihr die Bedeutung seiner Worte entgangen und sagte: »Alles lieber, als morgen mit mir zum Hampton Court zu fahren.«

Nervös ging sie zum Fenster hinüber. Als ihr schimmerndes Profil, gekrönt von einem flachen Hütchen, dessen Bänder auf ihrem hellen Haar lagen, vorüberglitt, hatte Jimmy den Eindruck, daß sie hagerer und ein wenig müde aussah. Es versetzte seinem Herzen einen kleinen Stich, und ihm fiel eine Zeile aus einem Gedicht von Pound ein, das er in seiner Studentenzeit sehr bewundert hatte: ›Der August hat an ihr gezehrt.‹ Vielleicht war es, wie er leichtfertig und fröhlich behauptet hatte, ein neues Zeitalter; aber auf der Bühne der Zeit wurden die Zornigen Jungen Leute allmählich alte Schauspieler; niemand spielt ewig den jugendlichen Helden.

Einen Augenblick lang senkte sich Wehmut über die drei. Selbst zwischen den Wohlmeinenden tauchen ständig unüberwindbare Gegensätze auf. Um die Stimmung zu heben, sagte Aubrey: »Ein Londoner Mädchen, das Hampton Court noch nicht gesehen hat!«, als würde er seinen Text ablesen.

»Der Irrgarten muß himmlisch sein in dieser Jahreszeit«, sagte Jimmy. »Vollgestopft mit Coca-Cola-Flaschen und Eispapieren.

Ich sage euch, Kinder, das dürft ihr euch nicht entgehen lassen!«

»Du mußt an meiner Stelle mit Alyson hingehen, Jimmy«, erklärte Aubrey. »Ich will sie auf keinen Fall enttäuschen, und du gehst im Augenblick nie aus dem Haus. Es wird euch beiden gut tun.«

»Ich kann nicht, Aubrey«, widersprach Jimmy verlegen. »Das ist nicht meine Sache. Ich kann nicht mit ihr gehen.«

»Natürlich kannst du. Warum nicht?«

»Das ist eine alberne Frage, wenn man bedenkt, daß sie von BILs klügstem Kopf kommt«, entgegnete Jimmy heftig und zündete sich eine Zigarette an. »Ich bin hier im Nachteil; manchmal habe ich das Gefühl, daß du dir geradezu Mühe gibst, andere Menschen in Verlegenheit zu bringen. Großer Gott, Aubrey, du bist schließlich nicht blind. Du siehst doch selbst, daß ich jedesmal aufleuchte, wenn Alyson an mir vorübergeht.«

Er konnte ihnen nicht in die Augen sehen, aber er war erleichtert, daß die Wahrheit endlich heraus war.

»Aus den Beschreibungen weiß ich, daß das bedeutet, du fühlst dich unterschwellig zu ihr hingezogen«, sagte Aubrey ungerührt.

»Du weißt ganz genau, daß es das bedeutet. Und nicht einmal sehr unterschwellig.«

»Nun gut«, erklärte Aubrey steif. »Und warum sollte dieses Wissen mir etwas ausmachen? Mir scheint das die einzig mögliche Reaktion auf Alysons Gegenwart zu sein, meine Güte. Du hast dich doch wohl in der Hand, oder nicht? Ich verlasse mich darauf, daß dein Moralgefühl noch intakt ist. Du kannst eine Bootsfahrt mit ihr zum Hampton Court machen, ohne daß du ihr um den Hals fällst, oder nicht? Du bist nicht der Sklave dieses Apparates auf deiner Stirn, nicht wahr?«

»Hört auf, über mich zu reden, als wäre ich nicht da«, protestierte Alyson. »Ich will kein Wort mehr von diesem albernen, sinnlosen Gezänk hören! Ihr seid zwei abscheuliche, mürrische

Brüder, und ich bestehe darauf, daß ihr euch mit geladenen Eiswürfeln duelliert.«

»Genau darin liegt die größte Gefahr dieser Dinger«, wandte sich Aubrey an sie, als hätte er ihre Bemerkung gar nicht gehört. »Die Leute beginnen bereits, die GAs als Zeichen für ›Grün‹ zu nehmen; aber das sind sie nicht, sie sind rote Ampeln. Nicht, daß ich mir Sorgen machen würde. Ich werde ins Ausland gehen, wenn ich mein Glück gemacht habe.«

»In die Schweiz, mein Schatz?« fragte Alyson. Sie sagte es in scherzhaftem Ton, aber sie schien verärgert über beide.

Am nächsten Tag auf dem Fluß war Alyson jedoch wieder so ausgeglichen wie immer. Sie trug ein auffälliges, atemberaubendes Baumwollkleid mit weit abstehendem Rock und Piratenärmeln; das Oberteil wies ein Gemisch von Farben auf, die die Modezeichner wahrscheinlich als Sherry und Anthrazit bezeichnet hätten und die zur Taille hin zu Cremefarben verblaßten. Eine Sonnenbrille mit cremefarbenem Rand zierte ihr Gesicht. Der erschöpfte Ausdruck war verschwunden, und sie wirkte wieder so frisch und munter wie immer. »Auf Treu und Glauben, alter Junge«, brummte Jimmy in sich hinein, als ihm Aubreys hartnäckiges Vertrauen in ihn durch den Kopf ging.

»Du siehst großartig aus«, sagte Jimmy. »Verzeih, daß ich rot leuchte – meine Gene wissen das Gute zu schätzen.«

»Wenn Aubrey dir auch vertraut, ich traue dir nicht«, sagte Alyson lächelnd, »also benimm dich.«

Aber an diesem sonnigen Nachmittag war es in Mode zu blinken. Jedermann auf dem Vergnügungsdampfer, der gemächlich die Themse hinauffuhr, schien damit beschäftigt zu sein. Inzwischen trugen etwa neunzig Prozent der Bevölkerung ihre GAs. Für die Menschen in mittleren Jahren hatten sie sich uneingeschränkt als Segen erwiesen; Tausende, von denen sämtliche Bekannten bereits angenommen hatten, sie seien ›jenseits von Gut und Böse‹, konnten jetzt mühelos den Beweis erbringen, daß in ihnen die Lebensflamme noch brannte. Aus diesem Grund hatte sich eine beträchtliche Anzahl von Menschen über sechzig das Normannenlicht freiwillig einpflanzen lassen, nur um zu beweisen, daß nicht nur Hardy diese Kraft spürte, die die Menschheit ständig in Bewegung hält.

Und die Pulsschläge des Mittags
Erschüttern dieses zerbrechliche Gebilde am Abend.

Alyson und Jimmy wanderten ziellos durch den berühmten Irrgarten von Hampton Court, der zum Glück frei von leeren Flaschen war, und tranken anschließend Tee in einem Straßencafé, wo ein Orchester Suppé und Strauss aus der Konserve spielte. Sie waren beide damit beschäftigt, ein köstliches Baiser zu vernichten, als Jimmys Blick auf Guy Leighton fiel, der sich ihnen näherte. »Welch eine Enttäuschung! In jeder Suppe findet sich ein Haar, und dieses Haar heißt Guy«, murmelte er mißmutig vor sich hin und erhob sich mit mannhaftem Lächeln, um Alyson und Guy miteinander bekanntzumachen.

»Das ist Aubreys Verlobte, Miß Alyson Youngfield. Alyson, das ist Guy Leighton, ein Hauptdarsteller im BIL-Theater.«

Guy stellte nun seinerseits die beiden Personen vor, die sich in seiner Begleitung befanden. Dem Mann war Jimmy bereits auf Sir Richard Clunes' Party im vorausgegangenen Monat begegnet: Vincent Merrick, Firmenpsychiater. Die Frau an seiner Seite, die zwar eine ebenso starke Brille trug wie er, ihm aber ansonsten nicht ähnlicher war als Pawlow der Pawlowa, war Mrs. Merrick.

»Es freut mich zu sehen, daß Sie sich seit unserer letzten Begegnung den GA haben einsetzen lassen, Guy«, bemerkte Jimmy. »Ich dachte, Sie würden sich dagegen zur Wehr setzen? Eingriff in die persönliche Würde und so, wie?« Merrick war ebenfalls mit dem GA ausgerüstet, Mrs. Merricks Stirn war dagegen in dieser Hinsicht unberührt.

»Wir versuchen, dieses Thema zu vermeiden, Solent«, erwiderte Guy, der sich, um Liebenswürdigkeit bemüht, auf die Zehenspitzen stellte. »Dennoch hat sich unser Gespräch heute nachmittag fast ständig darum gedreht. Ich habe meinen jetzt doch bekommen; der unerbittliche Druck der Gesellschaft hat sich als zu stark für mich erwiesen. Konformismus erleichtert das Leben.«

»Die GAs werden keinen Konformismus mit sich bringen«, widersprach Merrick, der neben Alyson Platz nahm, ohne seiner Frau einen Blick zu gönnen. »Jeder scheint sie als Markenzeichen der Gleichschaltung zu betrachten, und genau das sind sie nicht. Uns steht eine Welle der Individualität bevor. Das ist jedenfalls meine Prophezeiung. Hemmschwellen, die wir bisher ungerechtfertigterweise für Grundpfeiler unserer Gesellschaft gehalten haben, werden hinweggefegt. Sie hätten einige der Verwaltungsratsmitglieder sehen sollen, die mich in diesem Monat konsultiert haben! Sie würden staunen! Krafft-Ebing, du müßtest in dieser Stunde leben. Ohne Namen zu nennen oder Firmengeheimnisse auszuplaudern, kann ich Ihnen sagen, daß ich zwei Gerontophile, einen Hermaphroditen, drei wunderbare Autoerotiker, deren Lichter niemals erlöschen, und einen Burschen, der aus mir noch unerfindlichen Gründen bei Drambuie aufleuchtet, entdeckt habe – und das alles im Laufe der vergangenen Woche.«

»Das scheinen sehr ausgefallene Beispiele zu sein«, sagte Jimmy.

»Oh, zugegeben«, pflichtete Merrick bei, indem er seine Brillengläser mit einem leuchtenden Seidentaschentuch putzte. »Aber worauf ich hinaus will, ist folgendes. Seit dem Zweiten Weltkrieg leidet unser Land zunehmend unter dem Bedürfnis, aufzugeben: mit einem Wort, Defätismus. Überall in der Welt haben wir uns höflich zurückgezogen – um in dem behaglichen, rückgratlosen Schatten des Wohlfahrtsstaates unterzutauchen.«

»Nun machen Sie aber einen Punkt . . .«, unterbrach Guy ihn.

»Nein, Sie können es nicht leugnen«, fuhr Merrick unbeirrt fort. »Wir haben uns eifrig von den Märkten und aus den Kolonien zurückgezogen. Die Welt ist uns über den Kopf gewachsen, und ›könnte mir nicht gleichgültiger sein‹ ist unsere Parole geworden – gepaart natürlich mit dem ›könnte nicht mehr schauen‹ der Avantgarde unter den Abdankern, die ihren Kopf im Schoß der Mutter Fernsehen vergraben. Warum ist das so? Wenn es einen Grund dafür gibt, dann ist es sicher einfach der, daß persönliche Werte verlorengegangen sind. Diese furchtbare Gier nach Anonymität ist allein auf das tiefe Mißtrauen gegen persönliche Werte zurückzuführen. Wir sind als Nation von Rechts, Links und von der Mitte so angefeindet worden, daß wir nicht mehr erkennen, daß ein Mensch mit Fehlern besser ist als zehn Attrappen, die überhaupt keine Eigenschaften besitzen.«

»Aber die Anzeiger vermitteln keine Eigenschaften«, sagte Alyson. Sie hatte den Psychiater aufmerksam beobachtet.

»Nein, sie vermitteln keine Eigenschaften«, gab er zu. »Aber sie vertiefen sie. Zumindest vertiefen sie die wichtigste Eigenschaft: die geschlechtliche Anziehung. Männer wie Frauen – und in vielen Fällen, das versichere ich Ihnen, ist das wie eine Offenbarung über sie gekommen – erkennen mit Hilfe dieser kleinen Scheiben plötzlich, daß sie nicht nur Rädchen im Getriebe einer Maschine sind, sondern lebendige Wesen mit Wünschen und Trieben. Und wenn sich diese Triebe manchmal ihrer Herrschaft entziehen, so ist das nur um so spannender für sie. Es ist ein Schuß in den Arm, das sage ich Ihnen. Daß es ein Nest von Perversen aufgescheucht hat, ist – von meinem beruflichen Standpunkt aus betrachtet – erst der Anfang, ein bescheidener Anfang.«

Er strahlte sie interessiert an und fügte, indem er eine Kellnerin herbeiwinkte, hinzu: »Lassen Sie uns ein Eis essen.«

»Vincent sagt, daß die Gesetze gegen die Homosexualität auf jeden Fall geändert werden«, sagte Mrs. Merrick, die zum ersten Mal das Wort ergriff.

»Natürlich werden sie das«, erklärte Merrick. »Die Aufklärung hat uns schließlich doch erreicht, ob es uns gefällt oder nicht! Die menschliche Natur ist an die Oberfläche gedrängt worden, und die Regierung muß sich den Folgen stellen. Sie werden von den Schwierigkeiten gehört haben, die die Schulen im Augenblick haben, nehme ich an? Und dann wird man, um einmal weiter in die Zukunft zu schauen, die Ehegesetze grundlegend ändern müssen. ›Bis daß der Tod uns scheidet‹ mag ja schön und gut sein, aber der Instinkt unserer Gene straft diese Vorstellung Hohn – straft sie vollkommen Hohn. Ich sage Ihnen, bis zum ersten Jahr des nächsten Jahrhunderts wird man die Welt nicht mehr wiedererkennen.«

»Die Welt oder nur England?« fragte Alyson.

»Die Welt«, mischte sich Guy in das Gespräch, bevor Merrick antworten konnte. »Der Schritt der Schweiz ist an die Öffentlichkeit gedrungen. Jedermann weiß es. Nun, andere werden folgen. Es ist natürlich alles streng geheim, aber ich habe gehört, daß Belgien als nächstes auf der Liste steht. Sie werden die Anzeiger kaufen – verlassen Sie sich darauf. Die belgische Delegation war vor den Schweizern hier, wenn Sie sich erinnern – ich habe selbst mit einem der Delegierten gesprochen, ein sehr fähiger Mann. Und genau so läuft der Hase. Nein, irren Sie sich nicht, die Welt von morgen ist eine Welt des GA. Alle werden unserem Beispiel folgen.«

Er rieb sich die schmalen, blassen Hände, lächelte fröhlich und nahm sein Eis entgegen. Jimmy fragte sich, warum er plötzlich eine Gänsehaut hatte; es hatten sich keine Wolken vor die Sonne geschoben. Das Gefühl mußte wohl die Reaktion auf die unvernünftige Vertrauensseligkeit dieser beiden Männer sein. Vor der Selbstüberschätzung zittern die Weisen.

Während sie ihr Eis aßen und sich das Gespräch anderen Dingen zuwandte – Alyson erzählte begeistert von ihrer Mittelmeerkreuzfahrt im vergangenen Jahr –, versuchte Jimmy, sich darüber klar zu werden, warum er Männer wie Leighton und Merrick nicht mochte; sie waren grundverschieden, aber sie besaßen beide die gleiche Selbstsicherheit. Sie schienen sich ihrer Überzeugungen und ihrer Stellung in der Gesellschaft so sicher zu sein. »Vielleicht bin ich neidisch, weil es etwas ist, das mir fehlt«, sagte sich Jimmy. »Merrick würde es mir ohne Zweifel liebend gern erklären.« Was immer auch der Grund dafür sein mochte, er fühlte sich in Gegenwart solcher Menschen unsicher.

»Wir fahren aufs Land und nehmen in einem Pub, den ich kenne, einen Drink und einen Imbiß«, sagte Merrick. »Warum kommen Sie nicht mit? Ich kann Sie auf dem Rückweg zu Hause absetzen. Wir wären alle entzückt, wenn Sie sich uns anschließen.«

Jimmy war nicht gerade versessen darauf, den Vorschlag anzunehmen. Er redete um den heißen Brei herum und überließ Alyson die Entscheidung. Sie erklärte sich einverstanden, und er schloß sich an. Sie schien ehrlich erfreut zu sein über Merricks Einladung.

»Das wird großartig, nicht wahr, Jasmine?« dröhnte Merrick begeistert und wandte sich zum ersten Mal an seine etwas schlampig wirkende kleine Frau.

»Reizend«, pflichtete sie bei. Als sie das Wort an Merrick richtete, leuchtete sein Licht heftig auf. Die Welt, so dachte Jimmy, steckte voller Überraschungen.

VII. Das Licht hat versagt

Als die Gesellschaft eine niedrige Gaststube betrat, deren unverputzte Backsteinwände und Balken mit Pferdegeschirren und Folterinstrumenten gespickt waren, drückte Alyson Jimmys Hand. Sie nahm die cremefarbene Sonnenbrille ab, lächelte ihm zu und flüsterte: »Das ist lustig! Ist Vincent Merrick nicht wunderbar?«

»Ich glaube, ›unmöglich‹ ist das Wort, nach dem du suchst«, entgegnete Jimmy, aber es machte ihm Spaß zu sehen, daß sie sich amüsierte. Sie setzte sich auf etwas, das aussah wie eine Kirchenbank, und strich das üppige Rotbraun, Schwarz und Hellbeige ihres Rockes glatt. Jimmy nahm an ihrer Seite Platz, während sich die Merricks auf der anderen niederließen. Guy schritt aufrecht zur Bar und holte Tomatensaft mit Worcester Sauce (Alyson), einen Gin mit Zitronensaft (Jasmine Merrick), zwei Bitter (Jimmy und Merrick) und ein Pimm's No. 1 (für sich selbst).

»Ich finde immer, daß das so ein hübsches Gasthaus ist, ein echter, alter Landpub«, sagte Jasmine und sah sich mit offenkundigem Wohlwollen um. »Und Stipend selbst ist ein so hübscher, kleiner Ort. Früher kamen wir sehr oft hierher. Der Gesundheitsminister hat seinen Landsitz eine Meile von hier an der Straße, nicht wahr, Vincent?«

Sie hatte eine vibrierende Stimme, neben der ihr Mann, wenn er sprach, wie ein Bluthund klang.

»Bunnian? Ja, ihm gehört das große, georgianische Haus hinter dem Dorf«, erwiderte Merrick und wandte sich an Jimmy. »Ich habe einige Jahre lang mit ihm Golf gespielt.«

»Ich hätte nicht gedacht, daß Sie Golfspieler sind«, sagte Jimmy.

»Bin ich auch nicht, aber Jasmine gefällt es«, erklärte Merrick ohne Umschweife. Vielleicht, überlegte Jimmy, war es auch Jasmines Idee gewesen, Hampton Court einen Besuch abzustatten, es schien kaum der Ort zu sein, den Merrick regelmäßig aufsuchen würde – oder hatte er ein berufliches Interesse an dem Irrgarten? Erinnerte er ihn an die verschlungenen Wege des Ego? Jedenfalls hatte er ihn auf dem schnellsten Wege verlassen: er hatte seinen Wagen losgejagt, als sei er ein Phallussymbol und kein Triumph Mayflower Baujahr 1957.

»Ich für mein Teil werde jetzt wenig Zeit zum Golfspielen haben«, erklärte er, an Alyson gewandt, als die Getränke gebracht wurden, wobei Guy den Mann mit dem Tablett überwachte. »Uns steht eine Welle von psychischen Störungen in allen gesellschaftlichen Schichten bevor, bis die neue Ordnung Fuß gefaßt hat. Im allgemeinen schwelgt die Öffentlichkeit derzeit im Massenexhibitionismus; ihnen kann man wahrscheinlich zutrauen, daß sie selbst mit ihren Schwierigkeiten fertigwerden;

die empfindsameren Gemüter, die introvertierteren Menschen, benötigen Hilfe. Möglicherweise sehen wir uns einer gänzlich neuartigen Psychose gegenüber, die aus dem Unvermögen entspringt, zuzugeben, daß andere Menschen über eine ebenso kraftvolle Phantasie verfügen wie man selbst. Ich habe da beispielsweise eine überaus reizvolle Schauspielerin von vierzig, die ausgesprochene Angst davor hat, einen GA aufleuchten zu sehen. Akute Neophobie erklärt das Phänomen nur teilweise. Sehr interessant...«

»Ich habe in der vergangenen Woche einen Artikel gelesen«, sagte Alyson, »in dem es hieß, daß die größte Unruhe in den Kreisen der Mittelklasse entstanden ist, die sich am gutgläubigsten der Theorie angeschlossen hatten, ein netter Mensch *habe* überhaupt kein Geschlechtsleben.«

»Das trifft annähernd zu«, sagte Merrick und stieß ein kurzes, bellendes Gelächter aus. »Und zwar nur, weil diese spezielle Schicht, dank der einschränkenden Bedingungen, unter denen zu leben sie wählt, immer eine fruchtbare Quelle der Auflehnung war. Und nun bringt sie plötzlich anstelle von Dichtern, Schauspielern und Entdeckern Bourgoynisten und Opfer des Vaginismus hervor. Man könnte daraus vermutlich seine Schlüsse ziehen und das Ende jeglicher schöpferischen Aktivität in den nächsten fünf bis zehn Jahren voraussagen, nur wird bis dahin die Zeit der Unruhe vorüber sein. Und dann dürfen wir die reichste Belohnung erwarten – sagen wir, in einem Jahrzehnt. Wir können uns, so glaube ich wenigstens, auf eine vollkommen ausgeglichene Gesellschaft freuen; ich werde dann allerdings arbeitslos sein – und die Kunst wird auf diese Weise vielleicht im Keime erstickt werden; schließlich brauchen die Ausgeglichenen keine Katharsis, und jede Form der Kunst ist eine Katharsis. Jedoch befindet sich jeder gesunde *dynamische* Mensch ständig im Konflikt mit sich selbst – oh, ich weiß, das klingt wie Ketzerei aus meinem Mund – aber wenn Sie den Konflikt aus dem Weg räumen, wo stehen Sie dann?«

»Da draußen vor dem Gasthaus spielt sich gerade ein kleiner

Konflikt ab«, wandte sich Guy an Jimmy. Sie sahen aus dem Fenster, während Merrick seinen Monolog vor den beiden Damen fortführte.

Auf der anderen Straßenseite, dem Pub direkt gegenüber gelegen, erhob sich ein steiler Hang von etwa fünfzig Fuß Höhe. Eine Schweinezucht oder ein heruntergekommener Bauernhof duckte sich auf dem Gipfel des Hanges, und darunter hatte sich eine Halde von alten Dosen, rostigem Wellblech und Autoreifen gesammelt. Inmitten dieser Hindernisse hatte sich ein Dutzend Menschen versammelt, die handgeschriebene Schilder mit der Aufschrift HÄNDE WEG VOM SEX und HALTET LIEBE UND WISSENSCHAFT AUSEINANDER trugen. Es waren offensichtlich Mitglieder der Gruppe Bourgoyne oder, wie sie sich seit ihrer Verschmelzung mit der Gesellschaft zur Unterdrückung der Wissenschaft offiziell nannte, Gruppe zur Erhaltung der Freiheit der Gefühle – kurz GEFG.

Die Vertreter der GEFG aus Stipend waren eine bunt zusammengewürfelte Gesellschaft. Fünf von ihnen waren altjüngferlich wirkende Damen von vertrocknetem Äußeren; eine war von mütterlichem Typ und in froher Erwartung, ihre Mütterlichkeit im Laufe der nächsten Tage erneut unter Beweis zu stellen; der eine sah aus wie ein elegant gekleideter Reisender, der seinen Vater mitgebracht hatte. Bei den anderen vier handelte es sich um Bauernlümmel im Alter zwischen sechzehn und vierzig.

»Sehr interessant, Solent«, sagte Guy. »Fällt Ihnen auf, was für ein bizarr durcheinandergewürfelter Haufen das ist? Wie Bourgoyne behauptet, kommen seine Anhänger aus allen Bevölkerungsschichten, das muß ein wahrer Fluch für sie alle sein! Stellen Sie sich nur diese armen alten Damen vor, die ganz offensichtlich den Nähkreis im Pfarrhaus schwänzen, um mit diesen Lümmeln dort Tee zu trinken. Gott, ich kann es mir lebhaft vorstellen. Die schmatzenden Geräusche! Die gequälten Blicke! Die qualvollen Diskussionen über Dinge, über die sie nicht sprechen wollen...«

»Ich habe gehört, daß die Landarbeiterschicht entschiedener

gegen den GA ist als irgend jemand sonst«, sagte Jimmy. »Eine erfreulich ungewöhnliche Erkenntnis. Der angeborene Konservatismus der Scholle formiert sich zum letzten Widerstand... Die Unfähigkeit zur Veränderung erkenne ich überall um mich herum.«

Er betrachtete die Gruppe draußen mit Interesse. Ein Haufen Dorfburschen, von denen einige in Begleitung ihrer Freundinnen waren, standen vor dem Pub und verhöhnten die Demonstrierenden. Einer der GEFG-Arbeiter lief rot an und schrie etwas zurück; die Frauen hielten sich kerzengerade aufgerichtet und starrten unbeteiligt in den Himmel; nur der Handlungsreisende benahm sich völlig unbritisch: er rieb sich die Nase und blickte sich verstohlen um, als halte er nach einem Fluchtweg Ausschau.

»Sie sind nicht mehr der Überzeugung, daß die Regierung bis zum ersten September gestürzt wird, oder, Guy?« fragte Jimmy.

»Ich kann mir nicht vorstellen, daß derartig kunterbunte Versammlungen irgend jemanden beeindrucken. Und Bourgoyne repräsentiert den ganzen organisierten Widerstand, den es überhaupt gibt.«

»Ich stimme Ihnen zu, obwohl ich sehe, daß das Militär unruhig wird. Unterdessen liegen aber ganz andere Dinge in der Luft. Wir bei BIL bekommen davon Wind, auch wenn sonst kein Mensch etwas weiß. Sie behalten diese Neuigkeit vorläufig besser für sich, aber Sie wissen vermutlich, wie es der PM bewerkstelligt, seinen persönlichen Vorteil aus dem GA-Feldzug zu ziehen?«

»Gascadder? Nein, ich habe leider keine Ahnung.«

»Ihr Bruder ist verschlossener als eine Muschel, Solent. Er sollte Ihnen ein wenig politische Bildung vermitteln... Die Geschichte, die hinter dem ganzen GA-Geschäft steckt, ist auf überaus erschreckende Weise lehrreich. Zunächst wurde an der richtigen Stelle ein gewisser Druck ausgeübt, und gewisse Gelder wechselten den Besitzer. Sie wissen, um einmal kurz vom Thema abzukommen, daß die Bauart und die Art, wie die Lichter funktionieren, selbst strengstens geheim ist? Es gibt angeblich nur drei Leute im ganzen Land, die genau verstehen, wie die Dinger funktionieren. Jeder GA ist aus Einzelheiten zusammengesetzt, die von verschiedenen Iral-Gesellschaften hergestellt werden. Es heißt, eine Elektrode, die ins Gehirn eindringt oder es berührt, wird vom Mutterkonzern, den Normannenlaboratorien, geliefert. Ein vollkommen neues Hypalgeticum, das die Operation überhaupt erst möglich macht, ist von Ghearing and Flower, einer anderen Iral-Tochter, entwickelt worden. Haben Sie etwas gesagt, Solent?«

»Ich habe nur gesagt, daß ich Ghearing und Flower kenne«, brachte Jimmy mühsam hervor. Eine eisblaue Drohung kam ihm wieder über die Steinfliesen entgegen, und eine eisblaue Stimme sagte: »Du hast mir nichts gegeben.« »Ich lasse unsere Gläser auffüllen, Guy«, sagte er und erhob sich schwerfällig.

Die Gläser wurden gefüllt, und sie vergaßen die Demonstration vor dem Gasthaus. Merrick plauderte noch immer mit den Damen, mittlerweile jedoch in beschwingterer Laune; an der Bar schlug ein Mann mit Baskenmütze einem anderen Mann mit Baskenmütze auf den Rücken und sagte: »Also, mach's gut, Eric, alter Junge, ich werde wohl die nächsten zwanzig oder dreißig Stunden auf den Beinen sein.« Dann ergriff Guy wieder das Wort, und Jimmy hörte ihm benommen und geistesabwesend zu.

»... also wird der Gesundheitsminister, unser Freund Warwick Bunnian – Vincents Golfkumpel! – von Ghearing und Flower geschmiert, und Gascadder wird in die Normannenlaboratorien eingeschleust. So gerüstet, nehmen sie die BMA in Angriff, die durch den vier Jahre währenden Kampf um die Arzthonorare geschwächt, nachgibt und der Aufnahme der Produktion zustimmt. Und kaum hat man sich versehen, füttern wir – Sie und ich, Solent, niemand sonst – im Namen des gesunden Menschenverstandes und einer goldenen Zukunft die Taschen dieser selbstlosen Knaben. So sieht es hinter den Kulissen aus, das sage ich Ihnen, jedesmal. Zu keinem Zeitpunkt spielt irgendeine Form der Aufklärung eine Rolle – es geht ausschließlich um schlichte, gewöhnliche Eigentinteressen. Und wenn dieses Wissen in die falschen Hände gerät, dann platzt die Seifenblase.«

»Ich verstehe«, murmelte Jimmy und dachte im selben Augenblick daran, wie unpassend das klang. Er fragte sich angewidert, ob es sein Schicksal sein würde, für den Rest des Abends Guys giftige Fackel der Aufklärung in sich aufzunehmen; verstohlen rückte er näher an die anderen heran.

Merrick sagte gerade: »... also bekämpfe ich die Revolution durch die Revolution. Die Behandlung, die ich entwickelt habe, stellt einen Neubeginn in der Geschichte der Psychiatrie dar. Meine neue Klinik ist der Versuch, den Patienten den Weg in die Mystik der Neurosen der anderen zu weisen. Ich rechne damit, daß das zeitweilig Widerstandskräfte mobilisert ...«

Ein Stein zerschmetterte das Fenster der Gaststube und traf Merrick an der Schläfe. Mit einem Wutschrei sprang er auf und verschüttete sein Bier über den Teppich. Auf der Straße wurden Schreie laut, eine Autohupe ertönte, dann war ein lautes Krachen zu hören. Wie auf Kommando eilten die Pubbesucher an die Fenster, um zu sehen, was draußen vorging.

»Das ist Warwick Bunnian, der da aus dem Auto steigt!« rief Guy und federte aufgeregt auf den Zehenspitzen.

»Der arme Kerl ist angegriffen worden«, schrie Merrick und gestattete Jasmine, seine Schläfe zu begutachten.

Der Wagen, dem der korpulente Minister entstieg, war mitten auf der Straße vor dem Pub zum Stehen gekommen. Die GEFG (Ortsgruppe Stipend) hatte ihre Lanze für die Freiheit der Gefühle gebrochen. Jetzt wurde verständlich, warum sie an diesem merkwürdigen Ort Stellung bezogen hatten. Als Bunnian, der in seinem Wagen nach Hause gefahren wurde, auftauchte, hatte die Gruppe ein mit Regenwasser gefülltes Zehn-Gallonen-Ölfaß ins Rollen gebracht, und das Ölfaß war, zufällig genau im richtigen Augenblick, den Hang hinuntergerumpelt und hatte Bunnians Wagen mit voller Breitseite hinter den Vorderrädern getroffen. Die buntgemischte Gesellschaft von Arbeitern und

Damen kletterte jetzt, geführt von dem vornehm gekleideten Reisenden, den Hang hinauf; niemand unternahm den Versuch, sie zu verfolgen. Als malerische Zugabe hatten sie ihre Sprüche zurückgelassen, sich dem ministerialen Zorn zu stellen.

»Guerilla-Kriegsführung!« rief Mrs. Merrick aus. »Ach, wie lustig! Warwicks Chauffeur wird wütend sein!«

»Bevor wir uns geschlagen geben, müssen Munitionskarren auf diesen ruhigen Straßen auffahren!« sagte Merrick und stieß wieder sein bellendes Gelächter aus. Der Stein hatte nicht einmal seine Haut verletzt. Dr. Bunnian nahm den Vorfall ebenfalls gelassen auf. Er überließ es seinem Chauffeur, der Verwüstung so gut wie möglich Herr zu werden, bahnte sich einen Weg durch die immer dichter werdende Menge und betrat den Pub.

»Das war knapp, Sir«, sagte Guy, der unvermittelt neben dem Minister auftauchte. »Bitte, gestatten Sie mir, Ihnen einen Drink zu bestellen; das Verhalten dieser Proletarier war außerordentlich fahrlässig.«

»Das ist sehr anständig von Ihnen«, sagte Bunnian und nickte Merrick freundschaftlich zu, »aber vielleicht erlauben Sie mir, Ihnen einen auszugeben – und Ihren Freunden natürlich auch. Grüß dich, Vincent! Abend, Jasmine! Zufällig komme ich gerade vom PM, und er ist darüber informiert worden, daß Belgien unserem Land einen Auftrag über acht Millionen Gefühls-Anzeiger erteilt hat. Wie gefällt dir das? Da kann man wohl von unserer schönsten Stunde sprechen, was? Das muß unbedingt gefeiert werden, wie? Wirt, Getränke für alle, bitte, die Getränke gehen auf mich!«

Als Bunnians Chauffeur eine halbe Stunde später hereinkam, um zu verkünden, daß ein Ersatzwagen draußen bereitstand, war die Bar überfüllt mit fröhlichen Gästen. Sie strahlten Liebenswürdigkeit, Licht und Guiness aus. Der unvorhergesehene Besuch des Ministers war ein rauschender Erfolg; viele Gäste ließen sich dazu hinreißen, offen darüber zu jubeln, daß er ›ein ganz gewöhnlicher Mensch‹ und ›einer wie du und ich‹ war, anstatt daß ihnen diese Tatsache Anlaß zur Sorge gewesen wäre.

Bunnian spielte die Rolle des Demokraten so perfekt – er ließ sogar zu, daß ein anständiger Bauer ihm auf den Rücken klopfte –, daß bei seinem Abgang eine Gruppe von Trinkern neben der Tür spontan ›For He's a Jolly Good Fellow‹ anstimmte. Eine etwas pöbelhaftere Gruppe fiel mit ›Hand of Hope and Glory‹ ein, doch dann schlug jemand die Melodie von ›You Catch a Train Now‹ auf dem Klavier an, und im Nu war der Minister im Lärmen und Brüllen des Sing-Sangs vergessen.

In dem allgemeinen Geschiebe in der Gaststube war Jimmy an die Seite des Mannes mit dem Berett geraten, der zuvor als Eric angesprochen worden war. Es war ein Mann in den Vierzigern mit gerötetem Gesicht, der Jimmy streitsüchtig anstarrte.

»Wir haben diese verfluchten roten Lichter im letzten Krieg nicht gebraucht«, sagte er. »Für Bunnian mag das alles schön und gut sein, aber wie, glauben Sie, hätten wir den Krieg für Britannien gewinnen sollen, wenn wir alle herumgesessen und uns gegenseitig auf die Stirn geglotzt hätten, hä? Hä?«

»Ich nehme an, wenn die Deutschen derselben Beschäftigung nachgegangen wären, wäre alles in Ordnung gewesen«, schlug Jimmy vor.

Der Mann verschüttete sein Bier, und es tropfte auf seine Wildlederschuhe.

»Ihr zornigen jungen Leute denkt, ihr wißt auf alles eine Antwort, was? Heutzutage haben wir zuviel Sicherheit, das ist das Problem. Ihr habt ja keine Ahnung, was Härte ist. Selbst die verdammten Russen sind in letzter Zeit weich geworden. Und sieh dir bloß die Amerikaner an …«

»Sehen Sie sie sich selbst an«, sagte Jimmy. »Ich habe etwas besseres zu tun.« Mit diesen Worten bahnte er sich mit den Ellbogen einen Weg zu der Stelle hin, wo Alyson sich gelangweilt mit einem blonden jungen Mann mit braunem Schlips und braunem Hemd unterhielt. Der junge Mann hatte Alyson in eine Ecke gedrängt. Er war einer von diesen blonden jungen Männern, die man auf Anhieb unsympathisch findet; ein einziger Blick auf ihn und den roten Scheinwerfer auf seiner Stirn genügte, und Jimmy beschloß, daß es an der Zeit war, einzugreifen. Merrick schien, in einer anderen Ecke der Gaststube, derselbe Gedanke gekommen zu sein. Er kämpfte sich ebenfalls durch die Menge auf Alyson zu. Er erreichte sie vor Jimmy, sagte lächelnd irgend etwas, und augenblicklich verschwand der blonde junge Mann in der Menge, ohne sich noch einmal umzudrehen.

»Gute Arbeit, Vincent«, rief Jimmy aus, der sich allmählich für Merrick erwärmte. »Ich hatte dieselbe Absicht. Wer war der bleiche Romeo, Alyson, wenn ich fragen darf?«

»War ich so unverkennbar die Jungfrau in Bedrängnis?« rief Alyson aus und blickte sie herausfordernd an. »Er wollte mich nur auf seinem Motorrad zu einem Besuch seiner Mutter in Guildford mitnehmen.«

»Was haben Sie zu ihm gesagt?« wandte sich Jimmy neugierig an Merrick. »Er hat ziemlich hastig den Rückzug angetreten.«

»Ich habe ein wenig elementare Psychologie angewandt«, erwiderte Merrick, indem er seine Brille abnahm und die Gläser eifrig polierte; ohne die Brille wirkten seine Augen wie Kuhaugen. »Ich habe gesagt: ›Wenn du nicht augenblicklich das Weite suchst, bekommst du eine Ohrfeige‹, also hat er augenblicklich das Weite gesucht. Wenn wir jetzt Jasmine und Guy zusammentrommeln können, schlage ich vor, daß wir unsere Suche nach einem Imbiß anderswo fortsetzen; hier wird es für meinen Geschmack allmählich zu voll.«

Jasmine und Guy wurden zusammengetrommelt, und eine halbe Stunde später saßen sie in einem Restaurant außerhalb von Esher und ließen sich das Abendessen – einschließlich einem untadeligen Hähnchen Maryland – schmecken. Nach dem Kaffee und dem Kognac schlenderten sie in einen blühenden Innenhof hinaus, über den allmählich die Dunkelheit hereinbrach. Ein kühler Windhauch trug den Duft der Flammenblume zu ihnen herüber. Jimmy hatte einen flüchtigen Augenblick lang, beim Überschlagen der Rechnung, einen Anflug von Schuldgefühl.

Guy sagte leise, während Merrick, vom Duft der Flammenblume animiert, Alyson und seiner Frau aus seinen Erinnerungen zu erzählen begann: »Haben Sie noch einmal etwas mit Rose English zu tun gehabt?«

Es war eine Frage, die Jimmy erwartet hatte; bereits in Hampton Court hatte er die unbestimmte, dunkle Ahnung nicht loswerden können, daß Guy nur darauf wartete, auf dieses Thema zu sprechen zu kommen. Und bis zu dem Augenblick, als die Frage ausgesprochen war, wußte er nicht, ob er sie fürchtete oder willkommen hieß, ob er Rose niemals wieder erwähnen oder von keinem anderen Menschen sprechen wollte. Er wurde zurückversetzt in den Augenblick, als er sie bei Ghearing and Flower verlassen hatte, als er durch die schwülen Straßen davongeeilt war und versucht hatte, das, was ihm geschehen war, zu verstehen und zu verarbeiten; die Gebäude um ihn herum waren ihm leicht oberlastig erschienen, als wären sie von Rose beeinflußt; die aberwitzig stilisierten Köpfe in einem Hutladen, an dem er vorüberhastete – tote, geköpfte Bronzekugeln, ohne jede Ähnlichkeit mit Rose –, hatten ihn an Rose erinnert.

»Sie wollte mich nicht wiedersehen«, erklärte Jimmy.

Und Guys Gebaren veränderte sich so unvermittelt, daß Jimmy überrascht aufblickte, als er sagte: »Sie hat mir gesagt, sie geht vollkommen in ihrer Arbeit auf. Sie will niemanden öfter als einmal haben. So ist sie nun einmal, Solent.«

Er brauchte kein weiteres Wort zu sagen – die Wahrheit überrollte Jimmy wie eine Sonnenfinsternis. Donnerstagnacht, die Nacht, die einst so volltönend, so großartig gewesen war, lag nun fest vernagelt in dem Kruschelkästchen, in das Rose sie längst geworfen hatte. Es hatte auch für diesen schleimigen kleinen Draufgänger eine Donnerstagnacht gegeben! Eine Donnerstagnacht war für Rose wie Fish and Chips, die man auf einem billigen Tagesausflug zum Meer hinunterschlingt; man nahm sie zu sich, weil man Hunger hatte, ohne sich darum Gedanken zu machen, ob sie in die *Financial Times* oder in den *Weekend Reveille* eingewickelt waren.

Das schiere höllische Entsetzen dieser Erkenntnis – der körperliche Schmerz der Erkenntnis, daß dieser Wurm sich vor ihm in dieses begierige Bett gegraben hatte, die Abscheu angesichts der Erkenntnis, daß Guy ebenfalls das blutende Herz ungestillten Verlangens hätschelte, der Schmerz, die Demütigung in jener trostlosen Kantine noch einmal durchleben zu müssen – all das stülpte sich wie ein Sack über Jimmy, und er spürte, wie ihm das Hähnchen Maryland hochkam.

Er haßte sich selbst, er haßte Rose, er haßte Guy. Jimmy riß sich von dem letzteren, der gespannt wartete und offensichtlich begierig war, Vertraulichkeiten auszutauschen, los und packte Alyson heftig am Arm. Er fühlte sich kalt an.

»Laß uns hineingehen«, sagte er. »Ich brauche noch etwas zu trinken.«

»Ich glaube es ist Zeit, daß wir hineingehen und nach Hause fahren«, sagte Alyson. »Wenn ich gewußt hätte, daß wir noch so spät draußen sind, hätte ich einen Mantel mitgenommen oder etwas anderes angezogen.«

»Dann bin ich, ohne Ihnen zu wünschen, daß Sie frieren, froh, daß Sie es nicht wußten«, sagte Jasmine. »Ihr Kleid ist sehr schön, meine Liebe. Nicht wahr, Vincent?«

»Sehr schön; ich habe es den ganzen Abend über bewundert. Ich würde gerne noch einen Scotch trinken, bevor wir aufbrechen. Was darf ich Ihnen bringen, meine Damen?«

Bei den Drinks in der Bar fand Guy eine Gelegenheit, Jimmy zuzuflüstern: »Ich werde Ihnen sagen, was ich über sie herausgefunden habe.«

Das war natürlich typisch Guy: ein tastendes Wort hier, ein vorsichtiger Anruf da. Jimmy wollte nichts von alledem wissen, aber er lauschte dennoch aufmerksam. Guy schien unter dem Zwang zu stehen zu reden und er selbst unter dem Zwang, zuzuhören.

»Um die Rose ist irgendein Geheimnis, dem ich noch auf den Grund kommen muß«, sagte Guy. »Sie gehört der Dynastie der Normans an, aber es ist schwierig, sie einzuordnen. Sie sind alle fast ebensowenig faßbar wie sie. Felix Garside sind Sie auf Clunes' Party begegnet; er ist das große Tier in der Familie, ebenso wie bei Iral. Er soll angeblich Roses Onkel sein, aber ich verstehe nicht ganz, wie das möglich ist. Er hat eine Schwester namens Gwendoline, die mit dem alten Norman verheiratet war. Als Norman starb, übernahm Gwendoline sein Geld und seine Firma und heiratete einen russischen Emigranten, Demyanski, obwohl alle Welt sie nach wie vor Gwendoline Norman nennt. Dieser Bursche, Demyanski, stellte während der Stalinzeit, als sich ihm offensichtlich recht grausige Möglichkeiten boten, an lebenden Menschen zu arbeiten, Untersuchungen über das menschliche Gehirn an. Demyanski und Gwendoline Norman heckten die GA-Idee gemeinsam aus, aber da er vor drei Jahren plötzlich starb, gehört ihr der alleinige Ruhm für die Erfindung. Das Fernsehen wird demnächst eine Sendung über ihre Arbeit bringen. Ich gebe Ihnen den ernstgemeinten Rat, sie sich anzusehen, Solent.

Gwendoline hatte eine Tochter aus ihrer Ehe mit dem alten Norman. Ihr Name ist Rachel, und sie ist, nach allem, was man hört, eine Einsiedlerin wie ihre Mutter. Unsere gute Rose könnte eine Schwester von Rachel sein, aber das ist etwas, was ich noch herausfinden muß; niemand scheint es zu wissen. Offensichtlich sind sie von einem kilometerhohen Sicherheitsnetz abgeschirmt. Ich rufe Sie an, wenn ich noch etwas von Bedeutung erfahre, Solent.«

»Danke«, sagte Jimmy. Von Bedeutung! Nichts von alledem, was Guy gesagt hatte, war von Bedeutung für das beklemmende Gefühl, dem Jimmy ausgeliefert war. Es waren lediglich langweilige Tatsachen, die Guy irgendwie einlullten, Jimmy aber keinerlei Erleichterung verschafften. Als sie in Merricks Wagen stiegen, tätschelte Guy, erfüllt von einem brüderlichen Gefühl, Jimmys Arm; geschickt manövrierte Jimmy Mrs. Merrick zwischen sich und Guy. Alyson nahm auf dem Beifahrersitz neben Mr. Merrick Platz.

Wie versprochen, brachte Merrick sie zum Charlton Square. Als sie sich verabschiedet hatten, betraten Alyson und Jimmy leise das Haus und stiegen die Treppe hinauf. Alyson erklärte, daß sie in der Wohnung übernachten wolle. Sie schaltete das elektrische Kaminfeuer ein, rieb sich fröstelnd die Arme und warf einen Blick in das Schlafzimmer.

»Aubrey liegt im Bett und schläft«, sagte sie und schloß die Tür wieder leise. Jimmy gab keine Antwort.

Unruhig blickte sie sich im Zimmer um, strich eine Zeitung glatt, rückte ein Buch gerade. Jimmy, der unbeholfen im Raum stand und ihr zusah, nahm ihre Geschäftigkeit zur Kenntnis, ohne daß sie irgendeine Bedeutung für ihn hatte. Die entsetzliche Orientierungslosigkeit seines Daseins nahm ihn beinahe vollständig gefangen.

»Vielleicht könnten wir uns etwas Warmes zu Trinken machen«, schlug Alyson vor. Sie sah ihn zum ersten Mal, seitdem sie die Wohnung betreten hatten, an. »Oh Gott, immer dieses flaue Gefühl, wenn das Fest zu Ende geht und die Lichter verlöschen... Mir hat Vincent sehr gut gefallen; er scheint ein so selbstsicherer Mensch zu sein. Jimmy, komm her zu mir.«

Er ging, noch immer, ohne einen klaren Gedanken zu fassen, zu ihr hinüber. Als sie ihm die Hände auf die Schultern legte und ihn eindringlich anblickte, regte sich in ihm lediglich eine unbestimmte und kühle Freude.

»Jimmy, du solltest nicht so ohne weiteres kommen, das sage ich dir immer wieder«, erklärte Alyson. Sie biß sich auf die Lippen und runzelte die Stirn. »Verstehst du nicht, du solltest nicht so – nun, so sehr darauf aus sein zu gefallen.«

»Ich werde immer kommen, Alyson, ich empfinde es nie als lästige Pflicht, weißt du. Sei nicht albern – eines Tages wirst du mich vielleicht glücklich darüber machen, daß ich gekommen bin.«

»Ich wollte dir nur sagen, daß du heute abend unglücklich warst, stimmt's?«

Jetzt war es an Jimmy, unruhig zu werden. Ein behaglicher Austausch von Vertraulichkeiten war nicht gerade das, wonach er sich jetzt sehnte; diese Art Vertraulichkeiten waren nicht austauschbar.

»Es ist wahrscheinlich eine Magenverstimmung«, sagte er, und plötzlich wurde ihm klar, daß sein Licht trotz Alysons Anwesenheit den ganzen Abend über nicht geleuchtet hatte. Und sie hatte daran die Wahrheit erkannt, oder daran, daß sie seinen Gesichtsausdruck beobachtet hatte, als er sich mit Guy unterhalten hatte. So, wie er die Bedeutung von Guys Worten erkannt hatte, ohne daß sie vor ihm ausgebreitet worden war.

Er sagte: »Das Licht hat versagt. Achte nicht darauf, Alyson; meine Gene spielen verrückt, es sind verwirrte Bälger, die nicht wissen, wann es ihnen gut geht. Sie durchleben gerade eine schwierige Phase. Es ist eben so eine Sache. Man kann nicht gleichzeitig seinen Kuchen essen und ihn behalten. Wenn der Sommer kommt, folgt der Herbst auf den Fuß. Würze den Geschmack mit Gemeinplätzen.«

»Ich weiß, daß dir scheußlich zumute ist, wenn du so albern daherredest«, entgegnete Alyson, »aber vielleicht geht es anderen Menschen nicht so. Siehst du nicht, daß ich nur einen ungeschickten Versuch mache, dir zu helfen?«

»Der August hat sich bemerkbar gemacht an dir«, sagte er niedergeschlagen. Er setzte sich und zündete sich eine Zigarette an. »Er hat sich auch an mir bemerkbar gemacht; also geh um Himmels willen endlich etwas zu Trinken machen und hör auf, mit mir zu reden, als wären wir verheiratet.«

Alyson warf ihm einen rätselhaften Blick zu und ging in die Küche. Vielleicht gefiel es ihr, zur Abwechslung einmal herumkommandiert zu werden. Mit trüben Augen sah er, daß der Saum ihres Kleides von dem Bier befleckt war, das Merrick umgestoßen hatte, als ihn der Stein traf. »Symbolhaft«, murmelte Jimmy vor sich hin, aber ihm fiel nicht ein, wofür es ein Symbol sein mochte.

IX. Was immer die Band spielt...

Am nächsten Tag füllte der Überfall auf den Gesundheitsminister in Stipend die Schlagzeilen. Die Zeitungen berichteten sowohl über Bunnian als auch über die GEFG. Bilder von dem kleinen Mann, der aussah wie ein Handlungsreisender, schmückten einige der Berichte; er war bei seinem überstürzten Rückzug in einen Schweinetrog gefallen, und es war ihm nicht gelungen, sein Bein herauszuziehen. Auf diese Weise konnte die Polizei ihn verhaften. Sein Name war Roger Wellknock, und er wurde zu sechs Monaten verurteilt.

Im Verlauf von vierundzwanzig Stunden tauchten vier Frauen in verschiedenen Teilen des Landes auf und identifizierten Wellknock als ihren Ehegemahl. So entpuppte sich der Schriftführer des Zweiges Stipend und bäuerlicher Bezirk der GEFG als Bigamist – und zwar, wie Donald Hortense genüßlich bemerkte, als ziemlich schwerer Bigamist. Auf diese Weise brachte der erste handgreifliche Schlag der Bourgoynisten die Gruppe erheblich in Mißkredit. Wellknock hatte einen nur zu guten Grund, den entlarvenden GA nicht tragen zu wollen; und ebenso, erzählte man sich, verhielt es sich mit recht vielen anderen Mitgliedern der Gruppe. Wie in solchen Fällen üblich, verdrängte der unvorteilhafte Eindruck, den diese Minderheit machte, die guten Absichten der Mehrheit der Gruppe.

Big Bill Bourgoyne war über jeden Verdacht erhaben. Er blieb bis zum Schluß der standhafte Verfechter des guten alten Status Quo und erntete als solcher breite und lautstarke (aber ansonsten wirkungslose) Unterstützung der Greisenherrschaft der Reichen im Ruhestand. Rückblickend können wir nur unser Erstaunen ausdrücken darüber, daß dieser vielstimmig murrende Chor, der sich aus den Schwanengesängen so vieler prominenter Bürger, von denen die meisten älter waren als das Jahrhundert, zusammensetzte, keinen größeren Einfluß auf die öffentlichen Ereignisse nehmen konnte. Vielleicht liegt es daran, daß der

Durchschnittsbürger, der zumindest in ökonomischer Hinsicht ein ungeschütztes Leben führt, geneigt ist, sich über alle grauhaarigen Verfechter des Status Quo lustig zu machen, weil er, auch wenn er es nicht auszudrücken vermag, erkennt, daß es so etwas wie einen Status Quo überhaupt nicht gibt. Stets findet ein gewisses Maß an Veränderungen statt, die jedoch nur für denjenigen erkennbar werden, der nicht mehr fähig ist, sich zu ändern.

Dennoch wurde die GEFG niemals zur bloßen komischen Figur. Das war zum einen der Vertrauenswürdigkeit von Bourgoyne selbst zuzuschreiben und zum anderen der großen Anzahl von Radaumachern, die sich Ende August unerwartet in die Front der alten Jungfern einreihten. Ihnen ging es darum, etwas zu erleben. Rollende Ölfässer waren eine Gaudi. Plötzlich verwandelten sie sich in Aufständische mit einem Anliegen und wurden Bourgoynisten. Jugendliche Taugenichtse, die ihre Hände ansonsten nicht gebrauchten, trugen ›Hände weg vom Sex‹-Plakate und warfen Steine in der Downing Street Nr. 10.

Als die schönen Augusttage gegen September hin kürzer wurden, überrollte eine Welle der Unruhe das Land. In dieser Welle bildete die GEFG, indem sie hier eine Fensterscheibe zertrümmerte, da einen Polizisten verprügelte, nur einen Stoßtrupp. In der Hauptsache entstand die Unruhe bei den Leuten, die den GA angenommen hatten, aber nicht in der Lage waren, sich auf die Erleuchtung einzustellen, die er mit sich brachte. Insbesondere die Schüchternen, die Zurückhaltenden, die In-sich-Gekehrten stellten fest, daß nun, da sie ihre Gefühle unfreiwillig offenbarten, die stärksten Mauern, die sie davor bewahrt hatten, sich unter die Menschen zu mischen, niedergerissen waren. Ein erfülltes Leben rückte damit für sie in den Bereich des Möglichen. Sie brachen, jeder entsprechend seinem Charakter, der eine vorsichtig, der andere ungestüm, mit den alten Gewohnheiten der Zurückgezogenheit, sobald die unterdrückten Bedürfnisse eine Chance zu ihrer Befreiung erkannten. Gerade diese Gruppe von Menschen erlebte den Ausbruch der Zügellosigkeit, den Alyson vorausgesagt hatte, am heftigsten.

Die entstandene Unruhe bewirkte, daß das Leben im allgemeinen lustiger und aufregender wurde. ›Blink-Parties‹ kamen in Mode; die zornige Jugend geriet in einem Maß außer Rand und Band, das selbst die verrückten Zwanziger Jahre in den Schatten stellte, wenn sie auf den bevorstehenden ersten September anstießen, auf die ›Septemberrevolution‹, die die lichtlosen Spielverderber hinter Schloß und Riegel bringen würde.

Selbst die etwas ältere Generation, die Menschen in den besten Jahren, wurden von dem Optimismus angesteckt. Wie Mrs. Pidney, die Vermieterin des Hauses Nr. 17 am Charlton Square weise bemerkte: »Es hat die Gedanken der Menschen von so unnatürlichen Dingen wie Film und Fernsehen abgelenkt.« Und das hatte es in der Tat. Schönheitswettbewerbe erfreuten sich wieder großer Beliebtheit; die Bewertung war unendlich vereinfacht dadurch, daß die Leuchtkraft der Jurymitglieder festgestellt und gemessen werden konnte. Der neunhundert Seiten starke Roman ›Wie man sich bettet‹ von Zanadu Timms wurde aufgrund seines Höhepunktes in einem normannenhellen *Wagon lit* zum Bestseller. John Osbornes neues Stück ›Ein Grab für Hodges‹ (in dem, wie Kenneth Tynan es ausdrückte, ›das Lichtmotiv das Leitmotiv‹ bildete) war außerordentlich erforderlich. Der komödiantische Film von Ealing ›Rot bis in alle Ewigkeit‹ mit Alec Guinness in der Hauptrolle zeigte außerordentlich witzige und aktuelle Szenen in Technicolor. Es wurde sogar berichtet, daß Beckett eine Komödie schrieb.

Der große Abwechslungsreichtum im öffentlichen Leben verfehlte seine Wirkung auf Jimmy Solent nicht. Dennoch konnte man ihn nicht als glücklichen Menschen bezeichnen. Roses Zurückweisung hatte er nach besten Kräften ertragen; aber Guy Leightons zufällige Worte hatten alles unerträglich für ihn gemacht. Mit krankhaftem Eifer stürzte er sich auf die Vorbereitung der Haiti-Ausstellung der IBA.

Es gelang ihm jedoch nicht, sich damit völlig zu betäuben. Alyson und Aubrey begannen eine unerwartete Besorgnis an den Tag zu legen; als der Zeitpunkt der endgültigen Entscheidung darüber, ob sie einen GA tragen sollten, näherrückte, wuchs ihre Unruhe. Die dunklen Ringe unter Alysons Augen wurden immer dunkler.

Am letzten Dienstag des Monats, als den Menschen ohne Anzeiger nur noch weniger als eine Woche Gnadenfrist blieb, stellte sich Jimmy bei Donald ein. Donald feierte einen Scheck, den er für ein Gedicht erhalten hatte, das zwei Jahre zuvor in einer kleinen Glasgower Zeitschrift veröffentlicht worden war. Ein Verbündeter von Donald, der sich zufällig in diesem Industriezentrum aufhielt, war über den Herausgeber hergefallen und hatte ihm ein blaues Auge angedroht, für den Fall, daß er den Scheck nicht augenblicklich herausrücken würde. Der Scheck über zwei Guineen war augenblicklich herausgerückt worden, woraufhin Donald für fünf Guineen Getränke eingekauft hatte, um das Ereignis zu feiern.

»Wo bleiben dein Bruder und seine Freundin?« fragte Donald, als Jimmy eintrat. »Kommen sie nicht?«

»Aubrey macht Überstunden, wie gewöhnlich«, erklärte Jimmy. »BIL ist zu einem vornehmen Ausbeuterladen geworden. Aber sie hoffen, daß sie es schaffen, später vorbeizukommen. Was, um alles in der Welt, ist das für ein Gebräu, das du da hast, Donald?«

Donald hockte in einem Raum, in dem sich Männer, jungenhaft wirkende Mädchen und mädchenhaft wirkende Jungen drängten, am Kamin. Neben dem Kaminschutz standen Flaschen mit Madeira und billigem Rotwein, während der Bibliothekar der IBA in einer elektrischen Friteuse eine trübe Flüssigkeit zusammenbraute, von der trübe Rauchschwaden aufstiegen.

»Es ist kühl heute abend«, erklärte Donald. »Wahrscheinlich das Ende der Hitzewelle. Ich dachte, ein Tropfen Brontosaurusblut würde uns alle ein wenig aufwärmen. Wir können die zornigen jungen Leichen unters Bett kehren, wenn sie umfallen.«

»Die Donnerechsen drehn den Magen, werfen sich auf Badchus' Wagen«, reimte Jimmy vor sich hin, während er ein halbes Woolworthglas von dem Gebräu schlürfte, aber ihm fiel kein passender Schluß ein. »Gibraltar, Malta, Schnalzer, Walzer? Wird trotz Kopf in dem Topf der Schnaps süßer oder salzer? Das ist eine kindische Angewohnheit, James; du mußt es dir entweder abgewöhnen oder niederschreiben und dem *Punch* schikken...«

Das Brontosaurusblut erwies sich als ziemlich fade. Und auch die Unterhaltung plätscherte in der Art dahin, wie man es bei Donald gewohnt war. Donald lebte mit einem Gebrauchsgraphiker namens Spud Witherd zusammen, der in einer Werbeagentur arbeitete. Tagsüber zeichnete er aberwitzig gesunde Menschen, die mit Wasserbällen um sich warfen, nachts zeichnete er grausige, wurmartige Wesen, die in geometrischen Pfühlen herumschwammen. Die wurmartigen Wesen nannte er Oszilliden. Im Augenblick saß Spud auf einem Bett und erklärte das Ganze umständlich und geduldig, so wie er es Jimmy bei früherer Gelegenheit einmal erklärt hatte. Er fragte sich, ob es Spud Freude bereitete, den gleichen Text ständig zu wiederholen, und er mußte annehmen, daß es so war.

»Meine Oszilliden sind lediglich der logische Höhepunkt der Entwicklung, den die Kunst immer angestrebt hat«, erklärte Spud zwei Neulingen. »Die Kunst ist letzten Endes ein Kompromiß zwischen den Spannungen in der Psyche des Künstlers und bestimmten objektiven Prinzipien der Geometrie – mit anderen Worten etwas, das zwischen dem Chaos und der geraden Linie in der Luft schwebt.«

»Ja, das verstehe ich«, sagte einer der Neulinge aufatmend.

»Gut. Nun überlasse ich diesen Kompromiß nicht dem Zufall, sondern ich berechne ihn, bringe ihn in eine mathematische Formel. Oszilliden sind Gefühlskurven, dargestellt vor der Ewigkeit des Raums. Es sind *Diagramme.* Es sind Gleichgewichte. Die Leinwand bildet lediglich den Angelpunkt zwischen der Innen- und der Außenwelt. Die einzige Variable ist der Fluß der Psyche, wie ich es nenne, der sich natürlich von Stunde zu Stunde verändert – ansonsten würde ich einfach immer wieder dasselbe Bild malen. Verstanden?«

»Das Komische ist«, bemerkte ein Mädchen in weiten Hosen an Jimmys Seite, »daß, obwohl Spuds Theorien kompletter Mist sind, an seinen Bildern wirklich etwas dran ist.«

Damit hatte sie den Nagel auf den Kopf getroffen. Bilder von Menschen mit Wasserbällen konnten niemanden aus der Ruhe bringen, aber diese fauligen Maden konnten es sehr wohl oszillierend dazu bringen, daß man erheblich die Ruhe verlor.

»Das ist der Lauf der Dinge«, sagte Jimmy und betrachtete das Mädchen mit erwachendem Interesse. »Das, was auf der Hand liegt, interessiert niemanden. Und wenn doch, dann liegt es daran, daß die Menschen zur Dummheit erzogen werden, wie die Hühner. Ich will damit sagen ...« Aber in dem lärm- und rauchgeschwängerten Raum entfiel ihm, was er hatte sagen wollen. Es war etwas Großartiges und Gewaltiges, an das er sich dunkel erinnerte; es hätte das Mädchen beeindruckt. Was war das nur für ein gräßlicher Gestank, Donalds Gebräu oder der Lack auf dem Regalbrett, der unter seiner Friteuse verkohlte? »Seit Wochen verfolgt mich etwas«, fuhr er fort, »das so klingt, als läge es klar auf der Hand, aber für mich tat es das nicht. Ein Mädchen sagte zu mir: ›Du gibst mir überhaupt nichts‹, und ich konnte es nicht verstehen.«

»Klingt doch ganz einfach«, sagte das Mädchen in den weiten Hosen. Sie trug einen schwarzen Pullover, hatte lange Wimpern und kurze Rattenschwänze. Sie sah ein bißchen aus wie Audrey Hepburn. Und sie sah auch ein bißchen aus, als würde sie ihm gleich den Rücken kehren und weitergehen.

»Oh, mach dir keine Gedanken darum; ich tue es auch nicht«, beeilte sich Jimmy zu sagen. Sinne, die aus tiefem Schlaf zu erwachen schienen, sagten ihm, daß das Mädchen anziehend war.

»Ich habe mir keine Gedanken gemacht«, entgegnete sie.

»Jetzt wirst du rot.«

»Ich werde nicht rot. Das ist dein Normannenlicht. Es hat eine abscheuliche Farbe angenommen. Und ich kann dir sagen, daß du deine Zeit verschwendest, wenn du daran denkst. Ich ziehe weibliche Gesellschaft vor.«

Die Sinne rollten sich zusammen und fielen wieder in Schlaf – fast, denn man konnte nie wissen, wann ein bißchen Physiotherapie diese Grenzfälle bekehren konnte. An ihrer Stelle erwachte eine andere Sinneskraft und teilte Jimmy mit, daß Musik spielte.

»Wollen wir tanzen, Schönheit?« fragte er unvermittelt.

»Kein Mensch tanzt hier.«

»Das ist doch ein Grund zum Tanzen.«

»Du bist ein komischer Kerl!« rief sie ohne Begeisterung aus.

»Du kannst mich Jimmy nennen«, entgegnete er gelangweilt; was zum Teufel spielte es überhaupt für eine Rolle? Zu seiner Überraschung schmiegte sie sich in seine Arme, und sie begannen, in der Menge herumzuhüpfen, in der kaum Zeichen des Mißfallens laut wurden. Er begann wieder sanft zu leuchten, und der rote Lichtschein legte sich auf ihre glatten Wangen.

Wie Schlafwandler schoben sie sich durch den Raum und stießen nur gelegentlich auf den Widerstand eines Pärchens, das ihnen im Weg saß. Das längst nicht mehr auffällige rote Licht verbreitete sich über allen Winkeln des Raumes; auf dem engen Raum konnte man nur schwer erkennen, wer wen anblinkte.

Es ist alles ein alter Hut, sagte sich Jimmy. »Schon ist ein alter Hut daraus geworden. Die Leuchtenden haben ihren Glanz bereits verloren. Man bringe die Tänzerinnen herein.«

Er stellte fest, daß er laut gesprochen hatte, aber Jean, Andreinas Freundin, schien es nicht bemerkt zu haben.

Er war bereits ein halbes Dutzend mal an einer Zimmerecke vorübergetanzt, bevor ihm auffiel, daß dort ein Fernsehgerät stand, das eingeschaltet war. Vom Bildschirm schaute das Gesicht einer etwa sechzigjährigen Frau herüber; die Frau sagte etwas, aber ihre Stimme war im Lärm des Raumes nicht zu hören. Sie hatte eine ausgeprägte Kinnpartie und starke Wangenknochen und sah immer noch gut aus. Sie wirkte eher lehrerhaft als mütterlich, dachte Jimmy unbestimmt, und dann wußte er plötzlich, an wen sie ihn erinnerte: Rose! Das war die Sendung, von der Guy Leighton ihm erzählt hatte, ein Film über die Erfindung des GA.

Augenblicklich war Jean in Vergessenheit geraten, und Jimmy kniete sich neben den Fernsehapparat und drehte die Lautstärke auf. Ein Mann in kariertem Hemd, dessen Rücken er gestreift hatte, drehte sich um und fragte neugierig: »Bist du nicht der Neu-Seeländer, der kürzlich bei Zombie Sexton 'rausgeflogen ist?«

»Ja«, erwiderte Jimmy und drehte weiter am Knopf herum.

Der Fernseher brüllte in voller Lautstärke auf, und die Stimme der grauhaarigen Frau dröhnte durch den Raum: »Zu dieser Zeit begegnete ich Ivan Demyanski zum ersten Mal.« Ein gutgelaunter Partygast klatschte Beifall und rief: »Hört, hört!« Jimmy drehte am Knopf, und es gelang ihm, die Sprecherin auf eine erträgliche Dezibelstärke zu bringen. »Selbstverständlich kannte ich seine Arbeiten. Ivan war ein Freund Pawlows. Er arbeitete auf dem gleichen wissenschaftlichen Gebiet und hatte es zu ähnlich bemerkenswerten Ergebnissen gebracht. Was ich nicht kannte, war Ivans außerordentlicher Charme. Er verließ Rußland und floh in den Westen und erreichte England in sehr schlechtem Gesundheitszustand.«

»Und Sie pflegten ihn, soweit ich weiß, selbst gesund?« fiel ein unsichtbarer Interviewer ein.

»So ist es. In der Folgezeit tauschten wir Informationen über unser bevorzugtes Wissenschaftsgebiet aus und kamen zu dem Schluß, daß wir einen wertvollen Beitrag zur Wissenschaft leisten konnten, wenn wir unser Wissen in einen Topf warfen. Unterdessen verliebten wir uns, obwohl nicht mehr ganz jung, ineinander und heirateten im Jahre 1948. Zu diesem Zeitpunkt befand sich die Theorie des Gefühls-Anzeigers bereits in der Entwicklung.«

Das also war Gwendoline Norman, Guy zufolge eine nahe Verwandte von Rose. Sie sah Rose nicht nur ähnlich, sie sprach auch mit der gleichen Direktheit, die sich selbst in einer vorgeschriebenen Rede vermittelte. Diese Ähnlichkeit machte für Jimmy das Zusehen schwer.

Doch ihm wurden weitere Qualen erspart. Gwendoline Normans Gesicht verschwand; strahlend wurden die Normannenlaboratorien eingeblendet, und eine andere Stimme nahm den Text auf.

Jimmy verlor bald das Interesse daran; diese Aufnahmen von Mikroskopen und Hypodermen, diese Hirndiagramme, all das war Standardkram. Selbst er als Laie wußte, daß mit dem wissenschaftlich verbrämten Geschwätz nichts ausgesagt wurde. Das Imperium der Normans, das hatte Guy ihm auseinandergesetzt, war immer auf der Hut.

Seufzend machte Jimmy es sich bequemer und hörte Gwendoline zu, die jetzt wieder auf dem Bildschirm erschienen war.

»Unsere Welt wird immer komplizierter«, sagte sie. »Davor braucht man keine Angst zu haben; der Fortschritt, ja das bloße Überleben hängt von der ständig wachsenden Automatisierung ab. Es ist sinnlos, wenn wir heute nach der Abschaffung der Maschinen schreien. Um einen bekannten Spruch zu gebrauchen: Das Gegenteil von Fortschritt heißt nicht Abbau, sondern Stillstand. Ohne Maschinen wäre diese Insel durch Überbevölkerung zur Lebensunfähigkeit verdammt; mit ihnen führen wir ein angenehmes Leben. Was wir zu Recht beklagen, ist die Bedrohung des einzelnen durch die zunehmende Vereinheitlichung, die die Automatisierung mit sich bringt. Jeder von uns empfindet irgendwann einmal den Wunsch nach einem Schlüssel zu dem Labyrinth, das uns umgibt; uns verlangt danach, seine Oberfläche zu durchdringen. Wir empfinden unsere Bekannten als Fremde und sehnen uns danach, zu erfahren, was sie wirklich fühlen. Das Gerät, das Ivan Demyanski und ich entwickelt haben, bietet sich als Schlüssel zu diesem Problem an. Ich lege denjenigen unter Ihnen, der sich ihren GA noch nicht haben einpflanzen lassen, dringend ans Herz, ihn sich im Laufe der nächsten Woche kostenlos zu besorgen und sich damit in unsere große und immer größer werdende neue Gesellschaft einzureihen. Sie wissen ja, Sie merken nicht das geringste, und...«

»Reklamegeschwätz!« rief der Mann im karierten Hemd. »Schalt um Himmels willen den Quatsch aus!«

Seine Worte rissen Jimmy aus seiner Versunkenheit. Er war so sehr damit beschäftigt gewesen, Roses Züge in Gwendolines Gesicht zu erforschen, hatte sich so angestrengt bemüht, in dem Lärm, der ihn umwogte, zuzuhören, daß er nicht bemerkt hatte, wie sehr der Lärm in seiner Ecke angeschwollen war. Er blickte auf und stellte fest, daß er es sich mit dem Kopf auf Jeans Schoß bequem gemacht hatte. Sie saß mit untergeschlagenen Beinen da und stritt sich mit einer älteren Frau herum, die mit schriller Stimme redete und mit nikotingeschwärztem Finger vor Jimmy herumfuchtelte. Die Oberlippe der Frau war ebenfalls nikotingeschwärzt, und sie blickte grimmig drein. Jimmy ahnte sofort, daß es Andreina war. Er richtete sich hastig auf, um ihren Besitz zu räumen.

»Was du denken dir dabei?« fragte die Frau mit starkem Akzent. »Ich drehen mich einmal um und holen einen Drink, und schon passieren so was. Wie gefallen dir kommen auf eine Party und werden verführt, he?«

»Das kommt ganz darauf an«, erwiderte Jimmy kleinlaut und wurde augenblicklich mit einer Flut von Schimpfworten überschüttet.

»Laß ihn in Ruhe, Andreina«, sagte Jean mürrisch. »Er hat bloß ferngesehen.«

»Ferngesehen. Eine schöne Entschuldigung! Und was du machen da – Kuchen backen?«

Jimmy lächelte Jean gequält zu und trat den Rückzug an.

Der Mann im karierten Hemd brüllte irgend etwas über Zombie Sexton; Jimmy, der nie zuvor von diesem Herrn gehört hatte, nickte begeistert, zwinkerte bedeutungsvoll und verschwand in der Menge. Eine Stunde lang entdeckte er dann von neuem die tiefe Wahrheit, daß Parties, so aufregend die Erwartung darauf auch sein mochte, im allgemeinen ziemlich öde waren. Er hatte sich mit dem Fernbleiben seines Bruders und Alysons abgefunden und bereitete sich zum Abgang vor, als plötzlich Unruhe entstand.

Vermutlich, um die Wirkung der Fernsehsendung auszugleichen, waren die Bourgoynisten vollzählig auf die Straße gegangen. Zwei mit Anhängern und Lautsprechern beladene Lastwagen bogen aus der Cannon Street in die Victoria Street ein. Eine lange Schlange von Privatwagen, Transportfahrzeugen und Bussen der Linie 24 folgten ihnen. Schaulustige und Zwischenrufer umringten die Lastwagen. Die Lautsprecherstimmen gingen im Gebrüll und höhnischen Gehupe der vorüberfahrenden Fahrzeuge fast unter. Gegenstände wurden von den Lastwagen hinunter und aus der Menge gegen die Lastwagen geschleudert. Eines der unbedeutenderen Hindernisse, die sich der GEFG in den Weg stellten, war der Eierpreis, der in diesem Sommer auf zwei Schillinge das Dutzend, tiefer als all die Jahre zuvor, gesunken war. Es wurden viele Eier geworfen.

Die Stimmung der Menge war deutlich feindseliger gegen die GEFG als zuvor. Insbesondere den Tageszeitungen, die sich einer gewissen unbesonnenen Leichtfertigkeit erfreuen, hatte es die GEFG zu verdanken, daß sie mittlerweile als eine Organisation von Verrückten betrachtet wurde. Wenn diese Haltung auch den ernsthaften Zielen der Gruppe im Wege stand, so hatte sie sie bisher doch vor heftigem Widerstand, vielleicht sogar vor dem Eingreifen der Polizei geschützt. Aber nun erkannte auch der Beschränkteste im Volk, daß der Erfolg des Regierungsfeldzuges für den GA davon abhing, daß *jeder* das Licht trug; im Land der Dreiäugigen ist der Zweiäugige König.

Der Zug war eben auf der Höhe von Donalds Haus angelangt, als ein Mann aus der Menge sprang und zwei leere Marmeladengläser vor den Vorderreifen des ersten Lastwagens zerschmetterte. Fauchend entwich die Luft aus den Reifen, und das Fahrzeug kam zum Stehen. Der Fahrer stürzte aus seinem Führerhaus heraus und versuchte, den Glaswerfer einzuholen. Blitzartig entwickelte sich ein Handgemenge. Ein kleiner Mann, ein Anti-

Bourgoynist, der ein Schild mit der Aufschrift ›DER MENSCH KANN IM BETT ALLEIN NICHT LEBEN‹ trug, ließ seine Holztafel krachend auf den Kopf eines Angreifers niedersausen. Die hitzigeren Mitglieder der GEFG sprangen herunter vom Lastwagen und hinein ins Getümmel, während ihre vornehmeren Gefährten oben blieben und sie anfeuerten. Der Lautsprecher im nachfolgenden Lastwagen brüllte: »Wir sind keine Pazifisten! Wir werden nicht zögern, Gewalt anzuwenden! Wir warnen die Regierung, wir werden nicht zögern, Gewalt anzuwenden! Wir warnen euch alle, wir werden nicht zögern, Gewalt anzuwenden!«

Und tatsächlich hatte Bourgoyne seine Schäfchen nicht unbewaffnet in den Kampf gegen die rachgierige Menge geschickt. Als die Leute versuchten, die Ladeklappen zu stürmen, brachten die Insassen der Lastwagen Axtstiele zum Vorschein und droschen auf alle Schädel und Finger in ihrer Reichweite ein. Ein Mann taumelte brüllend, die Hand an sein gesplittertes Stirnlicht gepreßt, davon.

Die Partygäste drängten sich um das Fenster und beobachteten gespannt das Schauspiel.

»Worauf warten wir?« rief Donald Hortense. Er stieß einen obszönen scribischen Kriegsschrei aus und stürzte, gefolgt von einem Viertel seiner Gäste, aus der Wohnung und die Treppe hinunter. Jimmy, in dessen Adern das Brontosaurusblut wallte, war seinem Freund dicht auf den Fersen.

Gerade als sie das Gedränge auf der Straße erreichten, sahen sie, wie ein Taxi, das nicht das geringste mit der GEFG zu tun hatte, vom Pöbel umgestürzt wurde. Die Hintertür, die auf der Oberseite gelandet war, öffnete sich, und ein Mann kletterte heraus; einer der Aufrührer versetzte ihm sogleich einen Schlag auf die Nase. Als sich der Mann halb umdrehte, um sein Gesicht zu schützen, erkannte Jimmy, daß es Aubrey war.

»Das ist mein Bruder! Kommt mit!« schrie er und packte Donald an der Schulter, worauf sich die ganze Scribistengesellschaft zu dem Taxi hinüberarbeitete. Die ganze Straße befand sich in hellem Aufruhr. Jemand goß aus einem Fenster eimerweise Wasser in die Menge; Jimmy blickte hinauf und sah, daß es Andreina, Jeans Busenfreundin war. Polizisten bliesen in ihre Trillerpfeifen, der Lautsprecher brüllte immer noch zornig vor sich hin, doch die Menge begann sich bereits zu lichten. Schläge wichen hastig flüchtenden Tritten, Angriffe dem Rückzug auf schnellstem Wege. Als alle Gegner in die Flucht geschlagen waren, sangen die GEFG-Mitglieder auf den Lastwagen ›Söhne der See‹:

Aber sie lassen sich nicht unterkriegen,
die Bulldogjungs sind nicht zu besiegen;
Sie haben England einen Namen gemacht.

Der Fahrer des umgekippten Taxis stand, den Rücken am Dach seines Wagens, die Fäuste erhoben, bereit, alle Heranstürmenden gebührend zu empfangen, aber die Heranstürmenden waren vollauf damit beschäftigt, davonzustürmen. Jimmy ging um ihn herum und warf einen Blick in den Fond des Wracks. Wie er erwartet hatte, saß Alyson darin.

»Schön, dich zu sehen!« rief sie nervös.

Während Donald und einige seiner Gäste Aubrey an den Armen nahmen und ins Haus zurückführten, half Jimmy Alyson aus dem Wagen. Sie war zwar blaß und erschüttert, hatte aber lediglich ein paar Schrammen abbekommen. Als Jimmy sie die Treppe hinaufführte, lehnte sie sich dankbar an ihn.

Oben war das Fest unbeabsichtigt ins Stocken geraten. In ihrer Aufregung hatten Andreina und ihre Freunde das Brontosaurusblut aus dem Fenster gekippt.

Auf der Straße, die sich, bis auf ein paar unglückliche Zeugen, die mit Polizisten redeten oder sich weigerten, zu reden, lagen zertrampelte Schilder mit der Aufschrift ›LASST EUCH NICHT EINSCHÜCHTERN‹ oder ›HÄNDE WEG VOM SEX‹ herum, und der Fahrer des umgestürzten Taxis beschimpfte den Fahrer des überfallenen Lastwagens mit melancholischem Nachdruck.

Aubrey, dessen Nase heftig blutete, lag auf dem Fußboden in Donalds Schlafzimmer. Alyson saß auf dem Bett und rauchte eine Zigarette. Über dem Bett hing, ein Zeichen für Donalds Scribistenhumor, eine Devonshire-Brandmalerei der Ilfrasenke mit der Inschrift: ›Alle Schwulen dieser Welt schützen dich und mich, und auch du gehörst dazu‹.

Der Mann im karierten Hemd eilte geschäftig herbei und brachte ein Tröpfchen Rotwein in Zahnputzbechern, Medizin für die beiden Opfer, mit.

»Genau wie bei Zombie Sexton«, sagte er munter und wandte sich mit fröhlichem Kopfschütteln an Jimmy. »Du bringst wohl immer Ärger mit, egal, wo du bist?«

»Das ist das Erbe von Auckland«, sagte Jimmy bescheiden und bemühte sich außerordentlich geschäftig um Alyson.

»Es tut mir leid, daß wir so spät kommen«, wandte sich Alyson an Donald. Ihre Hand zitterte, als sie die Zigarette zum Mund führte. »Wir sind hinter dem Protestzug steckengeblieben. In meinem ganzen Leben habe ich nicht soviel Propaganda gehört. Noch dazu so ein abartiges Zeug! Die Liebe ist etwas Entwürdigendes, von dem man weder etwas hören noch sehen sollte – nach den Worten der GEFG. Sie haben sich alle Sympathie, die ich je für sie hatte, verscherzt.«

Jimmy fragte sich wieder einmal, warum ein vernünftiges Mädchen wie Alyson sich nicht wie alle anderen vernünftigen Mädchen den GA hatte einsetzen lassen. Aubrey hatte seine religiösen Gründe, so fadenscheinig sie auch klingen mochten, zur Entschuldigung seiner Pflichtverweigerung; nicht so Alyson. Vielleicht hatte sie das Bedürfnis, Aubrey nach besten Kräften zur Seite zu stehen; dennoch war es eine Erleichterung für ihn, zu hören, daß sie einen Gesinnungswandel erfahren hatte.

»Die Normannenlichter werden die Gesellschaft nicht geradebiegen«, sagte der Karierte, »dazu hat die Gesellschaft zu viele Knicke. Aber wenn es ihnen gelingt, die Homosexuellen-Gesetze als den Unsinn zu entlarven, der sie sind, haben sie schon gute Arbeit geleistet.«

»Sind Sie einer von denen?« fragte Aubrey, der immer noch ausgestreckt auf dem Boden lag.

»Es heißt so«, erwiderte der Karierte leichthin, drehte sich aber, wie um einer Herausforderung in der Stimme des anderen zu begegnen, um und sah Aubrey an.

»Ich fürchte, ich habe für Ihresgleichen nicht viel übrig«, sagte Aubrey.

Das war nur der Anfang eines höchst peinlichen Auftritts. Aubrey, aus dessen Nasenlöchern noch immer Blut tropfte, begann, den Karierten und seinesgleichen heftig zu beschimpfen. Er brachte die üblichen, stichhaltigen Argumente vor, und sie klangen aus seinem Mund wie persönliche Beleidigungen. Die Worte quollen hervor, als wäre er unverhofft auf eine Ölquelle gestoßen, die er, einmal angebohrt, nicht mehr unter Kontrolle hatte. Ein paarmal unterbrach ihn der Karierte hitzig, doch Donald hielt ihn zurück. Alyson saß schweigend, mit gesenktem Kopf und hochroten Wangen, auf dem Bett.

Als Aubrey geendet hatte, sagte der Karierte zornig: »Dir ist hoffentlich klar, daß *uns* klar ist, daß mit dir irgend etwas nicht stimmt, sonst würdest du nicht so reden.«

»Warum sollte es?« gab Aubrey zurück. »Auf anderen Gebieten nehmen Sie doch ein objektives Urteil an, warum nicht auf diesem?«

»Hören Sie auf, zu streiten! Sie haben Ihre Meinung gesagt«, erklärte Donald. »Ich glaube nicht, daß Sie wissen, wovon Sie reden, aber Sie haben Ihre Meinung gesagt. Und jetzt verschwinden Sie!« An Alyson gewandt, sagte er schroff: »Es tut mir leid.« Damit verließ er das Zimmer. Einen Augenblick lang sah der Mann im karierten Hemd Aubrey voll tödlicher Verachtung an, dann sagte er ruhig und mit eindrucksvoller Vieldeutigkeit: »Was immer die Band spielt, du hörst immer deine eigene Musik.«

Dann verließ er ebenfalls das Zimmer.

»Steh auf, wir fahren nach Hause«, sagte Jimmy wütend. »Mich wundert, daß sie dich nicht windelweich geprügelt haben, und ich bin nicht sicher, ob ich es jetzt nicht tun sollte. Du kommst hierher, du bist zu Gast hier, du nimmst ihre Gastfreundschaft an, und dann hast du nichts Besseres zu tun, als wegen ein paar Schwulen überzuschnappen. Ich habe dir schon vor Wochen gesagt, daß Donald schwul ist, und wenn dir das nicht behagt, hättest du nicht kommen sollen. Wenn ich Donald wäre, würde ich ...«

»Sei still, Jimmy«, sagte Alyson. »Siehst du nicht, daß es Aubrey nicht gut geht? Er hat einen Schock bekommen. Geh und hol uns ein Taxi, ja? Laß uns hier verschwinden.«

Als sie in der Wohnung anlangten, ließ Aubrey sich taumelnd in einen Sessel sinken, barg das Gesicht in den Händen und begann zu stöhnen.

»Ich werde die Vorhänge zuziehen«, sagte Alyson. Sie ging zum Fenster und blickte auf den Charlton Square hinunter. Keine Menschenseele war zu sehen. Obwohl das Gras nach wochenlangem Sonnenschein braun und ausgedörrt aussah, stieg ein Hauch von Frische von dem baumumsäumten Platz auf. Die Menschenleere selbst wirkte erfrischend und beruhigend; es tat gut, von Zeit zu Zeit daran erinnert zu werden, daß die Welt nicht dem Menschen gehörte, daß er nichts weiter war als eine vorübergehend dominante Spezies auf einem fortdauernden Planeten.

Dennoch hatte er eine ungeheure Verantwortung zu tragen.

»Es ist ein schöner Abend«, sagte Alyson, indem sie all ihre Gedanken in die allerbelanglosesten Worte faßte.

»Mach keine Witze«, sagte Jimmy gereizt. »Schaff diesen Idioten ins Bett, ja? Er hat getrunken.«

»Komm her, Jimmy, Liebling«, sagte Alyson ohne Wärme.

»Ich bin nicht dazu aufgelegt«, entgegnete Jimmy.

»Und wenn ich getrunken habe?« fragte Aubrey langsam. Er ließ die Hände sinken und wandte ihnen das Gesicht zu; es war nicht mehr wiederzuerkennen. Es war weiß und ging zur Mitte hin in galliges Gelb über. Und genau in der Mitte hing ein angeschwollener Knollen wie eine reife Pflaume.

»Und wenn ich getrunken habe?« sagte Aubrey zum zweitenmal. »Alles ist schließlich durcheinander, oder nicht? Du hast natürlich genug damit zu tun, dich zu amüsieren, aber ich habe einen verantwortungsvollen Pfosten – Posten, meine ich, verflucht. Ich meine, ich will nicht unbescheiden sein, aber ich habe einen verantwortungsvollen Posten, und wenn wir nicht aufpassen, fällt alles ins Wasser.«

»Wovon redest du?« fragte Jimmy ungeduldig.

»Von dem Geschäft natürlich. Von dem Geschäft mit der Schweiz, das Achtzehn-Millionen-Pfund-Geschäft für die Lieferung der GAs. Verstehst du jetzt? Ich muß mich an Vereinbarungen halten. Wir können die Schweiz nicht hängenlassen, aber dieser verdammte Streik wird uns alle in den Rückstand bringen.«

Jimmy schüttelte den Kopf und warf Alyson einen hilfesuchenden Blick zu.

»Welchen Streik meint er? Kannst du mir das sagen?«

»Warum liest du nicht die Zeitung?« fragte Aubrey aufbrausend. Er stemmte sich aus dem Sessel hoch und richtete sich mühsam auf. Das Blut kehrte in seine Wangen zurück, und er sah jetzt nicht mehr so sehr wie eine chinesische Maske beim Kung He Fat Choy-Fest aus.

»Ich bin zu beschäftigt, um die Zeitung zu lesen«, entgegnete Jimmy.

»Ja, zu beschäftigt damit, dich zu amüsieren!«

»Ich amüsiere mich nicht!«

Aubrey wankte schwerfällig zur Eßnische hinüber und nahm eine Abendzeitung von einem der Stühle. Theatralisch und herausfordernd hielt er sie Jimmy unter die Nase. Schwarze Schlagzeilen verkündeten, daß die Stahlarbeiter im ganzen Land streikten. Sie folgten damit dem Beispiel der Cadaver Aluminiumwerke, Hersteller der Metallscheiben für die GAs. Soviel erkannte Jimmy, bevor er seinem Bruder die Zeitung aus der Hand schlug.

»Laß uns zu Bett gehen«, sagte er.

Leider tritt der Widerspruch zwischen dem, was wir beabsichtigen und dem, was wir tun, auch für uns selbst immer wieder klar zutage. Als er erst einmal unter der Bettdecke lag, wurde Jimmy schlagartig klar, daß er sich, weit davon entfernt, seinen Bruder in die Schranken zu weisen, lediglich wie ein Grobian aufgeführt hatte. Aubrey stand unter Druck, und was er brauchte, war offensichtlich ein wenig Rücksichtnahme.

Jimmy hatte tatsächlich von dem Streik in der Stahlindustrie gelesen. Die Nachricht hatte so wenig Eindruck auf ihn gemacht, daß er nicht auf den Gedanken gekommen war, sie mit Aubrey, oder auch nur mit BIL, in Verbindung zu bringen. Streiks waren schließlich recht ferne Angelegenheiten in recht fernen Fabriken, abgesehen von gelegentlichen, bedauerlichen Ausnahmen wie dem Transportarbeiterstreik im Jahre '58. Jedermann wußte, daß diese Leute ständig für irgendwelche Forderungen streikten.

Abgesehen davon waren die Zeitungen im Augenblick voll von düsteren Nachrichten, wenn man nur genau hinsah. Die anhaltende Trockenheit. Der britische Botschafter war aus Jordanien, oder wo immer es war, hinausgeworfen worden. Die Raupenplage in Somerset. Die Rezession in Amerika, die sich auch hier bemerkbar machte. Der päpstliche Bann auf den GAs. Die Geburt von drei- und vierbeinigen Babies in Japan. Aufflakkernde Meutereien an verschiedenen Stellen der britischen Armee. Und so weiter. Man durfte das alles nicht so ernst nehmen.

Es hatte keinen Sinn, pessimistisch zu sein.

X. Scryban bezieht Stellung

Die Sammlung für die Haiti-Ausstellung nahm Form an. Eine Bibel aus dem Besitz des Mulattenpräsidenten Boyer, zeitgenössische Lithographien der pompösen Krönung von Kaiser Faustin I, die rot-gelb-grün-weiße Uniform des ersten Grafen von Limonade, ein zerknittertes Plakat des Theaters von Port Royal, eine von der BOAC entliehene Vergrößerung der Zitadelle von La Ferrière, die Photographien der Grabstätte Marie-Louises in Pisa und viele andere sehenswerte Ausstellungsstücke zierten bereits die Sammlung. Jimmy saß in seinem Büro in der IBA und starrte gedankenverloren darauf.

Die Organisation der Ausstellung war für Jimmy mehr als nur ein Arbeitsauftrag geworden. Haiti mit seinem tropischen Klima und seiner außergewöhnlichen Geschichte hatte ihn gefangengenommen. Vor allem anderen war es die kurze Herrschaft von Henri Christoph, dem König, der seinen Untertanen einfach als ›L'Homme‹ bekannt war, die ihn faszinierte. Dieser Negerkönig, dem es gelungen war, durch hartnäckige Entschlossenheit und Erfindungsgabe aus dem Chaos heraus einen funktionierenden Staat zu schaffen (und an dessen Beispiel gemessen alles, was die britische Regierung jetzt tat, so einfallslos wirkte), erschien Jimmy als der erstaunlichste, wenn nicht gar der größte Monarch, der je gelebt hatte.

Heute morgen jedoch, nach dem unverzeihlichen Auftritt, den sich sein Bruder am Abend zuvor geleistet hatte, waren Jimmys Gedanken mit anderen Dingen als mit Henri beschäftigt. Er scheute vor der Begegnung mit Donald zurück, weil er fürchtete, daß ihre Freundschaft abgekühlt war; denn obwohl es ihm mißfiel, wie sehr Donalds Neigung im allgemeinen Mode geworden war, mochte er den Bibliothekar persönlich sehr gern.

Die Sprechanlage summte. Jimmy zuckte zusammen.

»Solent«, sagte er.

Es war Donald.

»Jimmy? Dein Buch von der Sam Untermeyer Heights-Universität ist eingetroffen. Möchtest du heraufkommen und es dir holen?«

»Ich komme sofort, Don.«

Während er die Treppe hinaufstieg und Mrs. Charteris stumm zunickte – es gab noch immer nichts, worüber er mit ihr hätte reden können – war Jimmy klar, daß sich Donalds Verhalten nicht verändert hatte. Seine Stimme hatte mit keinem Deut verraten, daß etwas geschehen war. Reinemachefrauen tauschten ihre Klatschgeschichten quer über die Gänge von einem Vortragsraum zum anderen aus. Hinter der Tür mit dem Schild ›Sprecher des Hauses‹, hörte man Bloody Trefisick seine Sekretärin anschnauzen. Die Welt war in Ordnung, genau wie eh und je.

Donald war gerade im Begriff, das Buch, das eigens für die Ausstellung ausgeliehen worden war, auszupacken, als Jimmy sein Arbeitszimmer hinter der Bibliothek betrat. Es war ein kleines, kalbsledergebundenes Werk mit dem Titel ›La Partie de Chasse du Roi‹, 1820, und es war das letzte Buch, das Henri Christophes königliche Druckerpresse im Schatten von La Ferrière je verlassen hatte. Ein Jahr nach seinem Erscheinen hatte Henri durch eigene Hand und mittels einer goldenen Kugel den Tod gefunden, sein Sohn war ermordet, und die Königin und ihre Töchter waren heimlich aus dem Land und nach Europa gebracht worden. Dieses Buch nur in der Hand zu halten, erfüllte Jimmy mit einem Gefühl der Rührung.

»*Bücher* in deiner Ausstellung!« sagte Donald. »Was würde unser Gründer dazu sagen?« Er machte einen Hofknicks zum nächstgelegenen Photo von Clyde B. Nitkin hin und fuhr mit breitem transatlantischen Akzent fort: »Materieller Reichtum ist es, wenn die beiden Enden sich berühren; intellektuelle Armut ist es, wenn Buchrücken sich berühren.‹ Die Moral: laß deine Holzelephanten nicht Wange an Wange stehen, sonst nimmt Nitkin dich auf seinen Stoßzahn.«

»Hör auf mit diesem Elefantenhumor«, sagte Jimmy und fügte, als sein Blick auf das Science Fiction-Magazin auf Donalds Schreibtisch fiel, hinzu: »Worüber schreibt Campbell in diesem Monat?«

»Evolution und Religion«, erwiderte Donald. »Es ist recht interessant. Aus theologischer Sicht sind die Erdenmenschen gefallen, befinden sich also im Zustand der Sünde, und infolgedessen sind alle Verbesserungen unseres Loses, die die Wissenschaft bewirken mag, für die Katz. Aus evolutionstheoretischer Sicht jedoch können wir nicht gefallen sein, da wir kaum Zeit hatten, uns zu erheben: das Bronzezeitalter liegt erst zweihundertfünfzig Generationen zurück. Der Aufstieg, der vor uns liegt, lohnt sich um seiner selbst willen, gleichgültig, worin das Ziel besteht.«

»Das stimmt, wenn wir daran glauben.«

»Glaubst du daran?«

»Oft jedenfalls. So, wie ich zwar nicht an den Himmel glaube, aber um die Existenz der Hölle weiß, glaube ich nicht an den Fortschritt, fürchte aber den Stillstand.«

»Mein lieber Freund, wie außerordentlich modern du bist!« sagte Donald. »Deine intellektuelle Blüte ist vergeudet in diesem rückständigen Sumpf – sie stellt mit ihrem goldenen Glanz selbst die Lilie in den Schatten.«

»Wie denkst du denn darüber?« fragte Jimmy, wie so oft unsicher, ob Donald sich in Sarkasmus oder Selbstschutz übte.

»Ich habe kein Recht, mir Gedanken über Fortschritt und Evolution zu machen«, sagte Donald. »Dein Bruder hat es gestern abend klar und deutlich erklärt, daß Menschen, die auf der richtigen Seite des Zauns stehen, meinesgleichen für Feinde der Evolution halten. Und von diesem Standpunkt aus betrachtet, hat er natürlich vollkommen recht. Dieses entsetzlich blinde, einfältige Wesen mit Namen Evolution interessiert sich nicht für Gefühle, seine Sorge gilt allein der Zeugung der nächsten Generation. Aber um zur Science Fiction zurückzukommen, diese Burschen sind wirklich glücklich über die Normannenlichter, weißt du. Es ist etwas, das auf ihrem Mist gewachsen ist. Sie haben schon seit dem Start der Erdsatelliten nicht mehr so laut gejubelt.«

Dankbar über diese Wendung des Gesprächs, sagte Jimmy: »Habe ich dir schon einmal erzählt, daß Scryban mich an meinem ersten Tag hier dabei erwischt hat, wie ich in einer Sammlung von Science Fiction-Geschichten gelesen habe? Er nahm das Buch, betrachtete es eingehend und zitierte dann Shakespeare: ›Die nenn' ich Kunst, die die Natur berichtigt, mehr noch, verändert; aber die Kunst selbst ist Natur.‹«

»Hm. Dasselbe hat er zu mir gesagt. Dasselbe Zitat.«

»Wie enttäuschend von ihm! Ein hübscher kleiner Spruch für jede Gelegenheit. Ich muß leider gestehen, daß ich diesen Verdacht schon immer hatte.«

»Du weißt ja, wie es immer heißt, Jimmy. Egal, wie dämlich du handelst, die Hauptsache ist, deine Worte ergeben einen vernünftigen Sinn.«

Jimmy schlich, das kostbare Buch ›La Partie de Chasse du Roi‹ fest an sich gedrückt, zu seinem Büro zurück. Er warf das Bändchen auf seinen Schreibtisch und ließ sich mit einem Seufzer auf seinen Stuhl sinken. Donalds Worte hallten in seinem Kopf wider: »Egal, wie dämlich du handelst...«

»Wenn je ein Mensch dämlich gehandelt hat, dann bin ich es«, sagte er sich. »Sich von Rose den Kopf verdrehen zu lassen, war das Werk eines Schwachsinnigen. Wegen ihr den Kopf zu verlieren, ist das Werk von zwanzig Schwachsinnigen. Aber, oh Gott, es ist wie Gift im Blut, ich kann es nicht loswerden. Es ist wie eine tödliche Krankheit. Die einfache, grausame Wahrheit, daß ich sie niemals wiedersehen werde – daß ich sie hasse und verabscheue – ändert nichts daran. Ich begehre sie noch immer. Ich habe ihren Körper besessen, und jetzt befinde ich mich in einem Zustand, den ich nur als Besessenheit des Körpers bezeichnen kann. Es ist wie ein Duft vor deiner Nase, aber du möchtest ihn nicht mit jedem Atemzug in dich aufnehmen. Wenn ich es nur abschütteln, mich zusammenreißen könnte.«

Er saß noch immer an seinem Schreibtisch und bohrte in

seiner Vergangenheit, als Mrs. Wolf sein Büro betrat. Sie hatte es sich zur Gewohnheit gemacht, hereinzuschauen und ein paar Minuten mit ihm zu plaudern, gewöhnlich vor der Kaffeepause; wenn man auch kaum behaupten konnte, daß sie viel gemein hatten, so grüßten sie sich doch überaus freundlich. An diesem Morgen ging es ihr jedoch um etwas anderes als um einen kleinen Plausch.

»Jimmy, mein Lieber, haben Sie heute morgen schon mit Conrad Scryban gesprochen?« fragte sie und riß dabei die stark getuschten Augen weit auf. Als Jimmy verneinte, fuhr sie fort: »Ich möchte wirklich nichts hinter seinem Rücken über ihn tratschen – Sie wissen ja, was ich von guten Beziehungen unter den Kollegen halte –, aber ich fürchte, der arme Mann ist übergeschnappt.«

»Sie machen mich neugierig. Warum glauben Sie das?«

Mrs. Wolf sagte: »Conrad hat sich den Bourgoynisten angeschlossen.«

Nachdenklich nahm Jimmy seinen Füllfederhalter vom Schreibtisch und kaute darauf herum.

»Ja, das ist eigenartig; ich meine, ich weiß, daß es immer noch Leute gibt, die der GEFG beitreten, aber der alte Scryban ist kaum der Typ ...«

»Es ist mehr als eigenartig«, unterbrach ihn Mrs. Wolf ungeduldig. »Es ist beängstigend. Ich kann mir nicht vorstellen, was in den Leuten vorgeht.«

Sie verstummte und fuhr überrascht herum, als die Tür heftig aufgerissen wurde. Martin Trefisick, der in Devonshire geborene Mann aus Cornwall, kam, das hochrote Gesicht mit tiefblauen Flecken belebt, hereingestürmt.

»Veronica«, brüllte er Mrs. Wolf an – es war das erstemal seit Wochen, daß er das Wort an sie richtete –, »Veronica, hat Scryban Sie heute morgen in sein Büro rufen lassen, und hat er Ihnen diesen verdammten Blödsinn vorgefaselt?«

»Ja«, entgegnete sie. »Obwohl ich es kaum als *Blödsinn* bezeichnen würde. Ich war vor ungefähr zehn Minuten bei ihm, und vor mir war Miß Redford in seinem Büro –«

»Er bestellt die ganze verdammte Belegschaft in sein Büro, einen nach dem anderen«, rief Trefisick aufgebracht. Er stampfte wutentbrannt im Zimmer auf und ab und schnaufte wie ein Blasebalg.

»Was hat das alles zu bedeuten?« fragte Jimmy. »Was hat Scryban gesagt?«

»Was er gesagt hat? Was glauben Sie wohl, was er gesagt hat? Er hatte die verdammte Stirn, mich – *mich!* aufzufordern, ich solle den Bourgoynisten beitreten.«

»Dasselbe wollte er von mir«, sagte Mrs. Wolf und fügte kühl hinzu: »Aber ich hätte gedacht, daß er bei Ihnen mehr Aussicht auf Erfolg hat, Martin. Sie haben sich schließlich hartnäckig geweigert, sich den GA einpflanzen zu lassen.«

»Das will ich meinen! Ein Jammer, daß es nicht mehr Individualisten wie mich gibt! Aber nur, weil ich mich weigere, mich maßregeln zu lassen, ist das vielleicht ein Grund, zu erwarten, daß ich gemeinsame Sache mit einem Verrückten wie Bourgoyne und seinem Pöbel mache? Gebrauchen Sie Ihren Verstand ein bißchen, Veronica! Eine verdammte Unverschämtheit nenne ich das, sich in unsere privaten Überzeugungen einzumischen – nicht, daß ich mich je gescheut hätte, meine privaten Überzeugungen öffentlich zu äußern. Mir ist der bloße Gedanke, eine Blechmünze im Schädel zu tragen, einfach zuwider.«

In seiner blindwütigen Ereiferung stieß Trefisick heftig gegen das Buchregal und fegte einen Stapel IBA-Broschüren zu Boden. Jimmy hatte genug von dem ganzen Schauspiel, zweifellos genoß der Mann die Gelegenheit, sich in seiner Wut zu suhlen wie die Made im Speck.

»Wenn Sie eine so schlechte Meinung von den Normannenlichtern haben, würde ich annehmen, daß ein Beitritt in die GEFG die einzig einleuchtende Entscheidung für Sie ist«, bemerkte er, indem er Trefisicks Redefluß unterbrach. »Wie Sie schon sagten, sie nehmen jeden.« Trefisick wandte sich Jimmy zu und schob streitsüchtig das Kinn vor.

»Das Ganze ist eine Frage des Prinzips, Solent. Ich hätte auch nicht erwartet, daß Sie das begreifen. Die Leute Ihrer Generation sind alle gleich; Sie können weder wählen, noch denken, noch handeln. Sie lassen sich von dem Wörtchen ›Vorwärts‹ ins Bockshorn jagen, ein armseliger Haufen von Waschlappen. Halten Sie also gefälligst den Mund, ja?«

»Das gefällt mir!« rief Jimmy aus und sprang auf. »Sie kommen hier hereingeplatzt, lümmeln in meinem Büro herum wie ein Gefängniswärter, dem ganz Dartmoor allein gehört, und dann verlangen Sie auch noch von mir, daß ich den Mund halte, während Sie mit Ihren verfluchten Vorurteilen herumprahlen. Sie können nicht –«

»Solent!« rief Trefisick aufbrausend. »Solent! Ich werde Sie hochkant hinauswerfen lassen! Wenn Sie glauben, ich –«

Das Haustelephon klingelte.

»Hören Sie auf zu schreien, alle beide, und gehen Sie ans Telephon«, mahnte Mrs. Wolf. »Es ist doch wirklich nicht notwendig zu streiten.«

»Das ist Englands ganzes Problem heutzutage!« sagte der Mann aus Cornwall, indem er einen neuen Kurs einschlug. ›Bloß nicht diskutieren, wir schließen uns einer Gruppe an, dann brauchen wir nicht zu denken.‹ Wundert es Sie da noch, daß das ganze verdammte System auseinanderfällt? Veronica, Sie überraschen –«

»Ja, hier ist Solent, Mr. Scryban«, sagte Jimmy mit Nachdruck in die Sprechmuschel und lächelte spöttisch, als Trefisick augenblicklich verstummte. »Ja, ich komme sofort hinauf.«

Er legte den Hörer auf.

»Jetzt sind Sie dran«, erklärte Mrs. Wolf mit unverkennbarer Selbstgefälligkeit. »Lassen Sie sich zu nichts überreden.«

Jimmy durchquerte die Ausstellungshalle, nickte Mrs. Charteris wortlos zu und nahm den Lift zu Scryban hinauf.

Scryban saß hinter seinem Schreibtisch. Er hatte die Hände auf dem Tisch verschränkt und rollte ein kleines Röhrchen Harlekin-Streichhölzer hin und her. Die Pfeife mit dem Bernsteinmundstück klemmte unangezündet zwischen seinen Zähnen. Er wirkte würdevoll, nervös und ein wenig selbstgefällig zugleich. Eine dünne, rote Linie am Kinn seines wohlgepflegten Gesichts verriet, daß Scryban sich an diesem Morgen beim Rasieren geschnitten hatte.

Er nickte Jimmy zu, deutete auf einen Stuhl und sagte, indem er einen forscheren Ton anschlug als gewöhnlich, »aus dem Gebrüll, das ich am Telephon gehört habe, schließe ich, daß Martin Trefisick bei Ihnen war; in diesem Fall zweifle ich nicht daran, daß Sie bereits eine Vorstellung davon haben, worüber ich mit Ihnen reden will.«

Er warf Jimmy einen scharfen Blick zu und fuhr, ohne seine Zustimmung abzuwarten, fort:

»Heute ist Donnerstag. Am Samstag schließen die GA-Einpflanzungs-Zentren im ganzen Land ihre Türen. Am Montag werden gegen all diejenigen, die es abgelehnt haben, die Zentren aufzusuchen, Geldbußen und Gefängnisstrafen verhängt werden. Man wird es Rechtsprechung nennen, aber in Wahrheit ist es die Verfolgung einer Minderheit.

Vielleicht haben Sie bemerkt, daß meine politischen Ansichten in der Vergangenheit eher von einer gewissen Neigung zur Leichtfertigkeit zeugten. Das gebe ich zu – und es ist ein weitverbreiteter Fehler, Solent. Denn obwohl die Politik eine so schwerwiegende Sache ist: Wer kann die Politiker schon ernst nehmen? Wenn Sie zum Beispiel ›New Grub Street‹ nehmen – ein verkanntes Werk von einem verkannten Mann – werden Sie sich an Readorns Rätsel erinnern: ›Was haben ein Londoner Mietshaus und der Körper des Menschen gemein?‹ Die Antwort darauf lautet: ›In beiden Fällen wohnt der Verstand im Dachstübchen.‹ Auf den Staat trifft das nicht zu. Da sitzen die Schwätzer ganz oben an der Spitze und darunter die Denker; die Verbreitung der Lehren des Demosthenes, dieses glattzüngigen Advokaten, durch unsere staatlichen Schulen und Universitäten, hat sich die Methoden der televisuellen Kommunikation zu eigen gemacht und auf diese Weise unser Staatsgefüge von der

Spitze her unterwandert. Oder vielleicht verhält es sich auch so, wie es ein persisches Sprichwort formuliert, daß nämlich ein fauler Fisch zuerst am Kopf stinkt. Es ist schwierig, eine sichere Diagnose zu stellen, wenn man selbst Teil der Krankheit ist. Wie dem auch sei, –«

Scryban kam zu Bewußtsein, daß er vom Thema abschweifte. Er runzelte die Stirn über diese kleine Entgleisung und strich sich gleichzeitig nicht ohne Selbstgefälligkeit über die Tonsur.

»Es ist eine englische Angewohnheit, das eigene Urteil zurückzuhalten«, fuhr er fort, »und genau das haben viele von uns getan, seit die GAs zum erstenmal der Öffentlichkeit vorgestellt wurden. Wir hofften einfach, daß die Einschätzung der GAs als Vereinfacher des Lebens, die die Regierung vertrat, sich als richtig erweisen würde; die Wirklichkeit hat das Gegenteil bewiesen. Der Zweck konnte die immer schon zweifelhaften Mittel letzten Endes nicht rechtfertigen.«

»Ich kann Ihnen in diesem Punkt nicht ganz zustimmen«, wandte Jimmy, dessen Stimme vom langen Schweigen ganz rauh geworden war, ein.

»Ich spreche nicht von bestimmten Beispielen, sondern von unserem Land im allgemeinen. Die Unruhe ist allgegenwärtig, Gewalttaten werden immer wieder verübt, die Zügellosigkeit greift um sich. Meuterei macht sich in der Armee breit, Müßiggang in den Fabriken, und, soviel ich gehört habe, herrscht sogar im Außenministerium Aufruhr. All das ist der Einführung der Normannenlichter zuzuschreiben. Sehen Sie, sie sind unter völlig falschen Voraussetzungen eingesetzt worden, die als solche schon vor Monaten, bevor der wahnwitzige Plan in die Wirklichkeit umgesetzt wurde, hätten erkannt werden müssen. Diese falsche Voraussetzung besteht in der Annahme, daß Sex eine dominante Rolle im Leben der Menschen spielt.«

»Wollen Sie damit sagen, daß Sie das nicht glauben?« fragte Jimmy überrascht. Die Kunststoffjalousien waren zum Schutz gegen das blendende Sonnenlicht heruntergelassen, und in Scrybans Büro herrschte Schweigen. Von Ferne drang das leise

Brummen des Verkehrs in der Tottenham Court Road herauf.

Scryban deutete ein spöttisches Lächeln an und sagte: »Der Sex beschäftigt die Menschen in unserem Jahrhundert im gleichen Maße wie die Vernunft die Menschen des achtzehnten Jahrhunderts. Unglücklicherweise verfügen wir über die technischen Mittel, unsere Lieblingsbeschäftigung zur Gottheit zu erheben. Wir werden zu Sklaven des Lasters werden, das wir überwinden sollen. Und darum gibt es zwei Gründe, die GAs abzulehnen. In einem nicht unbedeutenden Sinne werden wir zu Sklaven unserer Regierung, wenn wir diese Dinger auf unserer Stirn zulassen; und in einem viel tieferen Sinne werden wir Sklaven unseres eigenen Ichs. Unseres niedrigeren Ichs.«

Obgleich er seine Rede mit ernster und, wie er meinte, schlichter Stimme vorbrachte, verdarb Conrad Scryban am Schluß die Wirkung seiner Worte, indem er sich zurücklehnte und Jimmy mit wachsamen Besitzeraugen beobachtete. Der Blick allein genügte, aus Jimmy einen zornigen jungen Mann zu machen.

»Ich verstehe natürlich, daß Sie sich Sorgen darüber machen, was am kommenden Montag mit Ihnen geschehen wird«, sagte er. »Aber was habe ich damit zu tun? Ich habe meinen GA, ich bin zufrieden damit, und ich glaube, daß sie im großen und ganzen eine gute Sache sind. Zugegeben, es ist ein wenig Unruhe im Land entstanden, aber sie wird sich ganz von selbst legen, wenn das neue System erst richtig funktioniert. Jede neue Erfindung erscheint anfangs, besonders der älteren Generation, wie ein Weltuntergang.«

Scryban sprang erregt auf und schritt hinter seinem Schreibtisch auf und ab. Erfolglos versuchte er mit einer Reihe von Harlekin-Streichhölzern seine Pfeife anzuzünden.

»Sie wollen es nicht verstehen«, sagte er. »Wie ich schon sagte, habe ich ursprünglich mein eigenes Urteil zurückgehalten. Aber ich sehe überall um mich herum, daß die Zustände immer schlimmer werden.«

»Das scheint mir mehr eine Frage des Charakters als der Beurteilung zu sein«, bemerkte Jimmy.

»Es hat keinen Sinn, sich zu erregen«, sagte Scryban erregt. »Ich habe heute morgen einen Rundbrief von Bourgoyne erhalten; das ist der Grund für mein persönliches Gespräch mit Ihnen allen. Er weist darauf hin, daß unser Land bis zum Ende des Jahres in ökonomischer, wie in finanzieller Hinsicht ruiniert sein wird, wenn bestimmte Tendenzen anhalten. Die Regierung muß ihres Amtes enthoben und der gesetzliche GA-Zwang widerrufen werden.«

»Was erwartet Bourgoyne in dieser Angelegenheit von Ihnen?« fragte Jimmy neugierig.

»Sie haben von dem Protestmarsch am Sonntag gehört?«

Jimmy mochte seine Ahnungslosigkeit nicht eingestehen; also schwieg er und ließ den anderen in der Annahme, er halte seine Frage für rein rhetorisch.

»Sie haben also nichts davon gehört?« Er ließ es sich nicht nehmen, Jimmy klar zu machen, daß er sein Spiel durchschaut hatte. »Nun, es ist der letzte Versuch der Bourgoynisten, die Öffentlichkeit im Lande wachzurütteln. In meinen Augen hat er dafür genau den richtigen Augenblick gewählt: unter dem Druck der Regierung, in der nächsten Woche zu drastischen Maßnahmen zu greifen. Er führt persönlich den Protestmarsch an, der vom Wembley Stadion zum Chequers Court führt, wo Gascadder sich zu dieser Zeit aufhalten wird. Die Demonstranten verlassen das Stadion nach einer Ansprache und dem Segen des Bischofs von Coventry Punkt neun Uhr am Sonntagmorgen und erreichen Chequers Court etwa zur Teestunde. Ich habe den Entschluß gefaßt, mich an dem Protestmarsch zu beteiligen, und ich hatte gehofft, daß Sie vielleicht Lust haben, mich zu begleiten, zum Zeichen, daß ihr persönliches und soziales Gewissen nicht gänzlich verstummt ist.«

Die Hilflosigkeit in seinem bittenden Blick hätte Jimmy um ein Haar umgestimmt. Um Scrybans willen wäre er gern mit Scryban marschiert. Doch dann fielen ihm all die anderen ein, in deren Reihen er würde marschieren müssen; er stellte sich den

Andrang von Nyltesthemden vor, die Schwitzflecken unter den Achseln, die häßlichen Kittel der Frauen, das unermüdliche Gebrüll der Bälger, das Begleitgepäck voller Brottüten und Limonadenflaschen, die albernen Schilder, der Schweißgeruch während des Marsches und das wichtigtuerische Gewimmel danach; und zu alledem noch die unechte Kameradschaft, die durch die Verklemmtheit der ganzen Angelegenheit erzeugt wurde und sich in der von Hand zu Hand gereichten Thermosflasche, dem krampfhaft geistreichen Scherz und dem jovialen Schlag auf den Rücken manifestierte.

»Es tut mir leid, aber das ist nicht mein Bier«, murmelte er und erhob sich, zum Zeichen, daß er das Gespräch für beendet hielt.

»Es ist so viel einfacher, keine Stellung zu beziehen, nicht wahr, Solent?« bemerkte Scryban feindselig und sah Jimmy, der sich zum Gehen gewandt hatte, nach. Nach einem weiteren vergeblichen Versuch, die Pfeife anzuzünden, wandte er sich mißmutig dem Haustelephon zu und rief Donald Hortense zu sich.

Jimmy hatte kaum den Fuß in den Gang gesetzt, als Mrs. Wolf auch schon auf ihn zueilte. Sie grub ihm ihre scharfen, grell lackierten Fingernägel ins Handgelenk und zerrte ihn fast mit Gewalt in ihr Büro. Dann schloß sie mit einem leisen Seufzer die Tür hinter sich.

»Ich mußte Sie hierher lotsen, sonst hätte uns dieser furchtbare Mensch Trefisick wieder in die Enge gedrängt«, stieß sie hervor und verschlang ihn gierig mit den Blicken. »Ach, Jimmy, ich habe ihn gerade erst abschütteln können; er kann einem Löcher in den Bauch reden. Er ist jetzt draußen. Also, was hatte Conrad Ihnen zu sagen?«

Jimmy bot der Wölfin eine Zigarette an und zündete sich ebenfalls eine an. Ihm war, eingeschlossen mit ihr in ihrem Büro, etwas unbehaglich zumute. »Hat Gissing zitiert, behauptet, daß das Land vor die Hunde geht, wollte, daß ich mich auf die Socken mache und mit dem Premierminister darüber rede – ich und einige andere«, sagte er zusammenfassend.

»Der liebe arme Conrad«, seufzte Mrs. Wolf zu seiner Überraschung. »Ich empfinde soviel Mitgefühl für ihn! Ich habe ihn immer für den geborenen Märtyrer gehalten, für einen Menschen, der sich eines Tages für eine verlorene Sache opfert. Er hat den Verstand verloren, aber dennoch ... Er mag sich vielleicht irren, aber er irrt sich auf bewundernswerte Weise.«

»Also, wissen Sie, ich weiß nicht«, sagte Jimmy; es war ein ungeschickter Versuch, auszudrücken, daß Conrad Scryban vielleicht recht hatte, die Idee des Protestmarsches aber falsch war, daß er sich dessen aber auch nicht ganz sicher war und daß er ziemlich mißtrauisch war gegen die Selbstsicherheit, mit der manche Leute ihr Urteil über bestimmte Situationen fällten.

»Er war in Cambridge«, fügte er hinzu, und der Satz ›alles wissen heißt alles verzeihen‹ ging ihm durch den Kopf.

Mrs. Wolf setzte, in dem Bestreben, um keinen Preis einen Streit vom Zaun zu brechen, ein strahlendes Lächeln auf und faßte ihn am Arm. »Lassen Sie's gut sein, Jimmy«, sagte sie. »Ich habe eine Idee: Warum besuchen Sie mich und meinen Mann nicht übers Wochenende? Wir kommen jetzt glänzend miteinander aus, es wird also keine peinlichen Auftritte geben; und meine Mutter ist auch da – sie wird Ihnen gefallen. Ich kann Sie am Samstagnachmittag mit hinausnehmen. Die Demonstranten müssen auf ihrem Weg zum Chequers Court durch Surrogate kommen. Wir können sie vom Haus aus beobachten; vom ersten Stock aus haben wir eine großartige Aussicht. Conrad Scryban an der Spitze, im Marschschritt und mit einem Banner im Arm, das muß ein sehenswertes Bild sein; vielleicht können wir ihm eine Erfrischung anbieten, wenn er vorüberkommt. Sie kommen doch, oder?«

»Das ist außerordentlich freundlich von Ihnen«, sagte Jimmy.

»Nicht doch, nicht doch; ich hätte Sie schon längst einmal eingeladen, wenn es zwischen Kenelm und mir nicht so viele Schwierigkeiten gegeben hätte.« Sie redete noch immer aufgeregt – eifrig, gewichtig, großstädtisch –, als sie wieder in den Gang hinausfegte.

Am Treppenabsatz, im Schatten einer blicklosen Büste von Nitkin, lauerte Bloody Trefisick Donald Hortense auf und beschwor ihn, sich Scrybans unsinniges Geschwätz nicht anzuhören. Donald, der offensichtlich wußte, was in der Luft lag, hatte eine rätselhafte Miene der Duldsamkeit aufgesetzt, die seinem Gesicht etwas Maskenhaftes verlieh.

»Alles, was ich sagen will«, rief Trefisick und hieb nachdrücklich mit der Faust auf das Treppengeländer, »ist, daß Scryban seine Befugnisse überschreitet, wenn er mit uns über dieses Thema spricht. *Bücher* sind sein Metier, nicht die Politik – oder der Sex, was das betrifft, ha! Du tust gut daran, wenn du seiner Aufforderung nicht folgst, Donald, glaub mir. Man sollte den Mann nicht ermutigen. Das Ganze geht ihn einen Dreck an.«

Donald bot den Anblick eines Menschen, der sich in einer Gruft der Selbstbeherrschung eingeschlossen hat.

»Mr. Trefisick, Scryban ist ein zurückhaltender Mensch. In seinen Begegnungen mit uns verbirgt er seine Schüchternheit hinter einem kleinen Wall aus Gelehrtheit und Zitaten. Sie können sich demnach vorstellen – oder könnten es wenigstens, wenn Sie über ein Mindestmaß an Vorstellungsgabe verfügen würden –, wieviel Überwindung und Willenskraft es ihn kosten muß, mit uns über dieses Thema zu sprechen; es zeigt, wie sehr es ihm am Herzen liegt. Das mindeste, was wir tun können, ist, den Mann gewähren zu lassen, ihm zuzuhören und ihn seinem Herzen Luft machen zu lassen.«

»Aber er hat nichts auf dem Herzen als leeres Geschwätz über irgendeine verdammte, lächerliche Parade!«

»Ich würde es vorziehen, wenn Sie mir jetzt aus dem Weg gingen. Ich höre mir lieber an, was er zu sagen hat, als Ihre aufgeblasenen Schauergeschichten.«

Mit diesen Worten schob sich Donald an dem Mann, der gerne aus Cornwall gekommen wäre, vorbei.

Trefisicks Nacken lief dunkelrot an wie eine Pflaume.

»Ihr seid alle gleich, ihr zornigen jungen Leute – ihr bildet euch ein, ihr habt den großen Durchblick, dabei könnt ihr nicht einmal bis zur eigenen Nasenspitze sehen!«

Ohne ihn einer Antwort oder eines Blickes zu würdigen, klopfte Donald an Scrybans Tür und trat ein.

»Allmächtiger Gott«, stieß Jimmy hervor, während er zur Cafeteria hinunterging, um sich seinen Vormittagskaffee zu holen. »Auf der einen Seite ist da eine einfache Sache, nämlich Scrybans Wunsch, ein wichtiges Thema mit uns zu besprechen. Auf der anderen Seite sind wir vier, die Wölfin, Bloody Trefisick, Donald und ich, alle mehr oder weniger aus derselben Ecke der Gesellschaft stammend. Und doch reagieren wir vollkommen unterschiedlich. Erstaunlich, wie selbst unter Menschen, die viel gemein haben, eine so unüberwindliche Kluft entstehen kann – Rose English und ich, um ein schmerzliches Beispiel zu nennen.

Alle sind verwirrt, selbst diejenigen, die vorgeben, Bescheid zu wissen. Vor allem habe ich mich natürlich selbst geirrt. Ich bin immer schnell dabei, das Falsche zu tun; ich frage mich, wie sehr man mir das ansieht. Ich dachte, der GA sei schlicht und einfach eine persönliche Entscheidung. Ich habe mich geirrt. Das ist es nicht, und es ist auch kein unentschiedener, zu den Akten gelegter Fall.

Oh Gott, es ist natürlich Politik. Das Schicksal des Landes und der westlichen Welt hängt davon ab. Es ist der Ausweg aus dem intellektuellen Verkehrschaos der Sechziger Jahre. (Merkwürdig, in dem Augenblick, in dem man sich auf die politische Ebene begibt, flirren die Klischees wie Kolibris auf und schneiden dich von der Wirklichkeit ab.) Aber Europa hat sich nie Gedanken gemacht über die GAs; es ist zu tief im Pessimismus versunken. Wie viele Menschen machen sich bei uns wirklich Gedanken darüber, was geschieht, wie viele machen sich genügend Gedanken, um pessimistisch zu sein?

Ich weiß es nicht. Ich *versuche,* mir Gedanken zu machen. Aber es gelingt mir nicht. Ich bin ein materialistischer Schweinehund; ich wollte es nicht, aber ich habe selbst das Bestechungsgeld angenommen, habe alles geschluckt. Neue Kleider, eine kluge Frau, ein Auto, Wein – Gott, ich habe mich von all dem blenden lassen und wollte es doch gar nicht. Es ist komisch ... Früher einmal hatte ich den Ehrgeiz, zu den Geistesmenschen zu gehören. Dann denkt man monatelang nicht daran, und plötzlich stellt man fest, wohin es mit einem gekommen ist.

Aber wohin sonst soll man denn gehen? Sicher nicht auf diesen prahlerischen Faschingsmarsch mit Scryban.«

Jimmy trank seinen Kaffee aus und schickte sich an, in die Ruhe seines Büros zurückzukehren, als ein Ruf von Mrs. Charteris ihn aufhielt.

Jimmy stellte sich, ohnehin von seinem schlechten Gewissen noch geplagt, vor, daß sie jetzt in eine Schimpftirade ausbrechen und ihm vorwerfen würde, daß er nie ein Wort mit ihr wechselte; statt dessen teilte sie ihm zu seiner Erleichterung mit, daß gerade ein Anruf für ihn eingegangen sei.

»Ich gehe in mein Büro. Ich nehme den Anruf dort entgegen.«

»Danke, Mr. Solent. Es ist ein Herr Guy Leighton.«

Sein Gewissen trat in den Hintergrund, und sein Herz begann zu klopfen. Jimmy wußte, daß es sich nur um Rose handeln konnte, sein Herz sprang in seiner Brust auf und nieder wie das Jo-Jo eines Besessenen.

XI. Eine herbe Enttäuschung

Guy Leighton war reserviert; Guy Leighton war beeindruckend; Guy Leighton war, wie gewöhnlich, gut informiert. Tatsächlich hatte Guy ›alles über Rose‹ herausgefunden, wie er sich ausdrückte. Aber Guy Leighton weigerte sich, seine neuesten Erkenntnisse am Telephon auszuplaudern, und infolgedessen verabredete sich Jimmy mit ihm – widerstrebend und mit schweren Bedenken, aber er verabredete sich mit ihm – in einem Lokal, das ein gutes Stück näher bei BIL als bei der IBA gelegen war.

Jimmy traf als erster ein. Kurz zuvor war es an der Bar zu einem Handgemenge gekommen; der Verlierer war bereits von seinem Freund fortgeschafft worden, doch der Sieger, ein kräftiger junger Mann mit GA, war noch da und feierte seinen Sieg. Obwohl ihn die Sache nicht weiter interessierte, schnappte Jimmy aus den Gesprächsfetzen, die an sein Ohr drangen, auf, daß sich der Streit um das Tragen des GA gedreht hatte. Der Sieger hatte den Verlierer einen ›sexlosen Heini‹ genannt, der Verlierer hatte den Sieger einen ›dreckigen kleinen Mitläufer‹ geschimpft, und so war es zum Blut- und Biervergießen gekommen. Die Luft war noch immer zum Schneiden dick, und es herrschte jene Spannung, die den Abzugfinger zucken läßt und die man gemeinhin eher mit den Saloons der Hollywood-Western in Verbindung brachte.

Jimmy hätte das alles nicht gleichgültiger sein können. Einer Zeitung, die aufgeweicht auf der Bar neben ihm lag, entnahm er, daß am Smithfield Markt ein wilder Streik ausgebrochen war; Lastenträger weigerten sich, die Wagen derjenigen Fahrer zu beladen, die Mitglieder einer Gewerkschaft waren, deren Sekretär sich wohlwollend zur GEFG geäußert hatte. Das Leben war wirklich kompliziert, aber Jimmys Gefühle waren es nicht minder. Er kippte einen trockenen Sherry mit einem Zug hinunter, ließ ihm verzweifelt einen Drambuie folgen und fragte sich, warum er sich auf diese Verabredung eingelassen hatte.

Als Leighton mit seinen ausbalancierten Schritten und dem beängstigenden Aussehen eines Ballettänzers, den man zum Minister gemacht hat, das Lokal betrat, ging Jimmy unverzüglich zum Angriff über.

»Hören Sie, Guy, alter Freund, es tut mir leid, aber ich bin unter Vorspiegelung vollkommen falscher Tatsachen hierher gekommen. Ich habe Ihnen, in einem Augenblick der Schwäche, am Telephon vielleicht den Eindruck vermittelt, als hätte ich noch in irgendeiner Weise Interesse an dieser Frau. Dem ist nicht so. Ich habe sie aus meinem Leben gestrichen, und es würde mich zu Tode langweilen, mir Geschichten über sie anzuhören. Lassen Sie uns also über das Wetter reden, ja? Oder über den wilden Streik in Smithfield. Und was sagen Sie zu der Raupenplage in Somerset?«

Ohne sich auch nur den Anschein zu geben, als habe er ein Wort des Gesagten gehört, nahm Guy Jimmys Arm und lenkte ihn in eine Ecke der Gaststube. Mit gerunzelter Stirn blickte er sich mißtrauisch nach den Gästen an den Nachbartischen um.

»Hören Sie um Himmels willen auf, sich so entsetzlich wichtigzutun«, sagte Jimmy laut.

»Pst, nicht so laut, Solent. Sie sind heute morgen wohl in schlechter Verfassung? Hören Sie mir zu: Diese Frau ist eine von den Normans, von *den* Normans.«

Er machte eine kleine Pause, um seine Worte wirken zu lassen und fuhr dann fort:

»Mehr noch, sie ist die entscheidende Norman. Sie ist *Rachel* Norman, Mama Gwendoline Normans Tochter aus erster Ehe. Ist Ihnen klar, daß sie die Hauptperson in dem ganzen Geschäft ist? Sie ist die Hauptperson, Solent, und sie verbirgt sich hinter dem Decknamen Rose English. Wundert es Sie jetzt noch, daß uns der Bissen im Halse stecken geblieben ist?«

Jimmy schüttelte den Kopf.

»Ich hole uns etwas zu trinken«, erklärte er.

Als er zurückkehrte und zwei überschwappende Biergläser auf den Tisch stellte, saß Guy in der Ecke und starrte gedankenverloren ins Leere.

»Sind Sie sich dessen *ganz* sicher, Guy? Warum sollte sie ihren Namen geändert haben?«

»Es ist ein Deckname«, sagte Guy benommen. »Es paßt zu ihr. Sie gehört zu diesen Frauen. Wissen Sie, Sie stehen vor einer Frau, die einfach eine Frau ist – nicht eine Frau, die vollkommene Frau, mit den Eigenschaften eines Mannes. Ehrlich, Solent, ich will Ihnen aufrichtig sagen, daß es mir noch immer einen Dolchstich versetzt, wenn ich an sie denke, und ich habe sie nicht mehr gesehen, seit sie Sie auf Sir Richards Party aufgegabelt hat. Und es war einige Monate vorher, daß ich ... ach, daß sie mich aufgegabelt hat.«

Er versank in dumpfes Schweigen. Jimmy kannte das Bild, das Guy vor Augen hatte: Es war dasselbe Bild, das er sah, das Bild eines zielstrebigen Körpers, der von einem ebenso zielstrebigen Geist beherrscht wurde, eine unwiderstehliche Einheit, die ihren Duft wie Gift verströmte. Das Bild stand jetzt deutlich vor Jimmys innerem Auge, nachdem er es wochenlang einigermaßen erfolgreich verdrängt hatte. Es war zugleich erniedrigend und tröstlich zu wissen, daß Leigh die gleichen Qualen ausstand wie er.

In seiner Erinnerung wogte alles wieder auf, der apokalyptische Abend am Swimming Pool, die untrennbar damit verbundene aufschlußreiche Unterhaltung in der Kantine. Er hatte sich jetzt soweit davon gelöst, daß er mit klarem Verstand darüber urteilen konnte. Die Sittenwächter waren vollkommen, unbestreitbar und ohne Beschönigung im Recht in bezug auf die Hurerei. Er hatte nicht gewußt, worauf er sich einließ, und er war verwundet worden. Aber Rose Rachel – hatte nichts von einer Hure; dieses Wort konnte man im Zusammenhang mit ihr nicht in den Mund nehmen; sie lebte einfach ihr Leben.

Sein Leben war ein Taumel durch einen ockergelben Dschungel. Unterwegs war er einem Menschenfresser begegnet.

»Warum, um alles in der Welt, hat sie ihren Namen geändert, Guy?« fragte er.

»Das will ich Ihnen sagen, das NL ist ihre Erfindung«, erklärte Guy. Er nahm einen tiefen Schluck aus dem Glas, dann riß er sich zusammen, und ein Hauch seiner gewohnten BIL-Haltung kehrte zurück. Er war wie eine Auster, die ihre Schale schließt. »Zumindest hat sie es beinahe erfunden. Sie ist Gwendolines Tochter aus erster Ehe. Wie Sie wissen, hat sich Gwendoline Norman – oder richtiger, Gwendoline Demyanski – 1948, nach dem Zweiten Weltkrieg, wiederverheiratet. Sie hat, gemeinsam mit Ivan, die neurologische Grundlage des GA-Projekts geliefert, aber die gesamte technische Seite, und sie stellt den eigentlichen Fortschritt dar, war Rachels Werk.«

Er zuckte resigniert die Achseln.

»Sie hat sich ganz ihrer Arbeit verschrieben, Solent. Das ist die ganze Wahrheit. Sie ist eine Frau, die sich ihrer Aufgabe verschrieben hat. Sie ist ihr wichtiger als alles andere. Daher der geänderte Name: er ermöglicht ihr, der Arbeit nachzugehen, ohne Aufsehen zu erregen, ohne lästigen Störungen durch die Presse ausgesetzt zu sein. Aber, zum Teufel, diese Sippe hält wirklich dicht. Iral ist eine Festung in der Festung. Ich sagte Ihnen schon, ich habe Nachforschungen angestellt. Und selbst bei Ghearing and Flower, wo sie gegenwärtig arbeitet, weiß niemand, wer sie wirklich ist. Ich habe es dennoch herausgefunden. Es gibt immer Mittel und Wege, wenn man die richtigen Fragen am richtigen Ort stellt.«

In einem kurz aufflackernden Anfall von Selbstgefälligkeit nahm er noch einen Schluck.

»Vermutlich weiß nur ein halbes Dutzend Leute auf der ganzen Welt, was sie tut«, sagte er. »Und vermutlich weiß nur ein halbes Dutzend Leute, wer sie ist. Ich glaube nicht, daß Sir Richard es weiß. Ich hoffe, Sie sind gebührend beeindruckt, Solent.«

Solent sah sich außerstande, das Lob, das ihm in den Mund gelegt worden war, aufzugreifen.

»Ich mußte meinen ganzen Scharfsinn zusammennehmen, Solent, das können Sie mir glauben. Wußten Sie, daß sie eine eigene Suite im Debroy Dalmar hat – unter ihrem Decknamen natürlich –, mit einem Leibwächter als ständigem Begleiter?«

»Und was nützt Ihnen dieses Wissen nun?« fragte Jimmy barsch.

Leightons Augen schlossen sich halb; vielleicht nahm er sich innerlich ins Kreuzverhör.

»Die Wahrheit, Solent, macht frei. Ich wollte Ihnen vor Augen führen, wie aussichtslos die Hoffnung und wie unstillbar das Verlangen in bezug auf Ihre Verbindung zu Miß Rose English ist.«

»Damit sagen Sie mir allerdings nichts Neues«, entgegnete Jimmy mißmutig. Er hatte den Verdacht, daß Menschenfreundlichkeit nicht unbedingt zu Guys Charaktereigenschaften gehörte. Daß er Jimmy das alles überhaupt erzählt hatte, besagte wahrscheinlich nichts anderes, als daß er sich danach verzehrt hatte, seine aufregenden Neuigkeiten irgendwo loszuwerden, und daß er sie da angebracht hatte, wo sie, wie er wußte, am meisten schmerzen würden.

Sie begannen eine oberflächliche Unterhaltung über den schlimmen Zustand, in dem sich das Land befand, und auch da verfügte Guy über das geheime Wissen der Eingeweihten, daß das Schlimmste noch bevorstand. Jimmy, dem seine Gegenwart zunehmend unerträglich wurde, erhob sich und erklärte, daß er wieder an die Arbeit gehen müsse.

»Das Tragische ist«, sagte Guy, indem er sich ebenfalls erhob und nun jeden Schein von Interesse an einem anderen Thema als Rachel Norman fallenließ, »daß sie die richtige Einstellung zu – nun ja, eben zu allem hatte; sie erschien mir als die ideale Frau. Es ist furchtbar schwer, solche Frauen zu finden; je mehr man sieht, desto wählerischer wird man.«

»Sie war ein Miststück«, sagte Jimmy rachsüchtig. Er sah sie noch vor sich, wie sie kühl und abweisend am Tisch saß und sagte: ›Du hast mir nichts gegeben.‹ Natürlich hatte er ihr nichts gegeben; sein Begriff des erotischen Funkens war der eines völligen Amateurs.

Als er an Guys Seite zur Tür ging und sich eben verabschieden wollte, sagte Guy: »Das alles ist streng geheim, Solent; vielleicht war es dumm von mir, es Ihnen zu erzählen. Sie müssen mir hoch und heilig schwören, daß Sie keiner Menschenseele ein Wort von dem, was ich Ihnen anvertraut habe, verraten.«

Er bedauerte seine Gesprächigkeit bereits.

»Meine Lippen sind versiegelt«, beruhigte ihn Jimmy.

»Wenn ich mehr Geld auf der Bank hätte, vielleicht hätte ich dann mehr – länger Erfolg bei ihr gehabt«, bemerkte Guy trübe, indem er sich zum Gehen wandte. Jimmy entfernte sich in der entgegengesetzten Richtung und dachte darüber nach, wieviel Guy von sich selbst ungewollt durch diese Bemerkung offenbart hatte. Er würde sich an die Bemerkung noch einmal erinnern – und zwar mit Abscheu –, bevor die Woche um war.

An diesem Nachmittag arbeitete er nicht mehr. Er saß in seinem Büro am Schreibtisch, und das Rauschen des Straßenverkehrs drang wie Matthew Arnolds melancholischer, langgezogener und verhallender Schrei zu ihm herauf. Auch außer ihm war niemand mehr sehr fleißig im IBA-Haus. Und nicht nur bei der IBA war das so. Bourgoynes Rundbrief mit seiner letzten Bitte um Unterstützung war in Hunderttausenden von Exemplaren verschickt worden und hatte überall Zwietracht gesät. Eine Woche früher hätten die Leute das Schreiben vielleicht zerknüllt und vergessen; aber der Zeitpunkt war wirklich gut gewählt. Am Montag – das spürten alle – würde die Welt ganz anders aussehen. Es würde eine neue, eine GA-Welt sein.

Selbst die überwältigende Mehrheit derjenigen, die sich darum gerissen hatten, das neue Spielzeug als erste zu erhalten, selbst die, die in den Normannenlichtern einen Weg zu einem neuen, besseren Leben sahen, verhielten den Schritt und wurden nachdenklich. Eine Epoche ging zu Ende. Die Sehnsucht nach dem Verlorenen blühte über Nacht auf, und die umfassende Liebe zur schützenden, unveränderlichen Vergangenheit preschte bellend wie ein Jagdhund auf den Schauplatz der Ereignisse.

Das wehmütige Gefühl fand am nächsten Morgen, Freitag, in einer Prozession der Bühnen- und Filmschauspieler, die zu einem Drei-Meilen-Marsch um den Stadtkern von London aufbrachen, seinen beredten Ausdruck. Unter den Demonstrierenden waren die bekanntesten Namen der britischen Künstlerwelt vertreten. Und obgleich die Presse in lautes, schrilles Freudengeschrei ausbrach, beachtete die Prozession doch die allerstrengsten Anstandsregeln. Denn obwohl die Sonne an diesem Tag strahlend schien, waren alle Teilnehmer des Zuges schwarz gewandet und trugen schwarze Regenschirme. Sie betrauerten den Tod der Schauspielkunst.

Am Hyde Park Corner wurde eine eindrucksvolle Begräbniszeremonie inszeniert, und über dem Leichnam des verblichenen Ruhmes deklamierte die First Lady der Bühne die folgenden Worte: »Wir sind nicht gekommen, das Drama zu preisen, sondern, es zu begraben. Sein Tod ist unser Tod. Wie könnten wir zukünftig ins Rampenlicht treten, wenn wir alle vom Montag an die Lichter auf der Stirn tragen? Würde King Lear, ausgestattet mit einer blinkenden Scheibe, uns zu Tränen rühren? Wie anders als lächerlich würde uns Ödipus' trauriges Schicksal erscheinen? Würde Eliza Dolittle sehr glaubwürdig wirken? Nein, meine Freunde, der Gefühls-Anzeiger trennt uns unwiderruflich von unserer Vergangenheit. Eine Rolle in einem Stück zu spielen, das vor diesem Zeitpunkt geschrieben ist, würde bedeuten, das Werk zu verfälschen und uns selbst der Lächerlichkeit preiszugeben. Der modernen Welt ist es nun endlich gelungen, alles, was gut und wertvoll war, auszulöschen. Darum weinen wir heute, und ich werde diesem altehrwürdigen Leichnam keinen Rosmarinzweig ins Grab legen – dies zu seinem Gedenken.«

Die Künstler trauerten aus künstlerischen Gründen. Die Streikenden streikten aus finanziellen Gründen. Dicht in den Fußstapfen Belgiens und der Schweiz folgte nun auch Japan mit seiner Ankündigung, daß es die Gefühls-Anzeiger übernehmen würde. Die letztere Erklärung löste mehr Unruhe und Besorgnis aus als die beiden vorangegangenen; Japans Beteiligung würde die ganze Sache zu einem Wettbewerbsgeschäft machen. Im Handumdrehen würden sich weitere Länder in den Kampf werfen. Es war deutlich zu spüren, daß sie sich nur im Hintergrund hielten, um zu sehen, ob die britische Verfassung sich nicht eine Last aufgebürdet hatte, unter der sie zusammenbrechen würde.

Angesichts dieser Sturzflut von Aufträgen und der Aussicht auf noch weitere kam die Industrie des Landes ins Wanken. Ein Windhauch der Inflation raschelte in den Blättern der Lohnbücher. Zu der Unzufriedenheit derjenigen, die gezwungen waren, Überstunden zu machen, gesellte sich die Unzufriedenheit derjenigen, die keine Überstunden machen durften. Es bedurfte nur der Entlassung eines überheblichen Vorarbeiters bei Cadaver Aluminium, und schon standen überall die Räder still, während das, was die Arbeiter als Kampf um gerechtere Arbeitsbedingungen betrachteten, sich in eine weitere Gesprächsrunde im erbitterten Krieg zwischen Gewerkschaft und Regierung entwickelte.

Die Mitglieder der bewaffneten Streitkräfte hatten anfangs einen sehr einleuchtenden Grund für die Meutereien gehabt. Sie hatten den Befehl erhalten, ihre GAs zu polieren.

Die Soldaten, deren Nerven durch die Unbeugsamkeit des Friedens bereits aufs äußerste gespannt waren, betrachteten diesen Befehl als letzten Angriff auf ihre persönliche Würde, dem letzten Strohhalm in einem Heuhaufen voller disziplinarischer Stecknadeln. Fast über Nacht wurde aus der britischen Armee eine ebenso rührige Gruppe von Freidenkern, wie es die französische Armee 1916 gewesen war.

Und auch in einer anderen Gruppe, der formlosen Masse, von Mr. Nöel Coward milde als ›Die Glückliche Brut‹ gegeißelt, machte sich Unzufriedenheit breit. Die Glückliche Brut – selbst in den schlechtesten Zeiten noch glücklich, aufgrund ihrer liebenswerten Fähigkeit, auch in den kleinsten Dingen beständigen Trost zu finden – hatte das unangenehme Gefühl, daß etwas schief ging. Als Jimmy am Donnerstagabend nach Hause kam, kam Mrs. Pidney flink zur Sache.

»Sie sehen ein bißchen niedergeschlagen aus, Mr. Solent«, sagte sie und eilte ihm entgegen, als er den Hausflur betrat.

»Dasselbe wollte ich Ihnen auch gerade sagen«, entgegnete er.

»Ach, gehen Sie! Woran haben Sie das gemerkt? Ich war heute nachmittag in der Stadt und habe mir ein neues Kleid gekauft, um mich ein wenig aufzumuntern, aber irgendwie hat es nicht so recht geklappt.« Sie schüttelte traurig den Kopf, und ihr ganzer, erstaunlicher Haarwust bebte bedauernd.

»Wo drückt Sie denn der Schuh?«

»Ja, wissen Sie, wahrscheinlich ist es albern in meinem Alter, aber es sind diese GAs, die wir alle tragen müssen. Anfangs fand ich es recht aufregend, das gebe ich zu. Wahrscheinlich habe ich einfach zuviel davon erwartet. Ich meine, wir hatten ja alle unsere Enttäuschungen im Leben, klar, aber dann tauchten diese Dinger auf, und ich rechnete damit – na ja, es war nur so ein Gefühl, wenn Sie verstehen, was ich meine –, daß ich vielleicht noch einmal eine Chance bekomme. Auf dem Schlachtfeld der Liebe. Sie wissen ja, der Beginn eines neuen Zeitalters, verstehen Sie, was ich meine?«

»Ja, das verstehe ich gut«, sagte Jimmy und lehnte sich wehmütig an das Geländer. Hilda Pidney wiederholte nur die Worte, die er selbst ausgesprochen hatte, als er wie ein Narr um den Swimming Pool der Hurns herumgehüpft war.

»Das Problem ist vor allem, daß sie die GAs zu sehr in den Himmel gehoben haben«, erklärte Mrs. Pidney. »Die Regierung ist wie immer schuld. Na ja, ich habe ein paar Törtchen im Backofen – ich muß gehen. Aber Sie verstehen, was ich meine. Wir waren am Anfang alle irgendwie aufgeregt. Aber jetzt – na ja, es hat sich nicht viel verändert gegen früher, verstehen Sie. Klar, der Bäcker blinkt mich an, na und? Keiner von uns *tut* etwas deswegen. Zuerst war es eine Gaudi, aber inzwischen beachten wir es gar nicht mehr. Es ist wirklich eine herbe Enttäuschung.«

Niedergeschlagen zog sie sich zurück, um sich ihren Törtchen zu widmen.

Müde stieg Jimmy die Treppe hinauf. Er legte sich auf sein Bett und las bis neun Uhr, dann nahm er ein Bad und schickte sich an, schlafenzugehen, fest entschlossen, nicht von Rose-Rachel zu träumen. Es hatte an einem Donnerstag begonnen, er wollte die Sache an einem Donnerstag zu Ende bringen – an diesem Donnerstag.

Am Freitag herrschte ein trügerischer Frieden über dem Land.

Die Nation, oder jedenfalls der Teil der Nation, der sich nicht im Streik befand, arbeitslos war, in Irrenhäusern saß oder sonst irgendwie verhindert war, begab sich wie gewöhnlich zur Arbeit. Der Freitag ist selbst in schwierigen Zeiten ein Tag, an dem das Eingekerkertsein am Arbeitsplatz als weniger unangenehm empfunden wird, da zum einen das Wochenende bevorsteht und er zum anderen im allgemeinen der Zahltag ist.

In der IBA wurde das Geschäft, die Kunst zum Wohle der Allgemeinheit zu verwässern, beinahe im gewohnten Tempo abgewickelt. Trefisick war nach wie vor in mörderischer Stimmung, Scryban blieb nach wie vor in seinem Büro. Erst am Abend wurde Jimmy jäh aus der sonnigen Selbstzufriedenheit gerissen, die ihn nie lange im Stich ließ.

Er war allein in der Wohnung am Charlton Square und beendete gerade sein Abendessen, als Alyson Youngfield hereinkam. Aubrey hatte sich noch nicht blicken lassen; er arbeitete in jüngster Zeit fast jeden Abend bis nach acht Uhr. Das erklärte, warum Alyson – sehr zu Jimmys Bedauern übrigens – in letzter Zeit so selten hereinschaute.

Bei ihrem Eintreten erhob er sich. Er hatte vergessen, wie groß sie war, nicht jedoch, wie außerordentlich reizvoll. Sie blickte ihn an, als wäre das bloße Ansehen etwas ganz Besonderes und lächelte jenes trügerisch freundliche Lächeln, das schönen Frauen so mühelos gelingt.

»Hallo, schöne Fremde! Lange Zeit nicht gesehen. Wo bist du so lang gewesen, Süße? Was glaubst du eigentlich, wie dein armer, alter Onkel James es so lange ohne dich aushalten soll, hä?« fragte Jimmy und hoffte inbrünstig, daß sie sein idiotisches Kauderwelsch durchschaute.

Sie durchschaute es.

»Es hat mir auch nicht gerade Spaß gemacht, dich so lange nicht zu sehen, Jimmy«, sagte sie. Sie trat zu ihm, ließ ihre kleine Handtasche auf einen Stuhl fallen und betrachtete ihn fragend. Dann lächelte sie und strich ihm über den Arm.

»Hm – Aubrey ist noch nicht zu Hause.«

»Ich weiß«, entgegnete sie. »Ich habe Vincent Merrick heute nachmittag einen Besuch abgestattet. Du weißt ja, daß ich sofort von ihm eingenommen war, als ich ihm das erstemal begegnete.«

»Er ist eine starke Persönlichkeit, nicht wahr?« pflichtete er ohne Begeisterung bei. Die Neuigkeit dämpfte seine Laune sofort. »Du willst doch nicht damit sagen – ich meine, du findest ihn doch nicht wirklich anziehend, oder?«

»Wenn du von körperlicher Anziehung sprichst, natürlich nicht«, erwiderte Alyson fröhlich und lachte flüchtig. »Das kannst du ganz leicht selbst herausfinden, wenn ich meine Scheibe habe. Ich habe Vincent um seinen Rat gebeten. Übrigens ist die neue Merrick-Kind-Klinik – Kind ist sein kanadischer Partner – in dieser Woche eröffnet worden. Er hat mich eingeladen, sie am Montag zu besichtigen, und er hat mich gebeten, dich mitzubringen. Das wird sicher interessant, meinst du nicht? Offensichtlich hat er eine aufsehenerregende, neue Behandlungsmethode entwickelt. Sozioethal-Therapie nennt er sie.«

»Einen Augenblick mal!« rief Jimmy ungläubig. »Willst du damit sagen, daß du dir den GA schließlich doch noch einpflanzen läßt?«

Alyson senkte den Blick und wandte sich dann mit einem Ausdruck der Verlegenheit ab, den Jimmy sich nicht erklären konnte.

»Ich glaube, es muß sein«, sagte sie. »Das war eine der Fragen, die ich Vincent Merrick gestellt habe.«

»Aber warum fragst du ihn? Warum nicht mich?« rief Jimmy vorwurfsvoll. »Ich rede schon seit Monaten auf dich ein. Und die ganze Woche über habe ich mir Sorgen gemacht, Alyson – wirklich. Der Gedanke daran, du müßtest ins Gefängnis gehen – ich wäre bestimmt verrückt geworden oder so. Du bedeutest mir so viel.«

Er hatte ihr Zögern nie verstanden. Nun faßte er sie im Überschwang seiner Freude an den bloßen Armen und wirbelte sie herum. Sie mußte über seinen überschwenglichen Gesichtsausdruck lachen. Rotes Licht drehte sich um sie wie Zuckerwatte. Sorglos zog er sie an sich und küßte sie.

In seinem ganzen Körpergefüge erwachten schlagartig sämtliche Elementarteilchen, chemische Grundstoffe und Verbindungen zum Leben, alarmbereit wie Feuerwehrleute beim Probealarm. Ihre Lippen stürzten ihn in gewaltige Verwirrung; schwindelig vor Liebe schlang er die Arme um sie und machte dadurch die Verwirrung nur noch größer. Die Feuerwehrmänner, die sich über ihren Einsatzort nicht ganz im klaren waren, rannten kopflos hierhin und dorthin.

»Liebling«, seufzte Jimmy und holte tief Atem, »Liebling, ach, Alyson . . .«

Über ihrer Schulter, durch ihre goldenen Haarsträhnen hindurch, sah er, wie sich die Tür öffnete und Aubrey, ordentlich, korrekt und selbstbeherrscht, eintrat. Augenblicklich zogen sich die Feuerwehrmänner in ihre Ruhestellung zurück. Das Feuer war erloschen. Verlegen standen Alyson, Aubrey und Jimmy im Raum und sahen sich nicht in die Augen.

»Du hast dir dein Normannenlicht einsetzen lassen!« rief Jimmy, als er seinen Bruder endlich doch richtig anblickte.

Das Gemisch aus Schuldgefühlen und Verärgerung darüber, daß er in leidenschaftlicher Umarmung mit Aubreys Freundin überrascht worden war, wich augenblicklich seiner nicht mehr zu überbietenden Überraschung beim Anblick der schimmernden Silberscheibe mitten auf der Stirn seines Bruders.

Sein überraschter Ausruf gab Alyson Gelegenheit, ihre Haltung wiederzufinden.

»Ich bin so froh, daß du sie dir hast einsetzen lassen, Aubrey«, sagte sie und fuhr dann, an Jimmy gewandt fort: »Ich hatte ihn von Vincent aus angerufen und ihm gesagt, daß Vincent ihm dazu rät, sie sich einsetzen zu lassen.«

Aubrey sagte noch immer kein Wort.

Alyson wandte sich wieder an Aubrey.

»Ich bin nur kurz hergekommen, um Jimmy zu bitten, daß er

mich zum Einpflanzungs-Zentrum begleitet und mir ein wenig moralische Unterstützung gibt, wenn ich meinen bekomme.«

»*Moralische* Unterstützung!« wiederholte Aubrey höhnisch.

»Ich wußte, daß ich am Ende kapitulieren würde. Ich konnte es nicht länger aushalten. Leider bin ich nicht aus dem Stoff, aus dem die Märtyrer sind.« Sie schien keinen von beiden ausdrücklich anzureden; ja, es war sogar fraglich, ob ihre Kapitulation sich auf den GA oder Jimmys Reize bezogen.

Jimmy beschloß, das erstere anzunehmen, und Bescheidenheit und Vorsicht gaben ihm einen Weg ein, sich aus dieser mißlichen Lage zu befreien.

»Ich komme jetzt gleich mit«, bot er eifrig an.

Zögernd und unsicher ging er mit Alyson zur Tür, doch Aubrey hielt ihn zurück. »Es wäre mir lieber, wenn du hier bleibst und dich mit mir unterhältst, Jimmy. Alyson wird auch ohne dich zurechtkommen; man spürt überhaupt nichts. Wenn sie Lust hat, kann sie danach hierher zurückkommen.«

»Wie überaus gastfreundlich von dir«, sagte Alyson kalt. Als sie sah, daß Jimmy keine Anstalten machte, ihr zu folgen, warf sie ihm einen vielsagenden Blick zu, den er nicht zu deuten wußte, und verließ die Wohnung. Die beiden Brüder lösten sich erst aus ihrer Erstarrung, als sie die Wohnungstür ins Schloß fallen hörten.

Mit abwesender Miene ging Aubrey zur Teekanne, die Jimmy vor nicht allzu langer Zeit benutzt hatte, fühlte, ob sie noch warm war, nickte vor sich hin und holte sich dann eine Tasse aus der Küche. Nachdem er das lauwarme Gebräu eingeschenkt hatte, hob er die Tasse, als wolle er Jimmy zuprosten.

»Das alte Allheilmittel!« sagte er, ohne eine Miene zu verziehen.

»Aubrey, es ist eine furchtbar unangenehme Situation«, begann Jimmy, doch Aubrey fiel ihm ins Wort.

»Ich würde dir gern ganz genau erklären, warum ich gegen mein besseres Wissen gehandelt und mir einen Gefühls-Anzeiger habe einbauen lassen«, sagte er. »Zuallererst, das sollte ich dir vielleicht auch sagen, habe ich mich noch einmal vergewissert, was mit den Leuten geschieht, die am Montag noch keine Scheibe haben. Die Polizei ist ermächtigt, sie unverzüglich zu verhaften. Bis Mitte der Woche werden Vorladungen an alle diejenigen verschickt, deren Namen nicht in den Empfängerlisten der Einpflanzungs-Zentren verzeichnet sind. Sie werden aufgefordert, sich innerhalb von vierundzwanzig Stunden beim örtlichen Untersuchungsgericht einzufinden. Du erkennst daran, daß sich spätestens Ende nächster Woche alle Verfechter der individuellen Freiheit hinter Schloß und Riegel befinden werden.

Wie ich dir schon bei früherer Gelegenheit zu erklären versucht habe, bin ich der Überzeugung, daß diese Scheiben von Übel sind; sie dringen in ein Gebiet ein, das immer als heilig betrachtet wurde – das Recht des Menschen auf seine persönlichen Gefühle. Vor wenigen Jahren wurde die Gehirnwäsche weltweit verdammt. Wie es geschehen konnte, daß der GA, etwas unendlich viel Verwerflicheres, angenommen wurde, liegt außerhalb meines Begriffsvermögens.«

Jimmy sah bedrückt aus dem Fenster und hörte nur mit halbem Ohr zu. Er hatte diese Vorträge schon so oft gehört, in der Überzeugung, daß es seine Pflicht als jüngerer Bruder war, zuzuhören, oder zumindest so zu tun, als würde er zuhören. Darüber hinaus war ihm klar, daß das ganze Gerede – wie auch immer Aubrey selbst es betrachten mochte – nur der Dunstschirm war, hinter dem sich der Angriff auf das Solent-Youngfield-Lager vorbereitete; und ihm mißfiel die hinterhältige Art des Manövers.

Jimmy blickte hinunter auf den grauen Anhänger, der verlassen inmitten des verdörrten Platzes stand. Die Bewohner der umliegenden Häuser beachteten ihn schon längst nicht mehr, obwohl sie ihn morgen, wenn er verschwunden war, ohne Zweifel vermissen würden. In der Tür tauchte ein Mann in weißem Overall auf. Er rauchte eine Zigarette und ließ den Blick über die rissige Erde schweifen, wo vorher Gras gestanden hatte.

Irgendwo hinter ihm, im Innern des Wagens, lag Alyson auf einer Operationsbahre, und ein kleiner Bohrer oder was immer es sein mochte stach ein sauberes, rundes Loch durch ihren Stirnknochen.

Gequält zuckten seine Gedanken vor dieser Vorstellung zurück, und die Worte seines Bruders drangen wieder in sein Bewußtsein.

»... nur meine schwierige Position im BIL hat mich dazu bewogen, meine moralischen Bedenken beiseitezulassen. Ich kann es mir nicht leisten, die nächsten zwei Wochen abwesend zu sein, weil ich eine Gefängnisstrafe verbüße. Unsere Organisationsprobleme wachsen mit jedem Tag an; aufgrund der drohenden Streiks müssen ständig Nebenverträge der Iral innerhalb kürzester Zeit auf andere Firmen übertragen werden. Wenn ich Sir Richard in dieser Situation im Stich lasse, kann ich in der Zukunft kaum auf sein Wohlwollen hoffen. Darum werde ich meine Prinzipien hinunterschlucken und mich in die Gegebenheiten fügen.

Aber ich möchte, daß du begreifst, wie viele sorgenvolle Gedanken mir –«

»Oh, ich begreife ganz gut«, fiel ihm Jimmy ins Wort. »Du kannst es dir nicht leisten, dich einsperren zu lassen, weil du sonst deine kostbare Aussicht auf Beförderung verlierst. Das ist so einfach wie Schwarz und Weiß. Und jetzt laß uns endlich über Alyson reden.«

»Also gut«, stimmte Aubrey zu und zündete sich mit kaum merklich zitternden Händen eine Zigarette an. »Zuallererst ist dir doch hoffentlich klar, daß du nach dem, was vorgefallen ist, aus der Wohnung ausziehen mußt. Du hast mein Vertrauen mißbraucht, nicht wahr? Ich habe nicht die Absicht, so zu tun, als wäre ich nicht empört.«

»Ach, zum Teufel, hör auf, aus allem ein moralisches Rätsel zu machen. Was bringt dir das ein? Warum siehst du nicht den Tatsachen ins Auge?«

»Zufällig schließt jede Tatsache auch eine moralische Instanz mit ein. Ich will dich nicht belehren, aber je eher du begreifst, daß es bestimmte, festgelegte Verhaltensregeln gibt, desto leichter wirst du dich im Leben zurechtfinden.«

»Zurück zu Alyson! Ich hatte nicht die Absicht, sie zu küssen. Ich habe zwar schon lange das Bedürfnis, es zu tun, aber ich wollte nicht, daß es so geschieht. Aber glaubst du, ich hätte es getan, wenn ich nicht gespürt hätte, daß Alyson es, zumindest in Gedanken, auch wollte? Man merkt es, Aubrey, man spürt es immer, es sei denn man ist von seinen eigenen Theorien ganz verblendet.«

Aubrey war blaß geworden.

»Und wenn man es spürt?« fragte er. »Wird es deswegen besser?«

»Wird es deswegen schlechter? Ich weiß, du hast einen guten, alten christlichen Grundsatz, der besagt, daß jeder natürliche Trieb schlecht ist, aber ich habe die gute, alte heidnische Vorstellung, daß der Mensch nichts Besseres bekommen kann, als das, was er will. Aber was hat es für einen Sinn, mit dir darüber zu diskutieren? Unsere Meinungen sind vollkommen entgegengesetzt. Ich glaube, daß alle Beweise dafür sprechen, daß mein Standpunkt richtig ist, aber das hindert dich nicht daran, dich an deiner bigotten, veralteten –«

Er hielt inne.

Aus den Augenwinkeln konnte er eine Bewegung auf dem Platz erkennen. Zwei Menschen standen vor dem Anhänger. Der Mann im weißen Overall hatte seine Zigarette fallengelassen und führte Alyson die Rampe hinunter. Sie bedankte sich und ging dann langsam allein weiter. Sie hielt auf das Haus Nummer 17 zu. Auf ihrer Stirn prangte, flach und stumpf im schwindenden Tageslicht, der Gefühls-Anzeiger.

»Sie kommt hierher zurück!« sagte Jimmy. »Und sie hat ihn auf der Stirn.«

Seine Hände fühlten sich entschieden feucht an. Er begehrte Alyson; bis zu dem Augenblick, als er sie leibhaftig in den Armen gehalten hatte, war es ein hypothetisches Bedürfnis gewesen. Jetzt war es etwas, worum er mit Aubrey einen Kampf auf Leben und Tod ausfechten würde. In wenigen Minuten jedoch würde Alyson selbst unbeabsichtigt ihre Zuneigung offenbaren; sie konnte sie nun nicht mehr verbergen.

Jimmy warf seinem Bruder einen verstohlenen Blick zu. Aubrey rückte seine Krawatte gerade, strich sich das Haar glatt und zündete sich eine neue Zigarette an. Jimmy räusperte sich unbehaglich; er rückte seine Krawatte gerade, strich sich das Haar glatt und sagte: »Gib mir eine Zigarette, Aubrey, ja?«

Als Aubrey ihm die Zigarettenschachtel reichte, hörten sie Alysons langsame Schritte auf der Treppe.

XII. Die Eindringlinge haben anständige Manieren

»Das Auto steht um die Ecke in der Gower Street«, sagte Mrs. Wolf, als sie an Jimmys Seite aus dem kühlen Innern des IBA-Hauses in den hellen Sonnenschein hinaustrat. Sie war in blendender Verfassung und hielt ihr mattgepudertes Faltengesicht hoch erhoben. Sie faßte Jimmy mit einer halb raubtierhaften, halb mütterlichen Geste am Arm.

Es war Samstag zur Mittagsstunde, und die Straßen wimmelten von zielstrebig dahineilenden Menschen. Das Wochenende hatte sie bereits fest in den Klauen, der Wunsch, London zu verlassen, hatte von ihnen Besitz ergriffen; schon zeigte sich vor ihrem inneren Auge ein staubiger Picknickplatz im Epping Forest, ein flüchtiges Rendezvous in Surrey, ein quietschender Liegestuhl in Brighton. Und über der bewegten Szene ließen alpenveilchenfarbene Blitze ihre erotischen Signale huschen, die niemand beachtete – oder jedenfalls nur sehr wenige. Die Londoner hatten sich, im selben Geist, in dem sich ihre Vorgänger im siebzehnten Jahrhundert mit der Pest arrangiert hatten, daran gewöhnt, in enger Tuchfühlung mit dem Sex zu leben.

»Ich hole eine Zeitung«, sagte Jimmy und drängte sich durch die Menge zu einem Zeitschriftenverkäufer hinüber.

»Wenn wir durch Chalfont kommen, muß ich kurz anhalten«, sagte die Wölfin. »Ich möchte noch Gesichtstücher kaufen.«

»Es wird wunderbar sein, einmal aus London herauszukommen. Die letzten Tage sind ziemlich anstrengend für mich gewesen.«

»Für mich auch. Aber wissen Sie eigentlich, Jimmy, daß wir beiden die einzigen Mitarbeiter der IBA sind, die wirklich daran glauben, daß die GAs ein Gewinn für die Gesellschaft sind?«

Den letzten Teil des Gesprächs hatten sie mit lauter Stimme über die immer wieder zwischen ihnen auftauchenden Köpfe von Passanten hinweg geführt. Jetzt steckte Jimmy die Zeitung in die Tasche und gesellte sich zu Mrs. Wolf zurück; sie riß seinen Arm sogleich wieder heftig an sich. Das setzte einen bestimmten Gedankengang bei Jimmy in Bewegung. Sein Normannenlicht flackerte sie an.

»Es tut mir schrecklich leid«, murmelte er bestürzt.

»Jimmy, Sie brauchen sich wirklich nicht zu entschuldigen. Das Auto steht hier drüben. Bald werden sich die Leute an solche Dinge gewöhnt haben; niemand wird mehr davon Notiz nehmen, und wir alle werden dadurch freier werden. Ich bin von Natur aus kein Optimist, mein Leben war bisher voller Enttäuschungen; aber meine Hoffnung ist groß, daß die Zukunft etwas ausgeglichener sein wird.«

Sie hatten den Wagen erreicht, und Jimmy wurde zu seiner Erleichterung einer Antwort enthoben, die in ihrer Zurückhaltung wahrscheinlich nicht im Einklang mit Mrs. Wolfs gehobener Stimmung gewesen wäre.

Nach wenigen Minuten drängten sie sich in den raubgierigen sommerlichen Verkehrsstrom der Southampton Row. Nichts ist schöner an einem schönen Tag, als durch die Straßen von London zu fahren. Auf der einen Seite vermittelt das zähe Vorwärtskommen mit ständig sich wiederholendem Stillstand das berauschende Gefühl, im Wettkampf mit den Fahrzeugen zu liegen, die sich zu beiden Seiten in dichten Reihen drängten, auf der anderen Seite fördern Stauungen im Straßenverkehr das Kameradschaftsgefühl; man überholt andere Fahrer, wird seinerseits wieder von ihnen überholt, bis ihre Gesichter nach kurzer Zeit erstaunlich vertraut werden; und zum dritten erzeugen die Autoabgase und die Hitze, die sich in den schmalen Durchfahrtsstraßen stauen, allmählich eine sanfte Euphorie bei den Reisenden. Jimmy ließ sich in den Beifahrersitz zurücksinken, fischte seine Zeitung aus der Tasche und schlug sie auf.

Sein Herz fiel so tief wie die Kurse während einer Börsenrezession in der Wall Street.

GEFG SCHLÄGT ZU
NORMAN-ERBIN UND ERFINDERIN DES GA
ENTFÜHRT
Bourgoyne warnt PM – ›Nehmt meine Bedingungen an‹

Unter diesen balkengroßen Schlagzeilen stand die erschütternde Geschichte der Entführung von Gwendoline Normans Tochter, Rachel Norman. Ihr Name sprang Jimmy in die Augen und traf ihn wie ein harter Schlag. Seine Rose unter einem anderen Namen . . .! Sie war während des Frühstücks aus ihrer Londoner Wohnung entführt worden. Eine halbe Stunde später war eine Nachricht von Big Bill Bourgoyne in der Downing Street 10 angekommen. Er erklärte, daß Rachel Norman sich in seiner Hand befände und nur im Austausch gegen eine in der Presse veröffentlichte Erklärung der Regierung freigelassen würde. In der Erklärung sollte die Regierung Straffreiheit für die Minderheit in der Bevölkerung, die sich geweigert hatte, den GA anzunehmen, zusichern.

Mehr gab es eigentlich nicht zu berichten. Aber der Spekulationen gab es gar viele. Würde sich die Regierung diesem Erpressungsversuch beugen? Und wenn nicht, was würde dann aus diesem wunderschönen, reichen Mädchen werden, das seinem

Land auf so selbstlose und erfinderische Weise gedient hatte? Beide Möglichkeiten warfen erschreckende Probleme auf. Wenn PM Gascadder und seine Regierung nachgaben, so war der Gedanke an die wenigen Menschen unerträglich, die dann für immer ohne Normannenlichter blieben und auf diese Weise eine neue privilegierte Minderheit bildeten, in einem Land, das ohnehin schon überreichlich mit privilegierten Minderheiten gesegnet war. Wenn Gascadder aber hart blieb – nun ja, niemandem behagte die Vorstellung von einem fanatischen Bourgoyne, der das arme kleine Mädchen wie Hochzeitstorten in kleinen Päckchen an die Nummer 10 schickt!

Mit dieser letzten verzweifelten Tat hatte Bourgoyne sich natürlich außerhalb des Gesetzes gestellt. Es wurde eine Belohnung auf ihn ausgesetzt; Polizei- und Militäreinheiten durchkämmten bereits das ganze Land nach ihm. Aber Bourgoyne war wie vom Erdboden verschluckt; man hatte weder von ihm noch von seiner Gefangenen eine Spur gefunden.

»Was gibt es Neues?« fragte Mrs. Wolf und löste den Blick für einen Moment von der Straße.

Jimmy erzählte es ihr, selbstverständlich ohne zu erwähnen, auf welche Weise sich seine und Rachels Wege gekreuzt hatten.

»Regen Sie sich nicht so auf«, beruhigte ihn Mrs. Wolf. »Sie werden den Schuft schon erwischen. Das wird sein letzter und größter Fehler gewesen sein, und fertig.«

Jimmy überkam eine seltsame Mischung aus Begierde und Schuldgefühlen.

Er liebte Alyson; für sie würde er den Rest seines Lebens in Plackerei und Anstand verbringen, gesetzt der Fall, es bot sich die Gelegenheit. Aber in seiner Begegnung mit Rachel war es gerade die fehlende Notwendigkeit zu derartig prosaischen Zugaben zu ihrer Liebe gewesen, die sie zu einer so einzigartigen Sache gemacht hatte. Der Wohlgenährteste unter uns wird das gestohlene Eis aus Kindertagen sein ganzes Leben lang nicht vergessen.

»Kopf hoch, es wird schon werden!« sagte Mrs. Wolf und

lächelte ihm gutgelaunt von der Seite zu, während sie das Auto gekonnt durch den Verkehr lenkte.

Und tatsächlich wurde es wieder.

Das Heim der Familie Wolf war ein behagliches Haus in der Umgebung von Surrogate, umgeben von etwa hundertzwanzig Hektar Land. Surrogate selbst war nicht weiter erwähnenswert. Die Anhöhe am Nordrand der Stadt bildete einen Aussichtspunkt, von dem aus Grey Cotes – denn so lautete der Name des Hauses – einen beträchtlichen Teil der umliegenden Landschaft überblickte.

Mr. Kenelm Wolf war ungefähr doppelt so groß wie seine Frau und halb so klug. Er hatte ein rundes, fleischiges Gesicht mit einer beachtlichen Nase und glänzender Haut. Sein Benehmen war beständig und unveränderlich heiter, nur in Ruhestellung nahm er einen etwas verdrießlichen Ausdruck an. Er redete viel, vor allem über die Ruhmestaten der Versicherungsgesellschaften, aber das konnte Jimmy nicht aus der Ruhe bringen, da Mr. Wolf den größten Teil des Wochenendes in einer zur Dunkelkammer umgewandelten Töpferhütte verbrachte. Sein Hobby war die Mikrophotographie. Als Oberst mit zwei Orden aus dem Koreakrieg heimgekehrt, hatte Kenelm sich seither zu luftigeren Höhen im Versicherungsgeschäft hochgearbeitet.

Selbst diese knappe Zusammenfassung des Lebens und Wirkens von Kenelm Wolf wäre kaum notwendig gewesen, hätten nicht diese Tatsachen, und viele andere mehr, das Thema einer jeden Unterhaltung gebildet, in die Jimmy in Grey Cotes verwickelt wurde. Mrs. Wolf und ihre Mutter, die betagte Mrs. Crinbolt, sprachen praktisch von nichts anderem als von Kenelm. Es stellte sich heraus, daß die Einpflanzung des GAs die Anziehung dieses Mannes, der bis zu diesem Zeitpunkt von seinen Lieben für vollkommen unerotisch gehalten worden war, erheblich gesteigert hatte. Er hatte sich über Nacht von einem Versager in ein Geheimnis verwandelt. Mrs. Wolf hatte sich mit einer Gier, die nur ein Mensch an den Tag legen kann, der kurz vor dem sexuellen Hungertod steht, auf alle Begleiterscheinungen dieser wunderbaren Wandlung gestürzt.

»Wissen Sie, Kenelm ist ganz anders«, erklärte sie Jimmy, als sie nach dem Mittagessen die Auffahrt hinunterschlenderten. »Er sagt, es gibt mehrere Arten von Liebe. Die GAs zeigen nur das sexuelle Verlangen an, nicht wahr? Aber es bestehen mannigfaltige, andere Bande zwischen einem Paar. Geistige Bande und solche Dinge – ich habe Ihnen doch erzählt, daß Kenelm sich eingehend mit dem Buddhismus befaßt hat, als er in Korea war, oder nicht?«

Verwundert dachte Jimmy über Mrs. Wolfs Charakter nach; sie konnte in der einen Stunde den schärfsten Durchblick haben und sich in der nächsten in Selbstbetrug einhüllen. Das war etwas, was sie in starkem Maße gemeinsam hatten.

Einem augenblicklichen Impuls nachgebend, erzählte er ihr von den Verwicklungen zwischen Alyson, Aubrey und seiner eigenen Person. Während er erzählte, erreichten sie das Ende der Auffahrt.

Das Land lag braun und schwer und ruhig da. Am Himmel türmten sich dichte Wolkenschwaden auf und schienen die Hitze noch zu steigern. Plötzlich rumpelte merkwürdigerweise ein Jeep auf der Straße vorüber. Am Steuer saß ein Offizier, und im Fond saßen, mit wachsamen Blicken, zwei weitere Offiziere. Der Wagen hatte die Richtung nach Surrogate eingeschlagen.

»... und dann hatte ich einen ziemlich üblen Streit mit Aubrey«, sagte Jimmy, »bis Alyson mit ihrem neu eingesetzten Normannenlicht in die Wohnung zurückkam.«

»Das muß ein unangenehmer Augenblick gewesen sein«, murmelte Mrs. Wolf teilnahmsvoll.

»Da haben Sie recht. Ich dachte, Aubrey würde schlecht werden. Und wissen Sie, bevor sie hereinkam und mit eigenen Augen sah, wem ihr Leuchten galt, wußte sie selbst nicht genau, wem von uns beiden ihre Gefühle gehörten. Die Lichter offenbarten die Wahrheit, auch wenn der Kopf sich irrt. Also mußten wir uns mit der Wahrheit auseinandersetzen.«

»Und wen von Ihnen beiden...«, fiel Mrs. Wolf ungeduldig ein.

Ein leichter Regen setzte, von ganz feinem, leisem Prasseln in den Buchenblättern begleitet, ein. Es war der erste Regen seit Wochen in England.

»Sie hat mich angeblinkt«, erwiderte Jimmy. »Sie konnte nichts daran machen, sie blinkte mich einfach an. Genau, wie ich sie seit Monaten anblinke.«

Mrs. Wolf drückte ihm wohlwollend den Arm.

»Ich hoffe, daß wir bald heiraten können; ich möchte nicht so herumpfuschen wie mein Bruder«, fuhr Jimmy verträumt fort. »Aber wir hatten noch keine Gelegenheit, darüber zu reden. Nach dem Streit mit dem armen Aubrey muß ich mich morgen wohl nach einer eigenen kleinen Wohnung umsehen. Es ist so vieles zu tun... Sie ist ein so wunderbarer Mensch. Ich glaube, sie versteht das Leben; ich meine, sie ist in der Lage, sich ihre Meinung zu bilden, ohne sie ständig zum Besten zu geben. Glauben Sie, daß wir zusammenpassen?«

Das verlegene Gemurmel konnte kaum als Frage aufgefaßt werden, dennoch antwortete Mrs. Wolf darauf. »Woher soll ich das wissen, solange ich sie nicht einmal kenne? Sie müssen sie einmal am Wochenende mit hierher bringen.«

Sie stellten sich im Schutz einer Buche unter und beobachteten den Regen, der jetzt über das blaßgrüne Land jagte und hingen ihren Gedanken nach.

»Aber selbst wenn Sie sie sehen, woher wollen Sie wissen, ob wir wirklich so gut zusammenpassen?« fragte Jimmy beunruhigt. Äußerlichkeiten verrieten nicht, wer zu wem paßte. Ihm fiel der mächtige Vincent Merrick ein, für den Alyson eine solche Hochachtung empfand, wie er seine schlampige, kleine Frau Jasmine angeblinkt hatte. Das war ein glückliches Paar! Eine merkwürdige Vorstellung. Es stellte sich die Frage, warum sie glücklich waren. *Wie* stellten sie es an, glücklich miteinander zu sein?

Lag es vielleicht daran, daß Merrick, als Psychiater, die intellektuelle Fähigkeit besaß, die Partnerin zu wählen, die ideal zu seinem Wesen paßte? Oder hatte er in diesem Fall seinen Intellekt beiseitegeschoben und sich auf seine Gefühle, seine Eingebung verlassen?

Würde Jimmy jemals in der Lage sein, diese Fragen in Worte zu fassen und Merrick zu stellen? Nein. Das lag sicher nicht im Bereich des Möglichen. Die englische Gesellschaft hatte sich dergestalt entwickelt, daß die wichtigen Fragen niemals gestellt werden konnten.

Mrs. Wolf sagte nichts auf Jimmys verzweifelten Ausbruch. Statt dessen sagte sie mit gezwungener Fröhlichkeit: »Das muß der erste Regen seit Wochen sein. Er wird die Begeisterung der GEFG-Demonstranten ein wenig dämpfen. Der arme Conrad! Wir sollten ins Haus zurückkehren, bevor wir zu naß werden.«

Es war ein milder Regen. Unter den Buchen blieb die Auffahrt völlig trocken. Als sie zum Haus zurückwanderten, flog ein Hubschrauber tief über ihren Köpfen vorüber. Da er sich offensichtlich anschickte, in Surrogate zu landen, drehte sich Jimmy um und sah ihm nach. Von der Stelle der Auffahrt aus, an der sie sich jetzt befanden, konnten sie einen Teil der Straße auf der anderen Seite der Ortschaft sehen, der zuvor von den Hecken verdeckt worden war.

Mit einem überraschten Ausruf blieb Jimmy stehen und deutete hinüber. Das Straßenstück, das nicht mehr als eine Meile entfernt war, war gut zu erkennen durch den dünnen Regenvorhang, der dieses Gebiet noch nicht erreicht hatte. Eine Menschenmasse, gesprenkelt mit Spruchbändern und vereinzelten Fahrzeugen, bevölkerte die Straße von einem Rand zum anderen. Der Protestmarsch von Surrogate nach Chequers war unterwegs.

»Grey Cotes liegt an einer strategisch günstigen Stelle; kommen Sie, wir sehen uns das Spektakel vom Haus aus an«, sagte Mrs. Wolf. »Sie werden unterhalb der Auffahrt vorübermarschieren. Ich hoffe nur, sie benehmen sich ordentlich und trampeln die Rhododendronhecke nicht nieder.«

Sie stiegen die Eingangsstufen hinauf und betraten die Vorhalle, in der ein echter Brangwyn und eine Russel-Flint-Reproduktion hingen. Mrs. Wolf rief laut nach ihrer Mutter. Mrs. Crinbolt erschien unverzüglich auf der Bildfläche. Sie kam aufgeregt gestikulierend in die Vorhalle. Obwohl fast fünfundsiebzigjährig, war sie immer noch eine große, starke Frau mit untadeliger Haltung. Sie trug einen einfachen, aber modischen Haarschnitt. Durch ihre dicke Hornbrille betrachtete sie die Welt mit dem gleichen wachsamen, durchdringenden Blick wie ihre Tochter.

»Veronica!« rief sie jetzt. »Ich bin ja so erleichtert, daß du kommst. Ein Mann ist gerade über die Koppel gelaufen, ich habe ihn vom Südzimmer aus gesehen. Ganz bestimmt ist er zum Obstgarten gegangen, um Äpfel zu stehlen.«

»Dann solltest du Kenelm holen, Mutter«, sagte Mrs. Wolf. »Wo ist er?«

»Er ist in der Töpferhütte.«

»Dann wird sich der Mann eben mit den Äpfeln bedienen müssen. Ich habe nicht die leiseste Absicht, ihn zur Rede zu stellen. Es gibt dieses Jahr nach der Trockenheit ohnehin nur verwurmtes Fallobst. Komm mit nach oben, Mutter, wir sehen uns den Protestzug nach Chequers an; sie werden unser Tor bald erreicht haben.«

»Wie naß die armen Leute werden müssen. Vielleicht vertreibt der Regen auch den Apfeldieb aus dem Obstgarten. Ich möchte wetten, daß es einer der Spinksbrüder ist; das ist wirklich ein übles Pack.«

Mit diesen Worten folgte sie Jimmy und Mrs. Wolf die Treppe hinauf, wobei sie auf jedem Treppenabsatz eine Verschnaufpause einlegte.

Im Dachgeschoß angelangt, ließen sie sich in altertümlichen, verstaubten Sesseln nieder und blickten aus dem Fenster. Der Ausblick war wirklich großartig, obwohl der Regen, der sich noch immer zögernd und verhalten gab wie ein scheuer Liebhaber, das volle Ausmaß seiner Schönheit verschleierte. Das Dorf Surrogate lag, ein echter Vertreter des bäuerlichen England, gut sichtbar am Fuße der Anhöhe. Es bestand aus einem Wellblechkino, einer Baptistenkapelle, einer verkommenen Tankstelle, mehreren verfallenen Hühnerhöfen, einer schäbigen Gemischtwarenhandlung, die Süßigkeiten, Strümpfe und Jazzplatten vertrieb, dem Farmer's Boy Inn, einer Forschungsstation von den gewaltigen Ausmaßen eines Flugplatzes, auf einem Schild ausgewiesen als Weideland-Forschungsprojekt, zwei militärisch ausgerichteten Reihen von Gemeindewohnhäusern, drei unbeschreiblichen Landhäusern, einem unbeschreiblichen Bungalow, einem ständig geschlossenen Café in einem Holzschuppen, einem Umspannwerk, einer Pietistenkapelle und etlichen Kieshaufen am Straßenrand.

Der Zug der Protestierenden hatte das Dorf erreicht. Die Spitze des Zuges kam auf der Höhe der verkommenen Tankstelle zum Stehen, während die Nachfolgenden sich mit sonderbarer Eile in die Gräben, Gärten und Felder zu beiden Seiten der Straße davonmachten. Viele der Fahrzeuge, die sich ebenfalls an der Demonstration beteiligten, scherten plötzlich nach links oder rechts aus und rumpelten über die angrenzenden Felder weiter; keines versuchte, die Fahrt durch Surrogate fortzusetzen, denn dieser Weg wurde von einem quer über der Straße parkenden Panzer versperrt, dessen Geschütz drohend auf die Ankommenden gerichtet war. Der Panzerturm war aufgeklappt, und von dem Turm aus sprach ein Offizier mit Barett durch ein Megaphon zu der Menge.

»Sie sind aufgehalten worden!« rief Jimmy ungläubig. »Mein Gott, sie werden zurückgedrängt.«

»Aber sie weichen nicht zurück«, widersprach Mrs. Wolf. »Sie umgehen das Hindernis einfach.«

»Ach, das muß wohl die Folge der Sondermeldung im Radio sein«, sagte Mrs. Crinbolt. »Ich wollte dir davon erzählen – es klang so bedrohlich – und dann habe ich es vergessen, als ich den Kerl in den Obstgarten habe laufen sehen.«

»Was war das für eine Sondermeldung?« fragte Mrs. Wolf scharf.

Mrs. Crinbolt warf ihr einen verwirrten Blick zu.

Während er aufmerksam zuhörte, was gesagt wurde, blickte Jimmy noch immer aus dem Fenster und beobachtete die winzigen Gestalten unten im Dorf. Der hintere Teil des Zuges rückte nach, während sich der vordere Teil zerstreute. Mittlerweile waren weitere Soldaten auf der Bildfläche erschienen; sie waren in weit auseinandergezogenen Reihen rund um Surrogate ausgeschwärmt, mit leichten Maschinengewehren bewaffnet, die sie auf die Zivilisten gerichtet hielten, und offensichtlich fest entschlossen, niemanden passieren zu lassen. Diese Wendung der Dinge hatte viele der entschlosseneren Demonstranten veranlaßt, sich durch die Gärten der Gemeindewohnhäuser einen Weg an dem Hindernis vorbei suchen. Daraufhin waren die Bewohner in Aktion getreten. An mehreren Stellen waren Handgemenge im Gange. Jimmy sah, wie eine Reihe schwer mit Blattwerk behangener Bohnenstangen umkippte, als zwei Männer dagegenfielen. Khakifarbene Gestalten stürmten auf die Straße, um dem Tumult ein Ende zu bereiten.

Das alles war so fern und unwirklich, als seien es Planspiele in einem Modellsandkasten; aber gerade der Eindruck der Unwirklichkeit verlieh der Szene etwas Beunruhigendes, Alptraumhaftes.

Der Offizier mit dem Barett, der in dem Panzerturm thronte, bäumte sich plötzlich auf und stürzte auf die Straße hinunter. Jimmy konnte hinter dem Panzer, der ihm die Sicht versperrte, nur noch das zuckende Bein des Mannes erkennen, der sich auf der Straße herumwälzte. Die GEFG hatte in ihrer Empörung den ersten Schuß abgefeuert. Viele von ihnen drängten jetzt an dem Panzer vorbei, der mit seinem langsam hin und her pendelnden Geschütz hilflos wirkte. Ein Soldat schwang sich auf den Gefechtsturm hinauf und schleuderte etwas in die Menge.

Als sich der Rauch über der Straße lichtete, taumelten die Spielzeugfiguren auf der Straße umher und hielten die Hände vor die Augen gepreßt.

Mrs. Crinbolt sagte mit ihrer klaren Stimme: »Der Sprecher hat gesagt, daß im ganzen Land der Notstand ausgerufen worden ist. Es hat Aufstände in Coventry, Bristol und noch irgendwo – Edinburgh vielleicht – gegeben. Irgendwo im Norden war es, soviel weiß ich. Viele Menschen wurden verletzt. Der Premierminister hat ein allgemeines Demonstrationsverbot verhängt, und Polizei und Militär sind mit Sondervollmachten ausgestattet – ach ja, und es ist Ausgangssperre verhängt worden, Veronica. Ich war so entsetzt, daß ich mir leider nicht alle Einzelheiten merken konnte. Die Sondermeldung wird um halb vier wiederholt.«

»Es ist fast soweit«, sagte Jimmy. »Wir sollten hinuntergehen und uns anhören, was eigentlich los ist. So wie es aussieht, bricht im Dorf jeden Moment eine Schlacht los. Die Regierung setzt sicher alles daran, den Protestmarsch zu zerstreuen.«

Erfüllt von einer eigenartigen Spannung, die alles andere als unangenehm war, eher so wie die gespannte Erwartung auf den zweiten Akt eines guten Stückes. Gerade, als Jimmy die letzten Stufen nahm, dröhnte ein Flugzeug über das Haus hinweg. Er eilte im Laufschritt zum Salon, wo der Radioapparat und das Fernsehgerät standen. Im selben Augenblick trat ein Hauptmann des Heeres durch die Flügeltür von der Terrasse her in den Raum. Jimmy erstarrte im Lauf.

»Was suchen Sie hier?« fragte er.

Der Hauptmann zog einen Revolver und richtete ihn auf Jimmy. Er war ein derber Mann von ungefähr Fünfundvierzig, mit einem großflächigen, rechteckigen Gesicht und unverkennbar feindseligem Blick. Ein großes, quadratisches Heftpflaster klebte über seinem GA. Wie zum Beweis, daß dies der Mann war, den Mrs. Crinbolt in den Obstgarten hatte laufen sehen, hing in den krausen Haarsträhnen, die unter dem Rand des Baretts hervorquollen, ein Apfelbaumblatt. Seine rechte Hand, die den Pistolenknauf umklammert hielt, war breit, rot und behaart. Er sah Jimmy mit grimmigem Lächeln an.

»Wie viele sind noch im Haus, Jack?« fragte er, ohne auf Jimmys Frage einzugehen.

»Was tun Sie hier?« gab Jimmy zurück und starrte fasziniert

die ungeschlachte, fleischige Hand seines Gegenübers an. »Ich nehme an, Ihnen ist klar, daß dies hier ein Privathaus ist?«

Der fruchtlose Austausch von Fragen wurde durch Mrs. Wolfs Eintritt in den Salon unterbrochen. Mrs. Crinbolt folgte ihrer Tochter dicht auf den Fersen. Herrisch wies ihnen der Hauptmann einen Platz auf dem Sofa neben dem Kamin an. Dann baute er sich vor ihnen auf und blickte eindringlich auf sie hinunter. Er behielt den Revolver in der Hand und hatte die Miene eines Mannes, der Herr der Lage ist.

»Ihnen wird nichts geschehen, wenn Sie ruhig hier sitzenbleiben«, sagte er. »Es trifft sich nur gerade, daß dieser Müllplatz hier für uns ein hübsches, bequemes Fleckchen ist. Wir werden es für ein paar Stunden benutzen, und dann können Sie es zurückhaben. *Wenn* Sie sich gut benehmen. Wenn Sie sich *nicht* gut benehmen, bin ich gezwungen, Sie hiermit unschädlich zu machen.« Bei diesen Worten klopfte er bekräftigend auf seine Pistole.

»Sie haben kein Recht, in unserem Haus in diesem Ton mit uns zu reden«, sagte Mrs. Crinbolt empört. »Glauben Sie ja nicht, daß Sie damit durchkommen.«

»Ich habe nicht die Absicht, mich mit Ihnen herumzustreiten«, gab der Hauptmann finster zurück. »Seien Sie einfach still, und basta. Bleiben Sie sitzen und halten Sie die Schnauze, das ist das Beste für uns alle.«

Jimmy sah Mrs. Crinbolt verstohlen von der Seite an; ihr Gesichtsausdruck ließ darauf schließen, daß noch nie jemand in diesem Ton mit ihr gesprochen hatte. Der Hauptmann kehrte ihnen den Rücken und schritt quer durch den Salon zu dem Telephon, das in einem Alkoven auf der gegenüberliegenden Seite des Raumes stand. Er setzte sich auf den zierlichen Telephontisch, nahm den Hörer ab, wählte mit der Pistolenmündung eine Null und wartete.

»Hallo«, sagte er schließlich. »Wer ist da? Verbinden Sie mich mit Major Hobbes. Hier ist Hauptmann Biggs. Verbinden Sie mich mit Major Hobbes, und zwar ein bißchen schnell ... Major

Hobbes? Hier ist Ken Biggs. Jawoll, ich bin in dem Haus. Überhaupt keine Schwierigkeiten. Nein, haben wir schon in der Tasche. Wie geht's bei Ihnen? Gut! Ja, ich warte hier, in Ordnung, Roger, Wiederhören.«

»Sie müssen die Telephonvermittlung besetzt haben«, flüsterte Mrs. Wolf Jimmy aufgeregt zu. »Sie ist in Amersham. Dort gibt es eine Kaserne.«

In dem Augenblick, als der Hauptmann den Hörer auflegte, schlug die Uhr halb vier. Draußen regnete es jetzt stärker.

»Verzeihen Sie, würde es Ihnen etwas ausmachen, die Flügeltür zu schließen?« bat Mrs. Crinbolt. »Der Teppich wird naß.«

»Das macht nichts. Die Tür bleibt offen«, erwiderte Hauptmann Biggs. Er ging zum Radioapparat und schaltete ihn ein. Eine blecherne Stimme, die allmählich kräftiger wurde, verkündete, daß der Notstand ausgerufen worden war. Streikende hatten während ihrer Protestversammlungen im ganzen Land in vielen dichtbesiedelten Industriezentren schwere Verwüstungen angerichtet. Einige Heereseinheiten hatten einen Massenaufstand angezettelt und verursachten vor allem dadurch Schwierigkeiten, daß sie Kommunikationsverbindungen unterbrachen. Unruhestifter hatten die Erregung geschürt, und viele Geschäfte und regierungseigene Einrichtungen waren verwüstet worden, insbesondere in Coventry, Bristol und Glasgow. In Liverpool und London fanden immer noch vereinzelte Kämpfe statt. Die Bevölkerung wurde angewiesen, die Häuser nicht zu verlassen. Man hoffte, daß der Aufruhr noch vor Einbruch der Dunkelheit zerschlagen werden konnte; bis dahin war eine Ausgangssperre verhängt worden.

»Sie werden verdammt froh sein«, rief der Hauptmann aus. »Sie haben einen Bürgerkrieg am Hals, wenn sie das nur kapieren wollten.« Er schaltete das Radio unnötig ungestüm aus.

Niemand sagte ein Wort. Der Hauptmann wurde unruhig; er wanderte im Salon auf und ab und schob herausfordernd das Kinn vor.

Mit offenkundiger Erleichterung wandte er sich einer Gestalt in Khakiuniform zu, die aus dem Regen auftauchte und in die Terrassentür trat.

»Kann ich hereinkommen?« fragte der Neuankömmling.

»Natürlich können Sie hereinkommen, Mainfleet«, erwiderte Biggs. »Sie brauchen nicht zu fragen. Wo sind Ihre Jungs? Hat verdammt lange genug gedauert.«

»Im Gegenteil, wir sind dem Zeitplan voraus«, widersprach der Mann, der gerade als Mainfleet angesprochen worden war. Er trat ein und schloß die Glasflügeltür vorsichtig hinter sich. Sein GA war, wie Biggs', mit Heftpflaster überklebt. Obwohl ebenfalls ein Hauptmann, war Mainfleet ein paar Jahre jünger als Biggs und bildete in jeder Hinsicht einen Gegensatz zu diesem Herrn. Der erste augenfällige Gegensatz bestand darin, daß Biggs trocken war, Mainfleet dagegen vollkommen durchtränkt vom Regen. Er strich sich die nassen Haarsträhnen aus der Stirn und nickte den drei Menschen auf dem Sofa ein wenig verlegen zu.

»Darf ich Ihnen die Hauseigentümer vorstellen?« sagte Biggs höhnisch.

»Es tut mir leid«, sagte Mainfleet, und Jimmy faßte wieder Mut. Er betrachtete das freundliche, fast weiche Gesicht des anderen, das Gesicht eines Menschentyps, den er mochte und kannte: ein Typ wie er selbst.

»In der Küche hängt ein Handtuch«, sagte er. »Sie sehen aus, als könnten Sie eins gebrauchen.«

»Seien Sie bitte still«, sagte Mainfleet und wandte sich Biggs zu, um mit leiser Stimme mit ihm zu reden.

Meine eigene Schuld, dachte Jimmy.

Nach einer kurzen Diskussion eilte Mainfleet zur Eingangstür hinaus. Er riß sie auf und stieß einen Pfiff aus. Ein Fahrzeug hatte offensichtlich mit laufendem Motor vor der Auffahrt gewartet. Es fuhr mit aufheulendem Motor am Fuße der Eingangsstufen vor. Eine Ladeklappe fiel krachend herunter. Drei Soldaten betraten zackig die Eingangshalle. Zwei der Männer trugen aufeinandergestapelte Munitionsschachteln in den Händen, der dritte ein Maschinengewehr über der Schulter. Unter Mainfleets Führung stiegen sie die Treppe hinauf.

»Was haben Sie mit meinem Haus vor?« stieß Mrs. Wolf gepreßt hervor.

Der Hauch von Aktivität hatte bei Biggs Wunder bewirkt. Er hielt zwar immer noch liebevoll die Pistole in der Hand, aber er lächelte jetzt.

»Ihrem Haus passiert nichts, Lady. Die Kerle da draußen müssen sich Sorgen machen. Wir schaukeln das Kind schon, verstanden, und einer Ihrer oberen Räume ist zufällig ein idealer Standort für einen Maschinengewehrposten.«

»Großer Gott, wollen Sie damit sagen, daß Sie bereit sind, wegen dieser Sache Menschen zu töten?« Das Gefühl der Unwirklichkeit kehrte, diesmal verstärkt, zurück.

»Richtig, Kamerad. Dieser Haufen in Surrogate wird inzwischen ausgelöscht sein. Für uns ist das der Feind. Wir haben einen ganzen Fuhrpark von Lastwagen in unsere Gewalt gebracht, die bereitstehen, die Bourgoynisten nach Chequers Court zu bringen, jedenfalls diejenigen, die noch in der Verfassung sind zu kämpfen. Chequers Court befindet sich bereits im Belagerungszustand. Kein Kinderspiel, das kann ich Ihnen sagen! Morgen ist die ganze Regierungsspitze tot.«

»Was haben Sie mit dem Maschinengewehr dort oben vor?« fragte Jimmy benommen, als das Geräusch von berstendem Glas zu ihnen herunterdrang.

»Damit knallen wir jeden Eindringling ab, der sich nähert, was denn sonst? Hier wird noch eine Menge Blut vergossen, bevor wir fertig sind, das können Sie mir glauben. Aber Sie bleiben hier schön still sitzen, dann passiert Ihnen nichts.«

»Wir können nicht ewig hier sitzen.«

Biggs Leutseligkeit war plötzlich wie weggeblasen.

»Sie bleiben da sitzen, bis ich Ihnen sage, Sie sollen aufstehen«, bellte er. »Nicht eine Sekunde kürzer. Schreiben Sie sich das hinter Ihre dicken Ohren, Kamerad.«

Dann ging er wieder zum Telephon. Fünf Minuten lang war er

damit beschäftigt zu reden, zu wählen, zu reden und wieder zu wählen. Er saß noch immer vor dem Apparat, als Mainfleet zurückkehrte und ihm berichtete, daß das Maschinengewehr in Stellung gebracht war. Biggs nickte und gab die Information an seinen Vorgesetzten weiter. Mainfleet zog ein Zigarettenetui aus der Tasche und bot es Biggs an. Biggs nahm sich eine Zigarette heraus und zog ein Feuerzeug aus der Tasche.

»Kann ich auch eine haben?« fragte Mrs. Wolf.

»Warum nicht?« antwortete Mainfleet großzügig. Er trat zum Sofa und bot ihr das Etui an. Da Biggs keine Anstalten machte, mit dem Feuerzeug näherzukommen, hielt er ihr sein eigenes entgegen.

»Danke«, sagte Mrs. Wolf und sog den Rauch gierig in die Lungen. »Soll ich uns allen nicht einen Tee machen, Revolution hin oder her?«

»Glänzende Idee«, sagte Mainfleet mit einem gewinnenden Lächeln.

»Nein!« fuhr Biggs auf. Alle Blicke richteten sich erstaunt auf ihn. Er ließ die gerade erst angezündete Zigarette fallen und trat sie wütend auf dem Teppich aus. »Machen Sie um Gottes willen kein Picknick aus der Sache. Halten Sie Ihren Durst einmal für eine gute Sache aus. Wir müssen verdammt auf der Hut bleiben.«

Hilflos und ein wenig mürrisch trat Mainfleet ans Fenster. In der regenschweren Stille hörten sie eine ferne Explosion.

»Ich mache mir Sorgen um Conrad Scryban und frage mich, wie es ihm jetzt ergeht«, flüsterte Mrs. Wolf Jimmy einen Augenblick später zu. »Es ist ein furchtbarer Gedanke, ihn da draußen im Regen unter den Kämpfenden zu wissen.«

Jimmy nickte betäubt. Er hatte das Gefühl, daß ihre Lage möglicherweise schlimmer war als Scrybans. Das Telephon klingelte. Alle zuckten zusammen.

Biggs riß den Hörer an sich und rief: »Biggs.«

»Schwarzer Sedan. Richtung London unterwegs. In Ordnung. Den kriegen wir, Sir. Ich rufe zurück.«

Er warf den Hörer auf die Gabel zurück und rief Mainfleet zu: »Der Kommandeur ist entkommen. Er fährt in dieser Richtung. Warten Sie hier.« Damit stürzte er die Treppe hinauf zu dem Maschinengewehrposten. Die drei Menschen auf dem Sofa lauschten den sich entfernenden Schritten, dann richteten sie den Blick auf Mainfleet, der jetzt seine Pistole gezogen hatte.

»Können Sie uns bitte sagen, was hier vorgeht? Ich finde es sehr beunruhigend, nicht Bescheid zu wissen«, sagte Mrs. Crinbolt.

»Die Situation ist ganz einfach«, erklärte Mainfleet. »Ein wachsender Teil der Bevölkerung, darunter auch ein Teil der Streitkräfte, ist überzeugt, daß die gegenwärtige Regierung und die Maßnahmen, die von ihr getroffen werden, korrupt und verworfen sind. Wir haben die Absicht, die Regierung zu stürzen. Zu diesem Zweck unterbrechen wir alle Verbindungen nach London und bringen den Premierminister in unsere Gewalt.«

»Aber Sie sind doch nur eine Handvoll Leute!« rief Jimmy aus. »Wenn sie sich erst gesammelt haben, werden sie ausgelöscht.«

»Wir haben nicht die Absicht, uns auslöschen zu lassen. Wenn wir den Premierminister in unserer Gewalt haben, werden wir in der Lage sein, einen dauerhaften Frieden herzustellen. Der Verband, zu dem ich gehöre, schlägt die Armeeeinheiten nieder, die sich den GEFG-Demonstranten in den Weg gestellt haben. Dann schaffen wir die GEFG-Leute in die Lastwagen vom Stützpunkt Amersham und ziehen nach Norden, um Chequers Court einzunehmen. Hauptmann Biggs und ich, wir beide werden voraussichtlich hierbleiben, um unseren Leuten den Rücken zu dekken.«

Schweres, vielschichtiges Schweigen senkte sich über den Raum.

Endlich stieß Mrs. Crinbolt hervor: »Wollen Sie damit sagen, daß Sie die Absicht haben, unseren Premierminister zu entführen? Ich hätte nie geglaubt, daß ich einmal eine solche Gemeinheit erleben müßte.«

Mainfleet beachtete sie nicht.

»Wenn Sie nichts dagegen haben, schalte ich den elektrischen Kamin ein«, sagte er. »Ich bin ziemlich klamm.«

Er beugte sich gerade über den Kamin, als das Maschinengewehrfeuer im Obergeschoß eröffnet wurde. Jimmy hatte durch das Regenprasseln hindurch bereits das Geräusch eines Wagens gehört, der unten auf der Straße rasch näherkam. Im ganzen Haus hallte Lärm wider. Mrs. Wolf sprang auf; sofort richtete Mainstreet die Pistole auf sie. Mit geballten Fäusten setzte sie sich wieder auf das Sofa.

Von der Straße drang das Geräusch von quietschenden Reifen auf nasser Fahrbahn herauf, dann das langanhaltende Scheppern eines Autos, das gegen Bäume geschmettert und in Stücke gerissen wird.

»Ach, du meine Güte, oh, mein Gott, was sollen wir bloß tun?« stieß Mrs. Crinbolt atemlos hervor. Mainfleet ging zur Innentür hinüber, von der aus er durch das Fenster der Eingangshalle zur Auffahrt hinausblicken konnte. Biggs und einer der Maschinengewehrschützen kamen polternd die Treppe heruntergestürzt; sie rannten in den Regen hinaus, um ihre Beute zu begutachten.

Eine Minute später peitschte ein einzelner Schuß auf. Zwei Minuten später kamen Biggs und der einfache Soldat zurück. Sie blickten finster drein und schüttelten die Regentropfen von ihren Uniformen ab. Biggs ging wieder zum Telephon.

»Major Hobbes? ... Major Hobbes, hier ist Biggs. Wir haben den Kerl erwischt ... Jawoll, Roger.«

Unverhofft brach Mrs. Wolf in Tränen aus. Mainfleet wandte sich an den Soldaten, der mit einem Ausdruck begriffsstutziger Verwunderung auf der Schwelle zum Salon stand und hereinblickte.

»Robinson, sehen Sie zu, ob Sie eine Tasse Tee für uns alle auftreiben können«, sagte er.

Der Soldat verschwand.

Mrs. Crinbolt, die damit beschäftigt war, ihrer Tochter beruhigend die Wange zu tätscheln, hob den Kopf und sagte: »Ich freue mich, zu sehen, daß Sie einen Funken Anstand haben.«

Vergeblich versuchte Jimmy dahinterzukommen, warum diese Bemerkung für ihn eine der schaurigsten war, die er je gehört hatte. Er hatte sich bereits darauf festgelegt, daß es Mainfleet sein würde, der zuerst schoß, wenn er versuchen würde, die Tür zu erreichen. Mainfleet glaubte an die Sache. Biggs tat nur seine Pflicht. Biggs war roh und ungebildet und versteckte seinen Neid auf jeden, der ein hübsches Häuschen auf dem Lande besaß, wahrscheinlich hinter einer Vielfalt von Aggressionen. Mainfleet dagegen war ein gebildeter Mensch, dem es mißfiel, Menschen seiner gesellschaftlichen Herkunft Unannehmlichkeiten zu bereiten. Er würde erst schießen und dann Fragen beantworten. Genau diese Mischung aus vornehmer Höflichkeit und kalter Mordbereitschaft war es, die Jimmy so sehr entsetzte.

Ihm kam immer deutlicher zum Bewußtsein, daß Kenelm Wolf bald aus der Töpferhütte hervorkommen würde, um sich, umhertappend wie ein Maulwurf im Sonnenlicht, auf die Suche nach seinem Nachmittagstee zu machen.

Mit einigem Erstaunen sah Jimmy, daß sich wirklich jemand der Flügeltür näherte. Mit noch größerem Erstaunen erkannte er, daß es nicht Kenelm Wolf, sondern Guy Leighton war.

XIII. Heiße Jagden und kalte Schultern

»Das ist skandalös, einfach skandalös; besonders, wenn man bedenkt, daß ich in dieser Sache vollkommen auf Ihrer Seite stehe, finde ich Ihr Benehmen abscheulich«, sagte Guy Leighton wenige Minuten später, an die beiden Hauptleute gewandt, während er sich gleichzeitig das feuchte Gesicht an einem Sofakissen abtrocknete.

»Halten Sie den Mund«, sagte Biggs zerstreut und machte sich wieder am Telephon zu schaffen.

Nicht viel mehr Begeisterung über den Neuankömmling legten Jimmy, Mrs. Wolf und Mrs. Crinbolt an den Tag. Der Platz auf dem Sofa war begrenzt, und Guy war sehr naß.

Gereizt berichtete er, was er erlebt hatte. Auf dem Weg nach Grey Cotes hatte er Surrogate fast erreicht, als wenige Meter vor ihm auf der Straße eine Granate detonierte und den trügerischen sonntäglichen Frieden zerfetzte. Herumfliegende Granatsplitter trafen sein Auto, während es seitlich in den Straßengraben geschleudert wurde. Guy war zwar unverletzt, doch das Auto war nicht mehr zu gebrauchen.

Als er hinauskroch, sah er drei bewaffnete Männer, einer davon in Zivilkleidung, auf sich zukommen. Sie schrien ihm etwas zu. Guy bekam es mit der Angst zu tun und stürzte sich kopfüber durch die nächste Hecke. Eine Kugel pfiff dicht über seinen Kopf hinweg. Er versteckte sich in einem verlassenen Hühnerhof. Die bewaffneten Männer durchsuchten das Gelände flüchtig, verloren im Regen aber bald die Lust und zogen sich zurück.

Nach einigem Nachdenken und einer Zigarette beschloß Guy, sich zu Fuß auf den Weg nach Grey Cotes zu machen. Dieses Vorhaben gelang ihm, indem er die Hauptstraßen mied und sich immer im Schutze der Hecken hielt. Durch einen glücklichen Zufall erreichte er das Grundstück hinter dem Küchengarten und näherte sich dem Haus in der Deckung einer Backsteinmauer, wodurch er der Aufmerksamkeit des Maschinengewehrpostens im Obergeschoß entgangen war.

Während er seine Geschichte erzählte und Jimmy berichtete, was er von dem Überfall in Surrogate wußte, hörten sie unten auf der Straße Lastwagen in Richtung Amersham rollen. Mehrere Flugzeuge dröhnten über das Haus hinweg, ohne jedoch zum Angriff auf die Aufständischen überzugehen.

Der Soldat brachte Tee herein und verschwand dann nach oben.

»Was ich nicht verstehe, Guy, ist, warum Sie überhaupt die Absicht hatten, hierher zu kommen.«

Von seiner gewohnten Gewandtheit im Stich gelassen, schnaubte er empört.

»Stellen Sie sich nicht dümmer als Sie sind, Solent«, sagte er. »Ich wollte Sie gestern vormittag in der IBA anrufen, habe Sie aber knapp verfehlt. Jemand dort – ein komisches Individuum namens Hortense – hat mir diese Adresse gegeben. Leider haben mich gestern dringende Geschäfte daran gehindert, die Stadt zu verlassen. Aber ohne Zweifel können Sie sich denken, worüber ich mit Ihnen reden will.«

»Wenn es sich wieder um Rose – Rachel – handelt, ich will es nicht hören.«

»Nicht so laut!« zischte Guy. Er hatte die Stimme bereits zu einem Flüstern gesenkt. »Es geht nicht um Rachel oder jedenfalls nur indirekt.«

Hoffnungslos, wie einer, der von einem Heer von Narren eingeschlossen ist, blickte er sich um. Biggs führte ein langes, mürrisches Gespräch am Telephon.

»Haben Sie eine Fluchtmöglichkeit entdeckt?« flüsterte Jimmy, der, in die Sofaecke gedrängt, vor einer Vase mit Dahlien saß.

»Nein, Solent, wir beide befinden uns in einer verflucht mißlichen Lage. Die Dinge haben eine schlimme Entwicklung genommen, wie ich es vorhergesagt habe. Dieses Narrenstück hier zum Beispiel wird die Nation da treffen, wo sie es am deutlichsten spürt – im Geldbeutel. Aber Sie kennen ja meine diesbezüglichen Ansichten. Eigentlich geht es um folgendes: Rachel Norman ist von Bourgoyne entführt worden; soviel ist Ihnen bekannt, nehme ich an.«

»Um Gottes willen, Guy –«

»Das ist es, was ich versuche, Ihnen zu sagen, Solent. Am Donnerstag ist es mir, wie Sie sich erinnern werden, gelungen, die wahre Identität dieser Frau, deren Wege die unseren auf so unglückselige Weise gekreuzt haben, festzustellen. Ich habe mein Wissen mit den aufrichtigen Gefühlen, die man einem Leidensgefährten entgegenbringt, an Sie weitergegeben. Sie und ich, wir beide sind, mit anderen Worten, die einzigen inoffiziellen Mitwisser dieses bedeutenden Geheimnisses.«

Guys Gesicht vollzog im allgemeinen nur wenige Wandlungen; es zeigte in der Regel nur zwei Ausdrucksvarianten, die herrische und die undurchdringliche Miene. Als Jimmy es jedoch jetzt prüfend betrachtete, entdeckte er dort noch etwas anderes, etwas, das er augenblicklich mit allem in Verbindung brachte, was er von Guy wußte und besonders mit seiner beiläufigen Bemerkung bei ihrem Abschied am Donnerstag: ›Wenn ich mehr Geld auf der Bank hätte ...‹ In diesem Augenblick erkannte er die Zahnräder, die Guy antrieben.

»Leighton!« rief er aus. »Sie haben die Information verkauft! Mein Gott, Sie haben sie an Bourgoyne verkauft!«

»Nicht so laut!« rief Guy und blickte sich ängstlich um. Mainfleet beobachtete sie mißtrauisch. »Jede Information ist bares Geld wert. *Wir* konnten nichts damit anfangen.«

»Sie sind verrückt, Guy. Dann – dann ist es also Ihre Schuld, daß Rachel entführt worden ist!«

»Sind wir ihr etwa Liebe schuldig?«

Das war sehr unglücklich ausgedrückt. Jimmy dachte nicht so über die Liebe; er dachte überhaupt in keiner Beziehung so wie Guy. Abscheu gegen seine gegenwärtige Lage mit allen ihren Begleiterscheinungen stieg in seiner Kehle auf; sie trübte seine Sinne. Er sah wie durch einen Nebel, wie ein Betrunkener durch eine bierverschmierte Brille. Er holte aus und versetzte Guy einen Schlag gegen das Kinn.

Die Vase mit Dahlien und der Tisch, auf dem sie stand, wurden mitgerissen, als Guy schwer zu Boden stürzte. Mainfleet war mit einem Satz bei Jimmy. Er packte ihn am Arm und schleuderte ihn so heftig herum, daß er durch das halbe Zimmer taumelte und rückwärts in einen Sessel fiel. Der Sessel schlidderte zurück und prallte klirrend gegen die Glastüren des Wandschranks. Der Salon war erfüllt vom Bersten des Glases und Geschrei. Biggs und Mainfleet sahen aus, als würden sie die Anwesenden jeden Augenblick erschießen.

»Alles in Ordnung, Jimmy, mein Lieber?« rief Mrs. Wolf und eilte ihm zu Hilfe.

Einer der Soldaten kam, die Waffe im Anschlag, heruntergestürzt, um zu sehen, was da vor sich ging. Mainfleet zog den arg zugerichteten Guy auf die Füße und stieß ihn aufs Sofa zurück. Das Telephon klingelte hartnäckig. Der Regen hörte unvermittelt auf und hinterließ eine nervöse Stille.

»Der nächste, der irgendwelche Schwierigkeiten macht, wird ohne Warnung erschossen«, sagte Mainfleet wütend.

»Biggs«, erklärte Biggs, indem er, die Pistole immer noch auf die kleine Gesellschaft gerichtet, den Hörer aufnahm. Er hörte einen Augenblick zu, dann antwortete er mit leiser, verärgerter Stimme. Jimmy, der sich, noch immer in dem Sessel, um Haltung bemühte, war dem Telephon am nächsten und schnappte Biggs' Worte auf. »... aber wenn das so ist, können wir nicht auf ihn warten ...« Es entwickelte sich ein heftiger Wortwechsel, in dem Biggs offenbar den kürzeren zog. Mit einem Blick auf seine Armbanduhr erklärte er mürrisch: »Also gut, wir geben ihm bis siebzehn Uhr Zeit.« Damit schmetterte er den Hörer auf die Gabel zurück.

»Was war los?« erkundigte sich Mainfleet.

»Sieht so aus, als wäre Amersham erledigt«, sagte Biggs. Sein Gesicht hatte sich gerötet, und er blickte verdrossen drein. Da er sich nicht die Mühe machte, die Stimme zu senken, konnten die anderen hören, was er sagte. »Der verdammte Hobbes hat mir gesagt, daß Panzer angefordert worden sind und daß die Königliche Luftwaffe die Kasernen bombardiert. Unsere Jungs und die Lastwagen mit den GEFG-Leuten sind weiter oben auf der Straße abgeschnitten. Die ganze verdammte Operation ist außer Kontrolle. Eine Panzerkolonne nähert sich aus dem Süden, und wenn wir hier nicht höllisch schnell verschwinden, verbrennen wir uns den Arsch. Sie werden eine Granate in dieses Haus feuern, sobald sie in Blicknähe sind.«

Er eilte zur Treppe hinaus und brüllte zu Robinson hinauf: »Kommt alle runter mit dem ganzen Geschütz. Bewegt euch ein bißchen dalli, und stellt es auf der Ladefläche des Lastwagens auf. Wir sind in einer Minute bei euch.«

»Wir sollten lieber mit Vollgas von hier verschwinden«, sagte Mainfleet. Aus seinem Gesicht war alle Farbe gewichen.

»Warten Sie noch bis fünf Uhr«, entgegnete Biggs. »Es sind nur noch zehn Minuten. Wir sollen als Eskorte für eine wichtige Persönlichkeit fungieren – unser Glück. Er wartet mit seinem Wagen im Seitenweg, und wir treffen dort auf ihn. Wo ist der Seitenweg, Sie da?«

Die letzte Frage richtete er an Mrs. Wolf, indem er mit dem Finger auf sie deutete.

»Wenn Sie das Gelände über die Koppel betreten haben, müssen Sie vom Seitenweg gekommen sein«, antwortete sie.

»Ihre kleine Gesellschaft hier werden wir in einem der Zimmer im Obergeschoß einschließen müssen«, erklärte Biggs. »Wir können es uns nicht leisten, daß Sie hier herumrennen und ein großes Geschrei machen. Sie werden in Kauf nehmen müssen, daß Sie vielleicht bombardiert werden.«

»Bitte, wir werden keine Schwierigkeiten machen –« begann Mrs. Wolf, aber er schnitt ihr das Wort ab. Jemand näherte sich von der Hinterseite des Hauses; seine Schritte erklangen auf der Terrasse. Wie ein Mann gingen Biggs und Mainfleet in Deckung und richteten die Pistolen auf die Flügeltüren. Angstvolle Spannung hing in der Luft, und Jimmy war voller Entsetzen davon überzeugt, daß Kenelm gleich auftauchen würde.

Doch statt dessen trat ein großer bärtiger Mann mit kraftvoller Ausstrahlung in den Salon.

Mainfleet und Biggs tauchten einfältig aus ihrer Deckung auf.

»Sind Sie meine Eskorte?« fragte der Neuankömmling. »Können wir gehen?«

Kein Zweifel, wer der Mann war, der mit volltönender befehlsgewohnter Stimme sprach. Es war Big Bill Bourgoyne höchstpersönlich. Er stand in einem einfachen, grauen Regenmantel da und machte den Eindruck eines Menschen, der die

Situation vollkommen unter Kontrolle hat.

»Wir schließen die Leute hier nur ein, Sir«, erklärte Mainfleet ehrerbietig. »Wir sind über Ihr Eintreffen informiert worden.« Er bedeutete Mrs. Wolf und ihrer Mutter, aufzustehen.

»Wir haben keine Zeit zu verlieren«, sagte Bourgoyne schroff. »Der Feind erreicht seine Stellungen bald. Wir werden das Haus räumen, sobald Sie bereit sind.«

Wie zur Bestätigung seiner Worte donnerte eine niedrig fliegende Staffel über das Haus hinweg.

»Sie werden den Lastwagen draußen gesehen haben und zurückkehren, um ihn sich genauer anzusehen.«

»Bitte, lassen Sie uns nicht hier zurück, wenn die Bomben geworfen werden!« rief Mrs. Crinbolt angstvoll.

»Bringen Sie sie hier 'raus!« sagte Biggs wütend und zerrte Guy auf die Füße. »Bringen Sie sie hoch und schließen Sie sie irgendwo ein.« Guy riß sich aus seinem Griff los und stürzte auf Bourgoyne zu.

»Lassen Sie mich nicht hier zurück«, rief er. »Ich bin einer von Ihren Leuten; diese Offiziere hier haben keine Ahnung von der Lage der Dinge. Wir sind uns noch nicht begegnet, aber ich habe am Telephon mit Ihrer Sekretärin gesprochen. Ich habe eine Menge für Sie getan. Mein Name ist Guy Leighton; er ist Ihnen sicherlich bekannt.«

»Sie kommen besser mit«, sagte Bourgoyne, ohne einen Augenblick nachzudenken.

Sichtbar erleichtert, sprang Guy leichtfüßig zur Flügeltür. Im Gehen deutete er auf Jimmy, ohne ihn dabei anzusehen.

»Mein Freund hier weiß ebenfalls alles über Miss Norman«, sagte er.

In seiner Verblüffung hörte Jimmy kaum, daß Bourgoyne ihm herrisch befahl, Guy zu folgen.

»Ich bleibe hier«, erklärte er schließlich, »und versuche mein Glück bei den Damen.«

Bourgoyne eilte zu ihm und packte ihn am Arm.

»Sie kommen mit mir, junger Mann. Wenn Sie soviel über

meine Angelegenheiten wissen, möchte ich nicht, daß Sie in Zeiten wie diesen frei herumlaufen.«

Diese Bemerkung führte Guy deutlich vor Augen, daß er möglicherweise weniger gerettet war, als vielmehr doppelt in der Falle saß, und seine Miene verfinsterte sich beträchtlich. Doch es war keine Zeit für weitere Diskussionen. Biggs hatte die beiden protestierenden Damen hinaufgetrieben und im Badezimmer eingeschlossen. Er rannte zur Eingangstür hinauf und brauste mit den Maschinengewehrschützen davon, um sich mit Bourgoynes Wagen im Seitenweg zusammenzutun. Mainfleet blieb bei den anderen, die jetzt durch die Flügeltür verschwanden und den Weg zur Koppel einschlugen.

Draußen vor der Töpferhütte lag, den alten Regenmantel bis zu den Knien hochgerutscht, eine durchnäßte Gestalt mit dem Gesicht nach unten in einer Pfütze. Im Vorübergehen starrte Jimmy entsetzt und reumütig darauf; er wußte jetzt, warum er vergeblich auf Kenelm Wolfs Auftritt gewartet hatte. Er mußte genau in dem Moment aus seinem Schlupfwinkel getreten sein, als Biggs, auf Schwierigkeiten gefaßt, über das Grundstück geschlichen war. Und seit diesem Augenblick hatte er im strömenden Regen mit eingeschlagenen Schädel hier gelegen.

Fast eine Stunde lang fuhren die beiden Fahrzeuge westwärts. Bourgoyne lenkte den ersten Wagen selbst, Biggs folgte ihm mit grimmiger Miene am Steuer des Armeelastwagens. Am Anfang der Fahrt sahen sie einige Überreste der Unruhen, die über das Land hinweggefegt waren; ein zerschmetterter Wagen, ein Gasthaus am Straßenrand, in dessen Vorgarten überstürzt ein Graben ausgehoben worden war, eine Reihe leichter Panzerfahrzeuge, deren Fahrer friedlich auf einem Grasstreifen beieinander standen und rauchten, ein von Kugeln durchlöcherter Wohnwagen und ein Landhaus, aus dem noch Rauch aufstieg und um das sich die örtliche Feuerwehr gerade bemühte. Es waren nur wenige Menschen zu sehen.

Diese traurigen abendlichen Reste der ehrgeizigen Pläne vom

Morgen veranlaßten Hauptmann Mainfleet, sich bei Bourgoyne zu erkundigen, ob Herbert Gascadder, der Premierminister, gefangengenommen worden war.

»Der ganze großartige Plan war ein Fehlschlag, mein Freund«, sagte Bourgoyne, nicht ohne einen Anflug von finsterem Vergnügen. »In den Engländern steckt noch weniger Kampfgeist, als ich dachte. Sie sind eine große Enttäuschung für mich. Von heute an können wir uns nur noch als dekadente Nation betrachten. Die Schlachten, die wir früher auf dem Schlachtfeld ausgetragen hätten, finden heute nur noch im Bett statt.«

Jimmy, immer noch Kenelm Wolfs ausgestreckte Gestalt vor Augen, sagte: »Ich finde, daß das ein Fortschritt der Zivilisation ist.«

»Das wundert mich nicht«, bemerkte Bourgoyne abfällig.

Das bedeutungsvolle Schweigen, das anschließend herrschte, wurde von Guy unterbrochen, der sich mit leiser Stimme an Jimmy wandte.

»Ich bin immer noch bemüht, Ihnen den ungehörigen Zwischenfall vorhin im Haus zu verzeihen, Solent«, flüsterte er. »Obwohl ich zugeben muß, daß es mir außerordentlich schwerfällt. Als Sie über mich herfielen, hatte ich noch nicht einmal die Gründe für meinen Besuch – meinen Besuch zu einem ungünstigen Zeitpunkt, das gebe ich zu – erklärt. Hören Sie mir eigentlich zu?«

»Fahren Sie fort.«

»Solent, das ist eine heikle Angelegenheit. Ich versuche, Ihnen ein kleines Geschenk zu machen. Ich kann es mir schließlich leisten, und es würde mir Freude machen. Unter uns gesagt. Bourgoyne hat die Information sehr großzügig bezahlt. Ich finde, daß es eine schöne Geste von mir wäre, wenn ich... den Gewinn mit Ihnen teilen würde – das heißt, wenn Sie mir versprechen, keiner Menschenseele etwas von diesem Geschäft zu erzählen. Wissen Sie, ich habe vielleicht etwas unüberlegt gehandelt, und wenn die Wahrheit je ans Licht kommt, wird es ziemlich schwierig sein, sie zu erklären.«

»Verdammt schwierig, würde ich sagen.«

»Nun ja, was halten Sie also von halbe-halbe?«

»Gehen Sie zum Teufel, Leighton!« fauchte Jimmy, und das bedeutungsvolle Schweigen senkte sich wieder über den Wagen.

Nach langen Umwegen über schmale Seitenpfade, auf denen der nachfolgende Lastwagen immer weiter zurückgefallen war, erreichten sie das geschlossene Tor eines großen Anwesens. Ein Schild, das an dem Schmiedeeisen befestigt war, verkündete, daß das Grundstück zu verkaufen war. Fünfzig Meter weiter unten war die Grundstücksmauer, die an der Straße verlief, eingestürzt. Bourgoyne kurbelte den Lenker herum und fuhr über Schutt und Geröll in das Anwesen hinein. Sie holperten durch eine kleine Schonung.

Düster und verfallen tauchte das Haus vor ihnen auf. Es war nicht alt, aber verwahrlost, nicht groß, aber plump. Es konnte wohl niemandem mehr gefallen. Es war (vielleicht um die Zeit, als Galsworthy Robin Hill baute) aus dem gelben Backstein gebaut, den man gemeinhin höchst zutreffend als ›Klosettbackstein‹ bezeichnete. Offensichtlich stand es schon eine ganze Weile leer, denn die Fenster waren schmutziggrau und ohne Vorhänge.

Sie näherten sich dem Haus von der Rückseite und fuhren in einen Innenhof, der von einer Anzahl von Nebengebäuden umschlossen war: einer Garage, einer Scheune, einem Schuppen, einem Treibhaus mit eingeschlagenen Scheiben und einem Fahrradunterstand aus Wellblech. Aus den Ritzen des Kopfsteinpflasters sprießte Gras hervor. Efeu wuchs durch ein Fenster im Erdgeschoß ins Haus. In dem demolierten Treibhaus breiteten sich die Brennesseln üppig aus. Ein mit Heu beladener Holzkarren, der offensichtlich schon viele Sommer lang vor dem Haus stand, verlieh dem Bild der Verlassenheit den letzten künstlerischen Pinselstrich; hoch oben auf dem Heu wuchs ein herrlicher Busch Kerbel, Klette und Löwenzahn.

Drei alte Jungfern kamen, Sportgewehre im Anschlag, dem

Wagen entgegengelaufen, doch ihre streitbare Front löste sich in Freudengeschrei auf, als sie Bourgoyne erkannten.

Er begrüßte sie überaus munter.

Den Fragen und Antworten, die jetzt ausgetauscht wurden, konnte Jimmy entnehmen, daß Bourgoyne sich hier seit einigen Tagen versteckt hielt, zusammen mit einer Schar von ergebenen Anhängern – die ihn zum größten Teil in den letzten paar Stunden verlassen hatten, nachdem sie den Verlauf der Ereignisse vom BBC erfahren hatten.

»In einer halben Stunde muß das ganze Haus geräumt sein«, erklärte Bourgoyne. »Hauptmann Mainfleet, bringen Sie bitte diese beiden jungen Männer nach oben und schließen Sie sie in zwei getrennten Zimmern ein. Die vergitterten Kinderzimmer sind wohl am besten geeignet. Wir können rascher handeln, wenn sie uns nicht im Weg herumstehen.«

Er trat schnell ins Haus; die drei Frauen folgten ihm etwas unschlüssig.

»Kommen Sie!« rief Mainfleet und machte Guy und Jimmy ein Zeichen mit der Pistole. »Sie haben es gehört. Die Treppe hinauf, und zwar ein bißchen schnell, bitte.«

»Ich hätte geglaubt, daß Sie mittlerweile erkannt haben, daß Sie sich auf die falsche Seite geschlagen haben«, wandte sich Jimmy an ihn. »Bourgoyne ist verschwendete Mühe! Warum steigen wir nicht alle wieder ins Auto und fahren so schnell wie möglich zur nächsten Polizeistation? Wir beide, Guy und ich, würden dann aussagen, Sie hätten uns aus Bourgoynes Händen befreit, und Sie würden wahrscheinlich nur eine leichte Strafe verbüßen müssen.«

»Vorwärts!« sagte Mainfleet, aber er sah aus, als würde er insgeheim über Jimmys Vorschlag nachdenken. Wie immer seine persönliche Meinung auch ausfallen mochte, er tat, wie Bourgoyne ihn geheißen hatte. Jimmy und Guy wurden nach oben und in getrennte Zimmer getrieben und dort alleingelassen.

Jimmy war inzwischen weit entfernt von seinem gewohnten sonnigen Gemüt. In ihm stieg eine unerwartet heftige Abneigung dagegen auf, herumkommandiert zu werden. Er blickte sich in dem Zimmer mit seiner verschimmelten Teddybär-Tapete um und beschloß, augenblicklich die Flucht anzutreten. Mainfleet hatte die Zimmertür verschlossen. Das Fenster war fest vergittert. Im ganzen Zimmer gab es keinen Gegenstand, den er als Werkzeug hätte benutzen können: der Eindruck, sich in einer Schachtel zu befinden, wurde lediglich durch Fenster, Kamin und Tür gemildert. Als er unschlüssig, auf der Suche nach irgendeinem Ausweg, durch das Zimmer wanderte, brach er mit dem Absatz durch ein verrottetes Stück einer Bodenplanke.

Im gleichen Augenblick war er auf den Knien und begann, die Bodenbretter großflächig abzuziehen. Auf diese Weise bekam er schließlich ein noch stabiles Brett zu fassen und hebelte es ab. Dieses Brett klemmte er so unter den Türgriff, daß niemand ins Zimmer gelangen und ihn bei seinem Werk überraschen konnte. Dann kehrte er zurück zu dem entstandenen Loch im Boden und hatte es bald so erweitert, daß er hineinkriechen konnte. Er stellte sich vor, daß er mit ein wenig Glück zwischen Decke und Fußboden so weit kriechen konnte, bis er ein unverschlossenes Zimmer erreichte.

Die Decke unter ihm schien ihm stabil genug, sein Gewicht zu tragen. Vorsichtig duckte er sich in sein Loch hinunter. Er ließ den Querbalken los und legte sein ganzes Körpergewicht auf Putz und Trägerlatten. Es war so tollkühn wie der Versuch, das eigene Moralgefühl über Bord zu werfen und auf Vorschriften zu vertrauen; die Decke stürzte ein.

Mit einem unterdrückten Aufschrei fiel Jimmy hinunter, und die ganze Decke fiel mit ihm. Wie eine Lawine brachen Staub, Deckenlatten und Mörtel über ihn herein, bis er das Gefühl hatte, mit Hochzeitstorten beworfen zu werden. Undeutlich erkannte Jimmy durch die weißen Staubschwaden hindurch die Umrisse eines leeren Zimmers, an dessen einer Seite sich ein zerbrochenes Fenster befand. Stöhnend rappelte er sich auf, stellte erstaunt fest, daß er sich, abgesehen von einem verstauchten Fußgelenk, nicht verletzt hatte, und humpelte zu dem Fenster hinüber. Er stieß es auf und ließ sich hinausrollen, bevor jemand auftauchte, um der Ursache des Lärms nachzugehen.

Schwer atmend, von Kopf bis Fuß wie mit Kreidestaub überzogen, blieb er einen Augenblick liegen.

Er war hinter der Garage gelandet, die ihn zum Hinterhof mit dem Heukarren hin abschirmte, während das Haus ihn zum Vorplatz hin abschirmte. Tatsächlich befand er sich auf einem kleinen, abgeschlossenen Platz, der nach den beiden restlichen Seiten von wucherndem Holundergebüsch begrenzt wurde. Ein kleiner Hubschrauber stand unbewacht in der Mitte des Platzes.

Aber Jimmys Aufmerksamkeit richtete sich nicht auf den Hubschrauber. Schon im Fallen hatte er Motorgeräusche gehört, die sich dem Haus näherten, und jetzt brüllte jemand durch ein Megaphon.

Jimmy erhob sich und blickte durch das leere Zimmer, das er gerade verlassen hatte, und ein gegenüberliegendes Flurfenster auf den Vorplatz hinaus. Dort stand ein Armeelastwagen, die Front dem Haus zugekehrt, geparkt. Über der Ladeklappe ragte eine Maschinengewehrmündung hervor, die sich hin und herbewegte, als versuchte sie, ein Ziel auszumachen.

Aus der Deckung des Lastwagens heraus bellte das Megaphon erneut seine Aufforderung.

»Bourgoyne! Big Bill Bourgoyne! Wir wissen, daß Sie hier sind. Kommen Sie mit erhobenen Händen heraus. Versuchen Sie nicht, uns Schwierigkeiten zu machen, sonst schießen wir Sie nieder wie einen Hund. An alle im Haus: Kommen Sie besser sofort mit erhobenen Händen heraus, bevor die Schießerei beginnt. Vorwärts, alles ’rauskommen! Ich gebe Ihnen zwei Minuten Zeit.«

Jimmy erkannte die Stimme, obwohl sie durch das Megaphon verzerrt war. Trotz seines Mangels an Bildung war Hauptmann Biggs klüger gewesen als sein Kollege, Hauptmann Mainfleet; er hatte die Entwicklung der Dinge begriffen und sich eilends auf die Seite der Gewinner geschlagen. Mehr noch, es sah aus, als hätte er ausgesprochenes Glück gehabt.

Jimmy konnte sich jetzt nützlich machen, indem er den Hubschrauber fluguntüchtig machte. Als er sich gerade ans Werk machen wollte, hallten zwei Schüsse aus dem Haus, die augenblicklich von Biggs' Maschinengewehr beantwortet wurden. Das Geräusch des Schußwechsels erschreckte Jimmy außerordentlich. Er war noch nicht in einem Alter, in dem die Vorstellung des Todes ein vertrauter Gedanke ist, er betrachtete ihn noch als Rattenfalle, der es um jeden Preis auszuweichen galt.

Er blickte sich zögernd um und stellte fest, daß er von einem Erdgeschoßfenster aus beobachtet wurde. Eine Frau stand dort und blickte hinaus. Es war Rose – Rachel Norman.

Augenblicklich fiel Jimmy wieder der alten ungesunden Mischung widersprüchlicher Gefühle zum Opfer. Ihr Anblick, ihre Haut, ihr Duft, ihre unerträgliche Direktheit (›Du hast mir gar nichts gegeben‹), die Leidenschaft, der sie – eine Nacht lang – so bewundernswert freie Zügel gelassen hatte – all das stand ihm plötzlich wieder vor Augen. Er liebte Alyson, ja, aber Rose war die Frau, die ihn einen Blick in eine andere, wilde und unberührte Welt hatte werfen lassen.

Es war ganz selbstverständlich, daß er sie hier fand – Bourgoynes Gefangene in Bourgoynes Hauptquartier –, aber daran verschwendete Jimmy kaum einen Gedanken. Aus dem Hauptteil des Hauses hinter sich hörte er Schüsse hallen. Bourgoyne, Mainfleet, die drei Frauen und wer sich sonst noch dort aufhalten mochte, schossen aus der Deckung des Hauses heraus auf Biggs' Lastwagen. Mit aufheulendem Motor und einer Feuersalve zog er sich in eine geschütztere Stellung zurück. Ohne auf die Schüsse zu achten, setzte Jimmy in langen Sprüngen zu dem Fenster hinüber, hinter dem Rachel stand.

Ihre Handgelenke waren mit einer dicken Schicht Binden fest an ihren Körper gebunden. Wild gestikulierend bedeutete Jimmy der Gefangenen, daß er von der anderen Seite kommen und sie befreien würde. Sie nickte und lächelte ihm flüchtig zu. Im selben Augenblick wurde die Zimmertür hinter ihr aufgerissen, und als sie herumfuhr, sah sie sich einem großen, hageren Mann mit einem Gesicht wie einem Kindersarg gegenüber.

Jimmy duckte sich unter den Fenstersims. Wie alle anderen hier war auch der hagere Mann bewaffnet. Rachels Lage wurde offensichtlich immer bedrohlicher. Seufzend erkannte Jimmy, daß er etwas unternehmen mußte, um ihr zu helfen. »Ich bin sicher, daß dieses ganze gewalttätige Durcheinander nicht gut für mich ist«, murmelte er vor sich hin.

Als er um die Garage herumrannte, entdeckte er eine Latte von ungefähr einem Meter Länge, die sich in einem Stück Hecke verfangen hatte. Wenn es ihm gelang, sich unbemerkt hinter den hageren Mann zu schleichen, würde sie eine brauchbare Waffe abgeben. Er lugte hinter der Garage hervor auf den trostlosen Hof mit den Nebengebäuden und dem Heukarren und sah, daß sich hinter dem Fahrradunterstand jemand bewegte.

Der hagere Mann trat auf den Hof hinaus. Er hielt Rachel fest am Arm. Ihre Handgelenke waren noch immer gefesselt, ihre Schritte wirkten lebhaft, fast eifrig mit ihrem selbstsicheren, etwas oberlastigen Gang. Die beiden kamen auf Jimmy zu. Er zuckte zurück, doch sie wandten sich der anderen Garagenseite zu.

Im selben Augenblick richtete sich der Mann neben dem Fahrradunterstand halb auf und schleuderte einen runden Gegenstand gegen das Haus. Er prallte gegen das Haus und wirbelte zischend zu Boden. Jimmy warf sich hastig ins Gras. Benommen erhob er sich wieder und sah, daß aus der Bombe eine Nebelwolke auf das Haus zuwehte: Tränengas. Und hinter den Büschen rückten mehrere Gestalten in geschlossener Linie vor. Rettung oder Gefangennahme nahte für alle miteinander!

Jimmy lief hastig hinter die Garage zurück und sah, daß Rachel und der hagere Mann den Hubschrauber bestiegen hatten. Gerade, als er aus der Deckung heraus auf den Platz stürzte, erwachte der Motor brüllend zum Leben, und die Rotorblätter setzten sich in Bewegung. Der Mann am Steuer blickte vom Armaturenbrett auf, riß seine Waffe hoch und gab blindlings einen Schuß auf Jimmy ab. Jimmy warf die Latte fort und wich zur Seite aus. Geduckt eilte er zur anderen Seite des Hubschraubers, packte den Haltegriff und schrie Rachel durch den Lärm hindurch zu:

»Spring 'raus! Spring 'raus! Die Rettungsmannschaft ist hier! Sie sind gerade angekommen!«

Er glaubte, gehört zu haben, wie sie sagte: »Ich gehe mit diesem Mann.«

»Er muß einer von Bourgoynes Leuten sein! Spring 'raus, um Gottes willen! Die Rettung naht! Rachel!«

Der Motorlärm schwoll an. Ein heftiger Luftstoß erschütterte Jimmy.

In dem Augenblick, als sich der Hubschrauber in die Luft hob, setzte Jimmy den Fuß auf das Trittbrett. Im nächsten Augenblick schwebte er in der Luft. Rachel machte keine Anstalten, sich von der Stelle zu rühren. Der hagere Mann schrie etwas. Jimmy schrie ebenfalls. Ein benommener Blick zeigte ihm, daß auf dem Dach des Hauses jemand stand und etwas brüllte. Kugeln pfiffen durch die Luft. Der Motor dröhnte. Jimmys Schreie übertönten das ganze übrige Getöse.

Schlingernd unter seiner ungleich verteilten Ladung, hob sich der Hubschrauber mit widerstrebenden Krabbenbewegungen über die Garage und verfehlte nur um Haaresbreite ihr Dach. Verbissen klammerte sich Jimmy fest und schrie. Er sah, wie sich der hagere Mann, dessen dunkles, schmales Gesicht wutverzerrt war, über Rachel beugte und mit dem Pistolenknauf zuschlug. Der Hieb traf Jimmys Knöchel.

Sein Griff löste sich. Als er fiel, entfernte sich der Hubschrauber schlingernd. Im nächsten Augenblick landete er unsanft in dem altertümlichen Heukarren zwischen Petersilie und Nesseln. Unter dem plötzlichen Stoß brachen die Achsen des Karrens, die Räder spreizten sich auseinander, und die Unterseite des Wagens krachte auf das Kopfsteinpflaster. Die überstürzte Flucht der Ratten wurde von einer aufquellenden Wolke von Heuteilchen, die den Blick völlig trübte, verdeckt.

XIV. Camera Obskura

Feierlich stellte Mrs. Pidney den Pudding auf den Tisch in der Eßnische und arrangierte, während sie vor sich hinplapperte, die Papierkrause um den Teller, so wie ein Trauernder, der angesichts des Sarges, der in die Erde hinuntergelassen wird, seine Krawatte zurechtrückt.

»So etwas hätte ihm nie passieren dürfen«, sagte sie. »Ein so netter, liebenswerter junger Mann. Aber da haben wir's mal wieder – wie immer steckte eine Frau dahinter. Scherschee la femme, wie Mr. Pidney sagen würde.«

»Sie muß ein entsetzliches Biest gewesen sein«, pflichtete Alyson ihr bei. »Entsetzlich«, wiederholte Mrs. Pidney nachdrücklich. Kopfschüttelnd warf sie einen Blick auf Jimmys Schlafzimmertür. »Und nun liegt der arme Jimmy Solent dort drinnen ... Ich habe alle Hände voll zu tun, die Reporter abzuwimmeln; sie haben keine Spur von Anstand im Leib.«

»Er ist nur erschöpft«, erklärte Alyson. Aus Mrs. Pidneys Tonfall hätte man eher schließen können, daß er auf der Totenbahre lag, als schlafend in seinem Bett. »Die Polizei hat ihn vier Stunden lang ausgefragt.«

»Und sein Bild war in der Zeitung und all das«, sagte Mrs. Pidney und schüttelte gequält ihren Haarwust. »Man stelle sich vor, keiner von uns hatte auch nur die *geringste* Ahnung, was vor sich ging, wo wir doch unter einem Dach mit ihm wohnen. Er schien sich immer so gut mit Ihnen zu verstehen, meine Liebe. Es wundert mich, daß er Ihnen nichts erzählt hat.«

»Er war ziemlich in sich gekehrt in letzter Zeit«, sagte Alyson unbehaglich.

»Tja, ich sage es ja immer, jeder Mensch braucht jemanden, mit dem er über den Sex reden kann, egal wer. Es ist wie ein Ventil. Darum lobe ich auch die Nonnenjäger, wie die Jungs sie nennen, so sehr; sie geben den Leuten Gelegenheit, ihre Probleme herauszulassen.«

»Sie haben Jimmy ziemlich in Schwierigkeiten gebracht, Mrs. Pidney.«

»Vielleicht. Aber wenn sich alle daran gewöhnt haben, werden sie ein wahrer Segen sein, Sie werden sehen. Ich bin ja so froh, daß Sie sich Ihren rechtzeitig haben einsetzen lassen, meine Liebe – er steht Ihnen, wissen Sie, paßt gut zu Ihrer Gesichtsfarbe. Und ich habe gesehen, daß Sie ihn angeleuchtet haben, als er von der Polizei gebracht wurde.«

Der Ausdruck des Unbehagens in Alysons Gesicht vertiefte sich.

»Ich bin im Augenblick in einer ziemlich unangenehmen Situation«, sagte sie. »Ich fürchte, ich habe beiden Solents gegenüber Verpflichtungen.«

Mrs. Pidney wartete gespannt auf weitere Aufklärung. Als sie merkte, daß nichts mehr folgen würde, sagte sie: »Wenn Ihnen je danach ist, mit mir darüber zu reden, stehe ich Ihnen immer zur Verfügung. Ich bin sehr tolerant. Man kann sich manchen Leuten anvertrauen und manchen nicht, finde ich, und niemand weiß, warum man es dem einen erzählt und dem anderen nicht. Ich sage ja, die meisten Leute haben jemanden, mit dem sie über solche Sachen reden können; das Komische ist nur, das ist nicht immer der Mensch, den sie heiraten, bei weitem nicht, und ich muß es ja wissen.«

Als sie gegangen war, blieb Alyson untätig im Wohnzimmer sitzen. Sie kämpfte gegen die aufsteigenden Tränen an. Es war Montag nachmittag, und sie war an diesem Tag nicht zur Arbeit gegangen.

Ein Geräusch ließ sie herumfahren. Jimmy stand im Schlafanzug auf der Schwelle seines Zimmers. Er gähnte, räkelte sich und lächelte ihr zu. Ihre GAs begannen zu leuchten.

»Wie spät ist es, Alyson?« fragte er. »Meine Uhr ist stehengeblieben.«

»Es ist halb vier und höchste Zeit, daß du aufstehst. Wie geht es dir, mein Liebling? Was machen die Beulen? Hast du Hunger?«

»Ja. Ja, ich merke gerade, daß ich heißhungrig bin. Und ansonsten nur ein wenig steif. Mein Hintern ist grün und blau.«

»Mrs. Pidney hat gerade einen Pudding für dich heraufgebracht. Sie ist furchtbar besorgt um dich.«

»Wie lieb von ihr. Was ist in der Speisekammer?«

»Eine Apfelpastete, die ich gestern gebacken habe.«

»Mit sechs Nelken?«

»Mit sechs Nelken, wie gewöhnlich.«

»Du bist ein Schatz, Alyson. Ich würde lieber die Pastete essen als den Pudding. Komm setz dich zu mir und unterhalte dich mit mir, während ich esse.«

»Es tut mir leid, Jimmy, ich habe eigentlich keine Zeit, mich aufzuhalten. Ich bin im Begriff zu gehen.«

»Ach so. Du klingst ziemlich zugeknöpft, Alyson. Ist irgend etwas los? – Ich meine, abgesehen davon, daß ich mich wegen dieser Norman zum Narren gemacht habe?«

»Abgesehen davon, nein.«

Nicht völlig zufriedengestellt mit ihrer Antwort, holte Jimmy die herrliche Apfelpastete und begann zu essen. Er beobachtete Alyson aus den Augenwinkeln und sah, daß sie ihren Aufbruch hinauszögerte, anstatt sich zum Gehen zu schicken. Er legte die Gabel nieder.

»Du brauchst mir nichts vorzumachen, Alyson«, sagte er. »Was bedrückt dich?«

»Nichts«, sagte sie. »Es sind nur die Nerven. Ich bin eigentlich auf dem Weg in die Merrick-Kind-Klinik. Du weißt, ich habe Vincent einen Besuch versprochen.«

»Vincent Merricks neue Versuchsklinik?« sagte Jimmy. »Meine Güte, das hatte ich in der Aufregung völlig vergessen – er hat uns beide eingeladen, stimmt's?«

»Unter den gegebenen Umständen wird er dir sicher keinen Vorwurf machen, wenn du nicht kommst.«

Jimmy warf Alyson einen forschenden Blick zu. Zum ersten Mal wurde ihm bewußt, wie ängstlich sie wirkte. Ständig gibt es etwas Neues zu enträtseln, dachte er müde.

»Hättest du gern, daß ich mitkomme? Ein paar Probleme meiner Mitmenschen würden mich jetzt außerordentlich beleben!«

Jimmy gefiel die Art, wie ihre Augen aufleuchteten, außerordentlich.

»Ich warte auf dich, wenn du sicher bist, daß dir danach zumute ist«, sagte sie eifrig.

»Es ist wahrscheinlich das letztemal, daß ich hier esse«, sagte Jimmy, als Alyson sich zu ihm an den Tisch setzte. »In dem Haus, in dem Donald Hortense wohnt, ist ein Zimmer frei, und ich werde heute abend dort einziehen. Ich kann so lange dort bleiben, bis ich etwas Hübscheres gefunden habe.«

Ebenso wie Alyson vermied er es, Aubrey zu erwähnen. Sie verfielen in unbehagliches Schweigen. Jimmy begann, ihr Einzelheiten seines ereignisreichen Wochenendes zu erzählen, die er in der Nacht zuvor ausgelassen hatte. Plötzlich brach er mitten im Satz ab.

»Aber hier sitze ich und rede ... sag mir, Alyson, was geht vor in der großen, weiten Welt? Warum bist du nicht an der Arbeit? Ist die Revolution über das Land hereingebrochen?«

»Über England? Aber nein, natürlich nicht! Ich bin nur deshalb nicht zur Arbeit gegangen, um hier sein zu können, wenn ich gebraucht werde. Nein, Jimmy, der Zusammenbruch deines Heuwagens war ziemlich gut abgestimmt mit dem Zusammenbruch des organisierten Widerstandes gegen die Gefühls-Anzeiger. Bourgoynes Haus wurde von regierungstreuen Truppen umstellt, Hauptmann Biggs wird eine Auszeichnung erhalten und befördert werden, dein kleiner Freund Guy wurde befreit, alle anderen festgenommen – außer Bourgoyne. Ihm gelang es, im Wagen zu entkommen, aber er wurde heute morgen in Deal geschnappt. Eine spannende Geschichte, wirklich.«

»Und der Hubschrauber? Was ist mit dem Hubschrauber passiert?«

Alyson lächelte säuerlich. »Er wurde etwa eine Meile entfernt verlassen auf einem Acker gefunden. Von den Insassen ist noch immer keine Spur gefunden worden.«

Jimmy nahm sich noch ein Stück Pastete und erkundigte sich zartfühlend nach dem Zustand des Landes im allgemeinen.

»Ach, nachdem der Versuch eines Überraschungshandstreiches über das Wochenende gescheitert ist, glaube ich nicht, daß noch etwas Aufsehenerregendes passiert. Schließlich sind die Unruhestifter aus den Reihen der Armee inzwischen erschossen oder verhaftet. Es gab über zweihundert Tote gestern. Die Sache in Amersham war ein Sturm im Wasserglas verglichen mit der Schlacht in Glasgow; du mußt die Zeitungen lesen, wenn wir von Vincent zurückkommen.«

Ihr Nagellack war abgesplittert, ihr Rock zerknittert. Obwohl sie jetzt sorglos plauderte, merkte er, daß sie innerlich noch immer gespannt war. Ein Verlangen, um den Tisch herum zu ihr zu gehen, allen Kummer in Liebe und tröstlicher Umarmung zu ersticken, bestürmte ihn, aber er war sich noch nicht sicher genug, wie sie zueinander standen.

Als er fertig war mit Essen, erhob er sich.

»Ich muß Mrs. Wolf anrufen, bevor wir gehen«, sagte er.

»Sie hat schon zweimal hier angerufen heute, einmal nach dem Mittagessen.«

»Meine Güte, was hat sie gesagt, Alyson? War alles in Ordnung mit ihr?«

»Um die Wahrheit zu sagen, Jimmy, mir hat der Klang ihrer Stimme nicht besonders gefallen. Sie schien den Tod ihres Mannes sehr leicht zu nehmen.«

»Niemand außer mir liebt diese Frau«, sagte Jimmy, indem er das Telephon ansteuerte. Als er den Blick sah, den seine Bemerkung in Alysons Augen hervorgerufen hatte, fügte er hastig hinzu: »Und vergiß nicht, daß sie zwanzig Jahre älter ist als ich.«

Er wählte die Nummer der IBA. Mrs. Charteris verband ihn mit Mrs. Wolf. Ein unversiegbarer Redeschwall ergoß sich aus der Sprechmuschel. Mrs. Wolf bat Jimmy um Entschuldigung wegen des entsetzlichen Wochenendes. Sie sagte, daß sie das Haus wahrscheinlich verkaufen würde, daß sie ihre Mutter, Mrs. Crinbolt, nach Hause geschickt hatte, daß ein netter junger

Mann von der Royal Air Force sie aus dem Badezimmer befreit hatte, daß sie unbedingt zur Arbeit hatte gehen müssen, um der furchtbaren Atmosphäre zu entrinnen, daß sie hoffte, Jimmy ginge es gut, daß selbst Bloody Trefisick nett zu ihr gewesen sei, daß vor dem IBA-Gebäude geschossen worden sei, daß Jimmys Koffer sich bei ihr in Sicherheit befände, daß der liebe Conrad schließlich wegen einer leichten Erkältung beschlossen hatte, nicht am GEFG-Protestmarsch nach Chequers teilzunehmen, daß er sich persönlich an ihrer Zukunft interessiert gezeigt hatte, daß er gesagt hatte, sie solle nicht vergessen, daß er im Gefängnis an sie denken würde, und daß, hätte er einen GA, dieser ganz ohne Zweifel Gefühle für das Mitglied seines Mitarbeiterstabes anzeigen würde, das er am meisten schätzte.

Selbst völlig außer Atem, legte Jimmy den Hörer schließlich auf.

»Sie heiratet Scryban, unseren Verwaltungsdirektor; damit bin ich aus dem Schneider«, sagte er.

»Was, heute?« rief Alyson überrascht aus.

»Nein, du Dummchen, nach der Beerdigung.«

Anschließend rasierte er sich und kleidete sich an.

Etwa zwanzig Minuten später war er aufbruchbereit. Als sie sich auf den Weg machten, hätte Jimmy Alyson gern am Arm genommen, doch er tat es nicht.

Alyson plauderte fröhlich auf dem Weg zur Bushaltestelle, doch er spürte, daß sie insgeheim noch immer verwirrt war und daß der Grund für die Verwirrung nicht bei ihm lag. Als ihm seine momentane Klarsicht bewußt wurde, fragte sich Jimmy, wie viele andere solcher Fähigkeiten ausgestorben waren, seit der Mensch begonnen hatte, seinen Intellekt zu verfeinern, und ob nicht insbesondere die immer eingehendere Beschäftigung mit dem Menschen als psychosomatischer Einheit dieselben komplizierten Vorgänge, die zu erforschen sie sich vorgenommen hatte, beeinträchtigte. Vielleicht hatte Jimmy Solent in diesem Moment einen, wenn auch nur undeutlichen, Ausblick auf die Zukunft, in der wir heute leben und in der GAs ebenso selbstverständlich sind wie die Stirn, auf der sie sitzen. Denn unter der ungeheuren Beachtung, die die Gefühlsäußerung seit der Erfindung des GA erfahren hat, ist die sexuelle Betätigung auf ein nie dagewesenes Mindestmaß abgesunken, und die Geburtenraten haben sich überall erheblich verringert. Eine positive Folge dieser Entwicklung ist, daß die weltweite Hungersnot, die in den vierziger und fünfziger Jahren so beharrlich und genüßlich vorhergesagt wurde, wie Utopia auf unbestimmte Zeit verschoben war.

In diesem Jahr dauerte die Touristensaison länger als gewöhnlich. In den Londoner Straßen wimmelte es noch immer von müßiggängerischen Menschenmassen aus Toronto oder Triest. Ein Fliegender Händler, der GA-Attrappen verkaufte, die mit einem Gummiband am Kopf befestigt wurden, machte gute Geschäfte mit den Besuchern von Übersee. Als sie an einem Aktualitätenkino vorüberkamen, betrachtete Jimmy neugierig das Plakat, das davor angeschlagen war. Unter der rätselhaften Überschrift: BROWN: ZWEITES OVALES JAHRHUNDERT hieß es in einer zweiten Schlagzeile: GEFG-GRUPPE GESCHEITERT. Wehmütig dachte Jimmy: ›Das sollte ich mir ansehen; wenn ich mich ein einziges Mal in den Gang der Geschichte einschalte, scheitere ich auch.‹

Merricks Klinik wirkte, obgleich in einem beliebten Viertel der Stadt gelegen, von außen entwaffnend alltäglich. Wenn die Hölle eine Stadt wie London ist, so folgt daraus, daß das Fegefeuer einem Haus in Mayfair ähneln müßte. Selbst das blendende neue Schild am Eingang machte klar, daß die Vincent Merrick-C. B. Kind-Klinik für Sozioethale Therapie wenig dazu beitrug, sie darüber aufzuklären, was sie erwartete. Alyson und Jimmy traten ein und wurden in ein Wartezimmer geführt.

Alysons Unruhe nahm merklich zu. Sie stand an dem einzigen Fenster in der weißgekalkten Wand, blickte hinaus und trommelte mit den Fingern auf die Fensterbank.

Jimmy trat an ihre Seite und sagte: »Wir müssen nicht hierbleiben, wenn dich die Atmosphäre nervös macht.«

Sie wandte sich um und legte ihre Hände in die seinen.

»Ich muß bleiben, Jimmy«, sagte sie. »Weißt du, ich habe Aubrey überredet, herzukommen. Er müßte eigentlich schon hier sein.«

»Oh ja, das macht die Sache natürlich ziemlich schwierig. Warum hast du ihn hierher gebeten? Er kennt Merrick nicht. Wir werden nur streiten; du wißt doch, daß er wütend auf mich ist, seitdem er festgestellt hat, daß wir beide –«

»Aubrey kommt zur Behandlung hierher«, erklärte Alyson.

Es blieb keine Zeit für weitere Erklärungen. Die Tür öffnete sich, und Merrick trat mit seinem gewohnten sicheren Schritt ein. Seine dicken Brillengläser funkelten. Seine Gegenwart wirkte spürbar ermutigend. Er drückte Alyson warm die Hand, bevor er sich an Jimmy wandte.

»Ich muß Ihnen meinen Glückwunsch aussprechen für die Tapferkeit, die Sie in den unglücklichen Ereignissen des gestrigen Tages gezeigt haben«, sagte er. »Ich bin entzückt, daß Sie sich dennoch in der Lage fühlen, heute hierher zu kommen.«

»Nur ein paar Beulen hier und da. Darf ich fragen, wie Sie von meinem unwesentlichen Beitrag zum Verlauf der Dinge erfahren haben?«

»Es wurde mir privat von jemandem mitgeteilt, der sich zur Zeit hier im Haus aufhält«, erklärte Merrick geheimnisvoll. »Ich hoffe sehr, daß Sie beide bald einmal einen Ausflug mit Jasmine und mir machen und uns alles darüber erzählen werden.«

Jimmy wußte nicht recht, ob ihm diese Vorstellung gefiel oder nicht.

»Ist die Lage im Land denn so gesichert, daß es möglich ist, vorauszuplanen?« fragte er.

Merrick lachte freundlich, ein angenehmes, vertrauenerweckendes Lachen, und hielt Alyson und Jimmy sein Zigarettenetui hin.

»Vollkommen«, sagte er. »Vollkommen. Ich bin überzeugt, daß das Entwicklungsmuster der nächsten paar Jahre mit einiger Zuversicht vorausgesagt werden kann. Alles Neue wird in Frage gestellt: das ist zugleich unvermeidlich und vernünftig. Genauso war es vor einigen Jahren – Sie beide gingen damals noch zur Schule – mit der Einführung des Fernsehens. Alle möglichen unerwarteten Nebenwirkungen, die ihre Ursache in ständig vorhandenen gesellschaftlichen Faktoren haben, wie zum Beispiel in ungleich verteiltem Einkommen und in Klassenunterschieden, machen sich bemerkbar. Aber ihr Ausdruck selbst – und wir müssen die Ereignisse des vergangenen Wochenendes als einen solchen Ausdruck betrachten – zerstreut sie bereits und ist im Grunde genommen der erste Schritt hin zur Annahme der jeweiligen Neuerung. Nein, der GA ist eine vollendete Tatsache; worauf wir nun achten müssen, sind die unwesentlichen Störungen, die die Zeit der Gewöhnung mit sich bringt. Und diese Klinik, vermute ich, wird in der Lage sein, mit den meisten davon fertigzuwerden.«

Merrick wollte noch etwas hinzufügen, doch Alyson unterbrach ihn, einen gequälten Ausdruck in den Augen, mit einer Frage nach Aubrey.

»Meine liebe Miß Youngfield, Sie brauchen sich überhaupt keine Sorgen zu machen«, erklärte Merrick beschwichtigend. »Ihr Verlobter ist hier. Er ist bereits untersucht worden und unterzieht sich in diesem Augenblick unserer Sozioethal-Therapie. Mein Kollege, Mr. Kind, und ich, wir haben beide mit ihm gesprochen, und wir sind übereinstimmend der Meinung, daß seiner augenblicklichen Verfassung mit den Mitteln der Therapie leicht beizukommen ist.

»Meine Mittel schienen dazu weniger geeignet«, sagte Alyson verlegen. Sie senkte den Kopf, um den fragenden Blicken auszuweichen, die Jimmy ihr zuwarf.

»Aubrey Solents Impotenz ist eine recht gewöhnliche Form dieser Störung«, erklärte Merrick. »Wie ich Ihnen schon sagte, ist es in keiner Weise ein Spiegel Ihrer – wunderbaren Qualitäten.«

»Impotent! Aubrey impotent!« rief Jimmy aus. »Das glaube ich nicht! Ich glaube Ihnen kein Wort!«

»Ihre Stellung war vielleicht weniger geeignet, der Wahrheit auf den Grund zu kommen, als die von Miß Youngfield«, sagte Merrick sanft. »Der Zustand ist in jedem Fall vorübergehend. Und nun will ich Ihnen, wenn Sie mir bitte folgen wollen, meinen Partner in diesem abenteuerlichen Unterfangen, Mr. Kind, vorstellen.«

Mr. Kind, Mr. Croolter B. Kind, war ein aus dem Priesterstand entlassener kanadischer Psychiater mit außerordentlich fortschrittlichen Vorstellungen und einem leichten Stottern. Er trug, zu ihrer Überraschung, einen Harlekin-Pullover mit einem großen, aufgenähten K auf dem Rücken und eine schwarze Nadelstreifenhose. Er begrüßte Alyson und Jimmy herzlich, verlor allerdings ein wenig von seiner Herzlichkeit, als er erfuhr, daß sie nicht zur Behandlung gekommen waren.

»Verzeihung«, lachte er reumütig und kratzte sich an seinem Bürstenkopf. »Ich dachte, Sie gehören zu den Obskuren, nicht zu den K-k-k-klaren, wie wir es ausdrücken. Nun, Vinces Freunde sind auch meine Freunde. Unsere Einrichtung ist übrigens bemerkenswert, und wenn Sie einen geliebten Menschen hier haben, der sich der Behandlung unterzieht – wir nennen sie K-k-k-klärung –, dann k-k-k-kommen Sie doch mit und werfen Sie einen Blick in die Sitzung.«

Vincent Merrick nickte zustimmend.

»Ja«, sagte er. »Ich glaube, das würde Sie interessieren, zumal Sie intelligente junge Menschen sind. Sie finden es anfangs sicherlich recht überraschend; die Sozioethal-Therapie ist ziemlich revolutionär.«

»Ach, wir pumpen sie voll Dope, dann lassen sie alles über sich ergehen, ohne mit der Wimper zu zucken«, sagte Mr. Kind, indem er die Schwingtür zum Behandlungszimmer für sie aufhielt. »K-k-k-kommen Sie nur herein, dann bringen wir Sie in Fahrt.«

Im Behandlungszimmer angekommen, wählte er eine Hypodermspritze aus und begann, eine Flüssigkeit aus einer kleinen Phiole aufzuziehen. Merrick, der die Unentschlossenheit in Alysons und Jimmys Gesichtern sah, legte ihnen die Hände auf die Ellbogen und führte sie sanft in den Raum hinein. Eine feierliche Ausstrahlung ging von ihm aus.

»Es wird Ihnen nicht wehtun«, versicherte er. »Es handelt sich um eine kürzlich von uns entwickelte Droge, die wir Peyocalan nennen. Sie wurde ursprünglich aus dem Peyotl-Kaktus gewonnen. Es ist ein harmloses Rauschmittel, das in Ihnen ein Gefühl der Zurückgezogenheit und Gleichgültigkeit gegen Ihre Umgebung hervorrufen wird. Eine geringe Injektionsdosis wäre empfehlenswert; auf den ersten Blick wirkt unsere Behandlung, wie ich schon sagte, etwas befremdlich, wenn man sich nicht vorher einer kleinen Stärkung unterzieht.«

Jimmy verspürte wieder das Gefühl der Hilflosigkeit, das ihn immer in der Gegenwart von Menschen überkam, die mehr über sein Innenleben wußten als er selbst, und er fragte mit einem Anflug von gequältem Humor: »Sollen wir die Arme oder das Hinterteil freimachen?«

»Das bleibt Ihnen überlassen«, sagte Kind. »Uns ist das gleichgültig.«

Er setzte die Nadel an, dann drückte er versuchsweise ein Tröpfchen Peyocalan heraus. Alyson und Jimmy hatten sich für die Injektion in den Arm entschieden. Kind tupfte das Blut mit Watte von den Einstichen und sagte: »Also los, kommen Sie. Hier entlang zur Kuriositätenschau. Halten Sie bitte Ihre Eintrittskarten bereit.«

Merrick führte sie durch den Gang zu einer schalldichten Tür. Sie betraten den Raum und befanden sich in einem Kino. »Das Programm hat soeben begonnen«, sagte Merrick mit einem Blick auf die Leinwand. Zwischen diesem und einem normalen Kino bestanden einige Unterschiede. Sie hatten direkt die Loge betreten, die mit dicken Glasscheiben vom übrigen Zuschauerraum abgetrennt war und nur sechs bequeme Sessel enthielt. Unten im Parkett boten etwa dreißig Sitze, von denen gegenwärtig nur etwa die Hälfte besetzt waren, den ›Obskuren‹, den Leidenden, die sich der Merrick-Kind-Therapie unterzogen, Platz.

Die Gesichter der ›Obskuren‹ waren von Halbmasken verdeckt, und sie trugen Pullover mit großen, aufgenähten Buchstaben, so daß Jimmy sich an eine Harvard-Fußballmannschaft erinnert fühlte, die im Begriff ist, einen Maskenball zu besuchen. Der Parkettraum, in dem diese Menschen saßen, war anstelle der üppigen ocker- und orangefarbenen Stuckarbeiten, die üblicherweise die Innenräume der Kinos zieren, schwarz drapiert. Doch der Punkt, an dem der Raum am radikalsten mit dem Herkömmlichen brach, war die Tatsache, daß es vier Leinwände nebeneinander gab.

Auf jede der Leinwände wurde ein anderer Film projiziert. Die dreißig Sitze drehten sich jeder auf einer eigenen Achse, so daß die Zuschauer jeden Film mit gleicher Leichtigkeit betrachten konnten. Sie rotierten langsam und ununterbrochen.

Ein merkwürdiger Zustand, der dem Gefühl nach dem Liebesakt glich, begann Jimmy zu beschleichen: eine Mischung aus Lethargie und Leichtigkeit. Das Peyocalan begann zu wirken. Mit Augen, die so ausdruckslos waren wie die Bullaugen einer Taucherkugel, die in die unheimlichen Tiefen des Ozeans blikken, betrachtete er gleichgültig die Leinwände, auf denen Männer und Frauen, die ebenso unter Druck standen wie die Bewohner der Tiefsee, tausend Demütigungen und Verrenkungen über sich ergehen ließen. Mal paarweise, dann wieder allein und gelegentlich in ernsten Gruppen füllte das Menschengeschlecht vier Leinwände mit seinen Windungen auf der Suche nach Erfüllung. Mit verblüffter Ernsthaftigkeit murmelte Jimmy vor sich hin: »Ja, ja, ja ... Das ist furchtbar wichtig.«

»Diese Loge ist schalldicht, ich kann Ihnen also einiges von dem, was da unten vorgeht, erklären«, sagte Merrick. Die Stimme erreichte sie aus einer hundert Lichtjahre entfernten Weite und hallte unheimlich in Jimmys Ohren nach. »Grundsätzlich befaßt sich die Heilung der Psyche natürlich immer mit dem Versuch, das Individuum mit sich selbst in Einklang zu bringen. Viele Individuen sind auf Hilfe angewiesen, um dieses Gleichgewicht zu erlangen; Croolter und ich bieten diese Hilfe an. Aber wir bieten darüber hinaus noch viel mehr an – und hier, darin werden Sie mir zustimmen, findet der revolutionäre Teil unserer Behandlung Eingang. Überall auf der Welt werden psychisch Kranke mit dem Schildchen ›geheilt‹ von ihren Psychiatern in die Welt zurück entlassen. Sie *sind* geheilt in dem Sinne, daß sie mit sich selbst im Einklang sind, aber sie stehen nicht im Einklang mit den Menschen um sie herum; sie empfinden die Welt als Mahlwerk. Die zufälligen Zusammenstöße mit diesen anderen Persönlichkeiten bringt sie wieder aus dem Gleichgewicht, und unversehens stehen sie wieder vor der Tür und bitten um Wiederaufnahme in die Behandlung.

Wir haben das geändert; an diesem Punkt wird die Sozioethal-Therapie eingesetzt. Hier in diesem Kino zeigen wir unseren Obskuren (so genannt, weil ihre Sicht des äußeren Objekts getrübt ist), daß es in der Welt von Idiosynkrasien nur so wimmelt – Perversionen ist das Wort, das Ihnen vielleicht vertrauter ist –, von denen viele wesentlich schwerwiegender sind als ihre eigenen. Das ist es, was sie in bezug auf die Weltmühle begreifen müssen. Wenn sie das einmal als unwiderlegbare Tatsache erkannt und angenommen haben, sind sie angemessen darauf vorbereitet, sich aufeinander einzustellen und einander zu akzeptieren. Am Ende des Kurses sind sie völlig andere Wesen. Jetzt sehen Sie sich die Szenen auf der zweiten Leinwand an und schauen Sie, ob das nicht die faszinierendste ...«

Der ehrbare kleine Mann mit Kneifer kroch durch Hotelzimmer, zerwühlte die Betten, wählte Kissen nach ihrem Geruch aus, zog die Kissenbezüge ab und nahm sie verstohlen mit sich, bis er sechs davon gesammelt hatte. Seine Nase zuckte unbeherrscht. Nun fesselte er verschiedene Körperteile fest mit den Kissenbezügen, fiel auf Hände und Knie nieder und kroch in den sechsten Bezug hinein.

Auf den angrenzenden Leinwänden verpaßte ein raffiniert mit einer Wäschemangel verbundener Apparat einer Frau die Schläge ihres Lebens, tanzte eine merkwürdige Gestalt in weißem Nachthemd und Gummistiefeln, streichelte ein fünfzehnjähriger

Junge einen deutschen Schäferhund und lächelte entrückt.

Wellen abartiger Erotik überschwemmten die Zuschauer, ertränkten sie wie ein Windstoß aus einem indischen Dorf, wie überschäumende Wassermassen aus einem Tintenfisch-Brutbekken. Es fiel schwer zu glauben, daß aus diesem abscheulichen Chaos eine ausgeglichene Welt hervorgehen sollte.

»Was Sie erfassen müssen«, erklärte Merrick, indem er einen Blick auf die fischhaften, hypnotisierten Gesichtszüge von Alyson und Jimmy warf, »ist die Tatsache, daß diese Bilder in einer engen Beziehung zu dem stehen, was Sie als die normale Welt betrachten. Sie sind lediglich eine leicht überzogene Parodie darauf. Der Mensch verfügt über einen freien Willen, aber er ist auch den verschiedensten Zwängen ausgesetzt. Einige der Zwänge werden von unserer gegenwärtigen Gesellschaft akzeptiert, viele wiederum nicht. Was ich zu erleben hoffe – und was die GAs vielleicht mit sich bringen werden –, ist eine Zersetzung der gegenwärtigen Gesellschaft. Aber sie muß langsam vor sich gehen, nicht überstürzt, wie der Versuch der GEFG, die Gesellschaft zu zerschlagen, was unweigerlich ein wirtschaftliches Chaos nach sich ziehen würde.

Ich glaube fest daran, daß wir Zeugen eines *evolutionären* Zerfalls sein werden. Die Gesellschaft wird sich in einer Form neu gestalten, die mehr in Übereinstimmung mit der Wirklichkeit steht; es ist unvermeidlich – wenn alle Menschen täglich durch den GA einen Einblick in die Funktionsweise des Sex bekommen. Unwissen, nicht Moralgefühl schafft Tabus.«

»Hm ... Furchtbar wichtig«, murmelte Jimmy. Er hatte kaum ein Wort aufgenommen, so sehr war er bemüht, sich auf die Verrenkungen einer monströsen Negerin und eines kahlköpfigen Mannes mit Strumpfhaltern zu konzentrieren.

»Furchtbar wichtig, aber es gefällt mir nicht«, seufzte Alyson.

In dem stickigen Dunkel hinter ihren Sitzen lauerte das muffig-muntere Gesicht von Merricks Partner. Er nickte mit seinem Bürstenkopf zu der vierfachen Leinwand hin.

»Diese außerordentlich interessanten Filme werden nur an Mitglieder des Medizinerstandes ausgegeben«, erklärte Croolter B. Kind. »Sie haben ohne Zweifel schon von der großartigen Vereinigung gehört, die sich AA, Anonyme Alkoholiker, nennt und allen denjenigen hilft, die dem Alkohol verfallen sind. Diese Filme sind von einer ebenso mutigen Gruppe gedreht, die sich als PP bezeichnet, Perverse Pseudonym. Ihre Obskuren stellen ihre Idiosynkrasien vor der Kamera dar.«

Vor den wechselnden Bildern auf der Leinwand drehten sich die fünfzehn Obskuren der Klinik wie Hähnchen auf dem Bratspieß, als würden sie von einem modernen Dante gelenkt. Mit zwei Ausnahmen trugen sie alle ihre GAs, die in dem Maße, in dem ihre Träger auf die wechselnden Reize von der Leinwand reagierten, flackerten und blinkten, leuchteten und wieder verloschen. Sie erinnerten an rote Suchscheinwerfer, die feindliche Bomber auszumachen versuchten. Um das hektische Durcheinander des Schauspiels noch zu erhöhen, zuckten einige der Obskuren bei bestimmten Szenen heftig oder deuteten auf Bilder, die ihre verwirrten Gene besonders erregten. Unverhofft drängten sich zwei Zeilen aus Merediths ›Modern Love‹ in Jimmys benommenes Bewußtsein:

You burly lovers on the village green
Yours is a lower, and a happier star!

Nun waren die Dorfanger verlassen, oder es standen Wohnblocks darauf, und die kräftigen Liebhaber waren abgemagert und krochen, leuchzend nach Merricks Therapie, herbei. Mit einem Ruck riß sich Jimmy von den Bildern los und sah Alyson an. Ihr Gesicht wurde einen Augenblick lang von dem Licht, das von gewaltigen Schenkeln ausstrahlte, erleuchtet; sie weinte. Bei diesem Anblick wurde Jimmys Kopf augenblicklich wieder klarer. Er hatte vergessen, daß sein eigener Bruder sich auf dem Bratspieß in diesem mächtig angefachten Fegefeuer drehte. Vielleicht war Aubrey Nummer 5, vielleicht auch die Nummer 12, die dort unten in ihrem Sitz still zusammengekauert saß.

Jimmy richtete sich schwerfällig auf, streckte die Hand nach Alyson aus und machte einen unbeholfenen Versuch, sie beschwichtigend zu streicheln.

»So ist's gut, Kinder, schmust ihr nur«, ermunterte sie Croolter. »Die Filme haben diese Wirkung auf viele Leute. Ich kann Ihnen sagen, daß sie auf dem Schwarzmarkt einen enormen Preis erzielen.«

»Ich sollte Ihnen sagen, daß einige der Obskuren dort unten im Zuschauerraum«, nahm Merrick den Faden seiner Erklärung wieder auf, »Vertrauenspositionen in Industrie und Gesellschaft innehaben. Einer von ihnen hat einen bedeutenden Posten im Finanzministerium, einer ist sogar ein Minister. Croolter und ich erkennen an den Nummern, wer wer ist, aber unsere Obskuren kennen sich untereinander nicht.«

»Ich will nichts mehr hören; ich finde es furchtbar – abscheulich – unmenschlich!« stieß Alyson hervor.

»Furchtbar und abscheulich vielleicht«, entgegnete Croolter, »aber nur zu menschlich.« Er kicherte vielsagend.

»Ich möchte jedenfalls hinaus an die frische Luft«, sagte Alyson und erhob sich zitternd. »Und ich möchte Aubrey mitnehmen. Ich bin sicher, daß all das ihm nur schaden kann.«

Jimmy raffte sich auf, erhob sich und trat zu ihr. Als er ihren Arm nahm, merkte er, wie heftig sie zitterte.

»Bitte, beruhigen Sie sich, Miß Youngfield«, sagte Merrick. »Gehen Sie, wenn Sie es für richtig halten – obwohl es mir sehr leid tun würde, Sie gehen zu sehen – aber Sie müssen mir glauben, wenn ich Ihnen sage, daß Sie schlecht beraten wären, Ihren Verlobten mitzunehmen. Er braucht diese Gelegenheiten, mit seinem Leben ins Reine zu kommen. Sie sollten ihn hier lassen, außer –« Unvermittelt brach er ab.

»Außer, Mr. Merrick?«

»Verzeihen Sie. Was war das für ein Lärm draußen?«

»Ich habe auch etwas gehört«, sagte Croolter. »Es klang wie Schüsse. Jemand hat mir erzählt, daß die Nachricht, daß Bourgoyne im K-k-k-knast sitzt, mehr Unruhe in London ausgelöst hat als all seine angestrengten Bemühungen zuvor; ich werde euch Briten nie begreifen, und wenn ich hundert Jahre alt werde.«

»Das ist Unsinn«, widersprach Merrick. »Natürlich herrscht noch ein wenig Unruhe nach einem so turbulenten Wochenende.«

»Was wollten Sie über Aubrey sagen, Mr. Merrick?« fragte Alyson hartnäckig. Doch Merrick wurde der Antwort enthoben, als ein Helfer die Loge betrat und berichtete, daß sich draußen vor dem Haus ein Lastwagen voll bewaffneter Männer ein Gefecht mit der Polizei lieferten.

Merrick schüttelte den Kopf, als beschlichen ihn ebenfalls gelegentlich leichte Zweifel in bezug auf die Briten.

»Schaffen Sie den Minister lieber aus dem Zuschauerraum hinaus, falls es Schwierigkeiten gibt«, forderte er den Helfer auf und warf einen Blick ins Parkett hinunter, wo seine Suchenden des äußeren Objekts sich noch immer in rötlichem Schein drehten. »Es ist die Nummer 8, und wir können nicht riskieren, ihn zu verlieren. Holen Sie ihn heraus, geben Sie ihm die übliche Dosis Luminal und bringen Sie ihn dann hier herauf.«

»Jawohl, Sir.« Der Helfer machte auf ziemlich schmutzigem Absatz kehrt und entfernte sich eilends.

Draußen peitschte ein einzelner Schuß auf, gefolgt von dem sirrenden Heulen eines Querschlägers. Jimmy, der für einige Zeit genug hatte von Gewehren, sagte unbehaglich: »Was glauben sie denn, was sie mit diesem Krawall erreichen können?«

»Er ist ein notwendiges Ventil für die Krawallmacher«, erklärte Croolter, ohne den Blick von den wechselnden Bildern auf der Leinwand zu nehmen.

»Bourgoynes Ziel war gut«, sagte Alyson plötzlich überraschend. »Die Narren draußen haben alles verdorben. Alle haben es verdorben, und er selbst hat es auch verdorben. Ich werde nie verstehen, warum er keine intelligentere Rückendekkung bekommen hat. Uns scheint es heute unfaßbar, daß vor weniger als zehn Jahren manche Nationen fröhlich ihre Wasserstoffbomben zündeten, ohne daß sich irgendwo ein wirkungsvoller Protest gegen die Gefahren der Spätfolgen dieser Atomexplosionen erhoben hätte. Doch kommende Generationen werden sich nicht weniger darüber wundern, daß wir nicht mehr Aufhebens darüber gemacht haben, daß auf diese Weise im Leben der einzelnen herumgepfuscht wurde. Ich glaube, wir sind alle zu sehr mit den persönlichen Aspekten des Problems befaßt, um die allgemeinen zu erkennen.«

»Ach, Sie sind wirklich altmodisch«, sagte Croolter. »Es war höchste Zeit, so etwas zu erfinden, Süße, lassen Sie sich das von mir gesagt sein.«

»Mir gefällt der Ton nicht, in dem Sie mit Miß Youngfield sprechen«, sagte Jimmy. Er war nicht derselben Meinung wie Alyson, doch er faßte spontane Abneigung gegen jeden anderen, der ihr widersprach, besonders wenn es ein Mensch mit Pullover, Nadelstreifenhosen und Bürstenhaarschnitt war.

»Erlauben Sie, daß ich wiederhole: altmodisch«, sagte Croolter ungerührt. »Sie spricht vom Einmischen in das Leben des einzelnen! Jesus, Mann, seitdem der Homo sapiens sich zu Gruppen und Gesellschaften zusammenschließt, wird das Leben der einzelnen beeinflußt – das heißt, es wird angepaßt. Anpassung bedeutet Sicherheit. Genau darauf wollen wir mit unserer K-k-klinik hinaus, wir wollen den Leuten Sicherheit geben. Sie wären nämlich ganz zufrieden mit ihren kleinen Macken, wenn diese Macken nicht das Problem der Unangepaßtheit mit sich bringen würden.«

»Nimm es dir nicht so zu Herzen, Alyson«, sagte Jimmy. Er hatte die ganze Zeit über besorgt ihr Gesicht beobachtet und gesehen, daß ihre innere Spannung zunahm. »Laß uns gehen, wenn es dir nicht gefällt.«

»Sie können selbstverständlich gerne gehen«, erklärte Merrick. »Die Schießerei scheint aufgehört zu haben.«

»Ja, ich möchte gehen«, entgegnete Alyson, »aber vorher möchte ich wissen, was Sie vorhin über meinen Verlobten sagen wollten. Ich habe das unbestimmte Gefühl, daß es etwas Wichtiges war.«

»Nehmen Sie wieder Platz, meine Liebe«, sagte Merrick geduldig. »Vielleicht ist es wirklich wichtig. Sehen Sie, die Krankheit, unter der Aubrey Solent leidet, ist eine psychische Störung – es ist außerordentlich selten, daß die Ursache für Impotenz in einem physischen Fehler zu suchen ist. Das Minderwertigkeitsgefühl, das diese Störung verursacht hat, zeigt sich selbstverständlich auch in anderen Besonderheiten seines Verhaltens. Er ist reserviert, konservativ, spricht nicht viel über seine Arbeit und paßt sich an, indem er sich erfolgreiche Theateraufführungen ansieht, populäre Bücher liest und jeden Sonntag in die Kirche geht – kurz gesagt, indem er sich das Normverhalten der oberen Mittelklasse zu eigen macht. Und manchmal verrät er sich auch – so zum Beispiel durch seinen Ausbruch gegen eine unangepaßte Gruppe von Homosexuellen, von dem Sie mir erzählt haben, oder indem er Jimmy beschwört, sich Ihnen gegenüber so zu verhalten, als gäbe es keine sexuelle Anziehung.«

»Aber das ist doch alles ein Teil von Aubreys Charakter«, widersprach Jimmy. »Es muß allein in London Hunderte von Menschen wie Aubrey geben.«

»In beiden Punkten stimme ich Ihnen zu«, sagte Merrick verbindlich. »Und diese schwelenden Spannungen sind an die Oberfläche geschwemmt worden, als Aubrey Miß Youngfield begegnete.«

Jimmy wandte sich empört ab – diesen Leuten war nicht beizukommen, sie waren aalglatt. Es war, als versuchte man Euklidsche Geometrie auf einem ständig sich ausdehnenden oder schrumpfenden Gummituch zu betreiben. Als er sich wieder umdrehte, sah er, daß zwei Helfer im Parkett gerade den Sitz des Obskuren Nummer 8 erreicht hatten; an ihren Bewegungen erkannte er, daß die Zuschauer in ihren Sitzen vorsorglich festgebunden waren. Nummer 8 wurde jetzt losgebunden und durch das obszöne, pointilistisch rotgetupfte Dunkel zu einem bewachten Ausgang geschleift. Jimmy, der noch immer leicht benommen war von der Droge, hätte es nicht gewundert, hätten die Helfer einen Pferdefuß gehabt.

Merrick beugte sich zu Alyson hinüber und ergriff mit seiner berufsmäßig fröhlichen Stimme unvermeidlich wieder das Wort.

»Nun sind Sie, Miß Youngfield, eine überaus anziehende junge Dame, wenn ich einmal so sagen darf. Aubrey erkannte das ohne Zweifel gleich bei ihrer ersten Begegnung; mit dem wachsenden Verlangen nach Ihnen kam aber auch die Furcht davor, Ihnen unterlegen zu sein. Es ist eine ausweglose Situation; in der klassischen Formulierung: Er ist sich selbst der ärgste Feind. Er erkannte, daß Sie einfühlsam waren und vielleicht sogar bereit, ihn zu bemuttern. Nein – widersprechen Sie nicht! In jeder Frau steckt eine latente Mutter. Aubrey war klug: er handelte nach einem Muster, das allen Ebenen seines Wesens gelegen kam. Er *erzählte* Ihnen von seiner Schwierigkeit, und er bemühte sich um Ihre Hilfe, er glaubte, sie könnten ihn von seiner Störung heilen. Auf diese Weise stellte er seine Schwäche und seine Stärke gleichzeitig zur Schau, und Sie fielen auf sein Spiel herein.«

»Ich hatte ihn gern«, protestierte Alyson. »Und ich – er tat mir leid; ich hatte Mitleid mit ihm. Ich dachte, ich könnte ihm helfen.«

»Genau. Wie ich schon sagte, Sie ließen sich auf sein Spiel ein«, pflichtete ihr Merrick unbeirrbar bei.

Mittlerweile lauschte Jimmy mit großem Interesse. Nichts erregt unsere Aufmerksamkeit in so großem Maße wie unangenehme Enthüllungen über Mitglieder unserer Familie. Er zuckte kaum merklich zusammen, als sich der Psychoanalytiker ihm zuwandte.

»An diesem Punkt tauchte James Solent in London auf und zog in die Wohnung seines Bruders ein.«

»Und genau da wird es lustig«, warf Croolter schadenfroh aus dem Hintergrund ein.

»Aubreys Fähigkeit zur körperlichen Liebe war bis zu diesem

Zeitpunkt – dank der Geduld und des Feingefühls Miß Youngfields – ganz zu schweigen von ihrer Schönheit – ganz zufriedenstellend gewesen«, fuhr Merrick fort. »Aber er vermutete instinktiv – und nicht zu Unrecht – einen Rivalen in seinem jüngeren Bruder. Er war sich seiner selbst nicht sicher. Er sagte sich: ›Alyson kann mich nicht lieben, denn ich bin ihrer nicht wert; sie bleibt nur aus Mitleid bei mir, also muß es etwas geben, für das sie mich bemitleiden kann.‹ Und von diesem Augenblick wuchsen seine Schwierigkeiten rasch. Das stimmt doch, Miß Youngfield, nicht wahr?«

Alyson nickte wortlos.

»Wenn Sie sich überwinden können, Aubrey zu verlassen«, sagte Merrick, »können wir ihn erfolgreich behandeln, indem wir ihm zeigen, daß seine Ängste unbegründet sind. Indem Sie sich mit Jimmy zusammengetan haben, sind Sie für Aubrey das lebendige Symbol seines Versagens geworden, das wir sobald wie möglich aus seinem Leben entfernen sollten. Übrigens hat er mir bereits gestanden, daß seine Gründe, sich den GA nicht einsetzen zu lassen, hauptsächlich auf der Angst basierten, er könne ihn nicht zum Leuchten bringen, gleichgültig, wie er es rationalisiert hat. Es war ausschließlich diese Angst, die ihn für einige Wochen zum Nonkonformisten im BIL-Lager machte.«

»Da zumindest –« setzte Jimmy zum Sprechen an, als eine laute Detonation das Gebäude unter ihren Füßen erschütterte. Die Glasscheibe, die die Empore vom übrigen Zuschauerraum abtrennte, zeigte einen waagerechten Sprung, doch sie zerbrach nicht. Gleichzeitig begann die Wand im Parkett über der linken Leinwand zu schwanken und zu bersten und stürzte dann langsam nach außen. Das Gebäude bebte noch einmal, als Steine und Mörtel auf die Straße krachten. In der Kinowand war ein drei Quadratmeter großes Loch entstanden. Durch dieses Loch sahen die Beobachter einen gewaltigen Schleier aus Staub und Mörtel aufsteigen; als er sich allmählich auflöste, wurde die Außenwelt sichtbar – oder wenn auch nicht ganz die Außenwelt, so doch ein riesiges Plakat auf der anderen Straßenseite, auf dem über und unter der Skizze einer jungen Frau im Bett die kühne Behauptung zu lesen stand: IN JEDER TASSE VIGACOFF STECKEN NEUN STUNDEN SCHÖNHEITSSCHLAF. Es bildete einen merkwürdigen Gegensatz, fand Jimmy, zu der unteren Körperpartie, die sich in Großaufnahme auf dem Bildschirm direkt daneben wand.

Denn ungeachtet der Explosion liefen die Filme unbeirrt weiter, und die Obskuren blieben gezwungenermaßen in ihren rotierenden Sitzen. Doch das Tageslicht, das durch das Loch in der Wand in den Kinoraum eindrang, ließ die Farben der Filme zu einem matten Braun verblassen; das verlieh ihnen eine anheimelnde, altmodische Ausstrahlung; die in der Nach-Kinsey-Ära entstandenen Werke der PP verwandelten sich in pornographische Postkarten, die nach dem Ersten Weltkrieg aus Marseille eingeführt und dann lange in der verstaubten Schublade eines Büros aufbewahrt worden waren. Die steifen, unbeholfenen Altertümlichkeiten hatten einen zeitgeschichtlichen Charme gewonnen.

Croolter B. Kind erwachte aus seiner Betäubung und sprang auf. Er fuchtelte wild mit den Armen in der Luft.

»Wir werden angegriffen«, rief er. »Überlassen Sie alles nur mir und bewahren Sie Ruhe. Bleiben Sie g-g-g-ganz ruhig! Begeben Sie sich zu den Notausgängen!«

Er eilte mit langen Sätzen aus der Tür, und seine Schritte hallten im Flur. Als sie verklangen, betrat Merricks Helfer die Loge in Begleitung des Obskuren Nummer 8, einer untersetzten Gestalt, die noch immer mit Pullover und Maske ausgestattet war. Er atmete schwer.

»Kein Grund zur Beunruhigung«, berichtete der Helfer. Er bezog sich auf die Explosion. »Nur ein paar Unzufriedene und Bourgoynisten, die einen letzten Versuch machen, das ist alles. Die Polizei hat sie auf das Dach und dort in die Enge getrieben – aber erst, nachdem ein jugendlicher Narr eine Handgranate geschleudert hatte. Offensichtlich hatte er die Absicht, die Feuerleiter in die Luft zu jagen, hat aber anstatt dessen die Mauer zum Einsturz gebracht. Die Versicherung wird den Schaden übernehmen, nicht wahr, Sir?«

»Ich nehme es an«, erwiderte Merrick. »Ich bin wirklich verblüfft. In Stipend wird ein Stein nach mir geworfen, in Mayfair wird meine Einkommensquelle vernichtet; was sind das nur für traumatische Zeiten, in denen wir leben! Vielleicht sollten wir hinausgehen und uns den Schaden ansehen, wenn es nicht zu gefährlich ist. Vielleicht gelingt es mir auf diese Weise, meine Fassung wiederzugewinnen. Würden Sie freundlicherweise meine Frau anrufen und ihr mitteilen, daß ich noch am Leben bin?«

Als der Vasalle gehorsam davoneilte, nahm Merrick den maskierten Minister sanft am Arm, wandte sich an seine übrigen Gäste und bat sie, ihn zu begleiten. Bevor sie die Loge verließen, warf Jimmy einen letzten Blick in das Parkett hinunter. Dante Alighieri und Krafft-Ebing waren vor Salvador Dali und Kiddicraft verblaßt; das eindringende Tageslicht hatte das Inferno verbannt, an seine Stelle war ein Kinderspielzeug getreten, das mechanische Spielzeug des zwanzigsten Jahrhunderts, das das Kind nicht anfassen darf, aus Furcht, das Laufwerk hoffnungslos zu zerstören. Die Sitze drehten sich, die roten Lichter flackerten verzaubernd an und aus, die braunen Gestalten auf den Leinwänden wiederholten immer wieder ihre sinnlosen Bewegungen, und auf das Ganze blickte, ein Auge hinter schwellendem Kissen verborgen, die Riesin mit Vigacoff-gestärktem Wohlwollen herunter.

Jimmy wandte sich ab und faßte Alysons Arm, während sie Merrick und dem Obskuren Nummer 8 folgten. Er zog sie dichter an sich heran und blickte sie besorgt an.

»Hör zu, Alyson«, sagte er leise. »Ich weiß, es ist nicht leicht, sich mit diesen Psychologenkerlen zurechtzufinden, aber hat der Wichtigtuer recht mit dem, was er über Aubrey sagt?«

»Ich glaube, ja«, erwiderte sie seufzend. »Jedenfalls scheint Vincent einen Teil von Aubreys Schwierigkeiten aufgedeckt zu haben, und glaub mir, er steckt voll davon – ich hoffe nur, du bist nicht auch so ein Bündel voll ... Aber sich vorzustellen, daß es meinetwegen schlimmer geworden ist, obwohl ich doch versucht habe, ihm zu *helfen!* Ich kann es irgendwie verstehen, aber ich verstehe nicht, *warum;* wirklich, es ist verwirrender, über Menschen nachzudenken als über Gott. Ach, es ist ein solches Durcheinander – ich wünschte, ich wäre niemals hierher gekommen.«

Er strich ihr das blonde Haar zurück, als wolle er ihre Bemerkungen fortwischen. Vincent Merrick und der maskierte Obskure verschwanden vor ihnen im Gang. Schwärmerisches rotes Licht umstrahlte Alyson und Jimmy, als er sagte: »Es ist immer verwirrend, aber wir können ganz zufrieden so weitermachen. Mach dir keine Sorgen! Ich habe mir so lange Sorgen gemacht, weil du dir deinen GA nicht hast einsetzen lassen, aber ich glaube, ich verstehe jetzt, warum du so hartnäckig darauf beharrt hast.«

Alyson wand sich in seinen Armen und verzog ihre Miene zu einem heiter-gereizten Ausdruck.

»Du bist so schüchtern, sonst hättest du es schon vor langer Zeit erkannt. Ach Jimmy, Liebling, du hast gehört, was Merrick gesagt hat. Ich fühlte mich zu Aubrey hingezogen, und dann konnte ich ihn aus – oh, aus Mitleid, vermutlich, nicht verlassen, obwohl es mir schwerfällt, das zu sagen. Und dann bist du aufgetaucht. Ich wußte, daß meine Scheibe für dich leuchten würde, hätte ich eine gehabt. Ich dachte nicht, daß sie für Aubrey auch nur flackern würde, und ich wußte, wie sehr ihn das verletzt hätte. Als mir klar war, daß ich meine Gene nicht beeinflussen konnte, wußte ich, daß ich es nicht wagen durfte, ein Normannenlicht zu tragen. Nicht, solange du in der Nähe warst. Erst im letzten Augenblick wurde mir klar, daß ich es nicht hätte ertragen können, um Aubreys willen ins Gefängnis zu gehen.«

Ein fröhlich beschwingter Walzer tanzte in jedem einzelnen Teil von Jimmys Körper, der gewöhnlich eher mit solider Trägheit zu reagieren pflegte. Er war außerordentlich benommen. Ohne sich der Ausdruckslosigkeit seines Gesichts bewußt zu sein, ließ er Alyson los und trat einen Schritt zurück.

»Ja«, sagte er dann. »Ich verstehe.«

Alyson stieß ein abgehacktes Gelächter aus.

»Sag nicht einfach nur ›Ja, ich verstehe‹, du unausstehlicher Mensch!« protestierte sie. »Tu etwas. Wir können nicht mehr auf Aubrey aufpassen. Das hat Vincent Merrick selbst gesagt – und abgesehen davon ist die Belastung zu viel für mich: ich bin in den vergangenen Wochen um Jahre gealtert. Von jetzt an sind wir nicht mehr verantwortlich für ihn.«

»Ja«, erwiderte Jimmy ausdruckslos, überwältigt bei dem Gedanken an das Dilemma, in dem Alyson sich befunden hatte. »Was für ein Glück, he?«

»Komm her, Jimmy«, sagte sie so weich, daß es nicht wie ein Befehl, sondern wie eine Einladung klang. Als er sich ihr näherte, stellte er interessiert fest, daß ihr Gesicht immer leuchtender rot wurde. Es war nicht etwa die Röte der Verlegenheit, die ihr ins Gesicht stieg. Sie umfaßte sein Gesicht mit den Händen und küßte ihn zärtlich mit geöffneten Lippen.

»Hm … Kommt ihr beiden nun mit uns hinaus auf die Straße?« Merricks Stimme klang aus weiter Ferne zu ihnen, so, als spräche er am falschen Ende eines Fernrohrs. Er war mit Nummer 8 zurückgekehrt, um zu sehen, wo Alyson und Jimmy blieben.

»Verzeihung«, murmelte Jimmy und löste sich aus Alysons Umarmung. »Es gab da noch etwas, das unbedingt geradegebogen werden mußte.«

»Das ist eine ziemlich Freud'sche Bemerkung«, sagte Merrick. »Unter den gegebenen Umständen.«

XV. Staatsaffären

Als er sich anschickte, Vincent Merrick und der irgendwie vertrauten Gestalt von Nummer 8 zu folgen, faßte Jimmy Alysons Arm und drückte ihn fest an sich. Es war nur zum Teil eine Geste der Zuneigung: er fühlte sich ein wenig berauscht und brauchte einen festen Halt. Der Optimismus breitete sich wie ein Aphrodisiakum in seinen Adern aus, und das überraschte ihn aufs Höchste. Rachel hatte aus ihm nicht, wie er befürchtet hatte, ein verwelktes Etwas gemacht. Er lebte, er war wiedergeboren!

»Es ist wunderbar, aus diesem gräßlichen Kino herauszukommen!« rief Alyson aus, indem sie tief Luft holte und ihm zulächelte.

»Es war wie ein Eisenbahnknotenpunkt«, sagte Jimmy, »an dem jeder Mensch in eine andere Richtung davonrattert, ohne Berührung.«

»Ohne Berührung und ohne Hoffnung«, stimmte Alyson zu. »Ja, ich glaube, für jeden ist es so. Wir haben Glück, daß wir uns auf der Hauptstrecke befinden, aber die armen Wesen dort drinnen waren auf Nebengeleisen unterwegs.«

Die maskierte Nummer 8 tippte Jimmy am Arm an und sagte: »Verzeihen Sie, aber Vincent hat mir gerade gesagt, wer Sie sind. Sie hatten ein aufregendes Leben in letzter Zeit, wie? Da wir uns schon einmal begegnet sind, kann ich meine Maske vielleicht abnehmen.«

Er zog die schwarze Samtmaske von den Augen, und der Obskure Nummer 8 entpuppte sich als der Gesundheitsminister, Dr. Warwick Bunnian.

»Sind Sie überrascht, mich in Vincents gräßlichen Klauen zu finden? Ich lasse einen leichten Anflug von Gerontophilie behandeln, nichts Ernstes«, erklärte der Minister mit freundlichem Lächeln. »Kommt und geht wie eine Erkältung, wissen Sie.«

»Sie haben uns in Stipend einen Drink ausgegeben«, sagte Jimmy, indem er versuchte, seiner Überraschung Herr zu werden. »Vielleicht dürfen wir Sie heute zu einem Drink einladen? Ich habe jedenfalls das Gefühl, daß ich einen gebrauchen kann.«

»Das kann ich mir vorstellen«, sagte Bunnian verständnisvoll. »Aber Sie müssen gestatten, daß *ich* die Getränke übernehme, alter Knabe: Ich bekomme sie auf Rezept. Die Privilegien des Ministeramts und so weiter, Sie wissen ja.« Unter wieherndem Gelächter schlug er Jimmy freundschaftlich auf die Schulter und zwinkerte Alyson anzüglich zu; es war nicht zu übersehen, daß ein wenig Sozioethal-Therapie Wunder bei ihm gewirkt hatte. »Man hat mir gesagt, daß Sie in den Überfall auf Willy Bourgoynes Schlupfwinkel verwickelt waren. Waren Sie nicht der Bursche, der Rachel Norman beinahe aus dem Hubschrauber befreit hätte?«

Jimmy spürte, daß er errötete und beschleunigte seine Schritte ein wenig.

»Ich habe sie nicht schnell genug erreicht«, erklärte er.

»Das ist auch gut so, bei Gott«, rief Bunnian geheimnisvoll.

Die vier traten in den vornehmen Sonnenschein von Mayfair hinaus. Eine wachsende Menschenmenge füllte Fußgängerweg und Straße, und die Leute verrenkten sich den Hals und betrachteten neugierig das Dach und die Zerstörung, die die Granate verursacht hatte. Einige Polizisten waren damit beschäftigt, ein Absperrseil um den Bauschutt, der auf die Straße gestürzt war, zu ziehen, während andere vier zerknirschte Rebellen zu einem bereitstehenden Polizeiwagen führten. Jimmy nahm von diesen Vorgängen nicht viel in sich auf, so angestrengt dachte er über die letzte Bemerkung des Ministers nach.

»Ich fürchte, ich verstehe nicht ganz, was Sie meinen. Ist Rachel Norman in Sicherheit?« fragte er.

»Für unseren Geschmack, ja«, entgegnete der Minister und legte Jimmy seine plumpe, kleine Hand auf den Arm. »Jetzt, nachdem alles vorbei ist, kann ich es Ihnen ruhig erzählen, Jimmy; wissen Sie, der Bursche, der sie im Hubschrauber mitgenommen hat, war ein russischer Agent. Ich weiß zufällig, daß sich Miß Norman mittlerweile sicher auf dem Weg nach Moskau befindet... Schauen Sie nicht so besorgt drein! Verstehen Sie, sie *wollte* England verlassen. Das Problem an der ganzen Sache war, daß sie eine außerordentlich starke und entschlossene Persönlichkeit ist.«

»Ich hatte Gelegenheit, das herauszufinden«, sagte Jimmy.

»Tatsächlich? Nicht nur, daß sie die GAs praktisch erfunden hat, es ist ihr auch gelungen, den gewaltigen Traum, jeden im Lande damit auszustatten, dem Premierminister und mir zu verkaufen. Die Entscheidung darüber, welches von beiden die größere Heldentat ist, überlasse ich Ihnen. Der springende Punkt ist der, daß Miß Normans Position, nachdem sie das erst geschafft hatte, mächtiger war als je zuvor. Und nun enthüllte sie uns die furchtbare Wahrheit, daß die landesweite Verbreitung der GAs nur der erste Teil ihres Planes war; das Beste sollte noch kommen. Der Premierminister und ich konnten nicht mehr aus dem Geschäft aussteigen, weil wir zu tief in der Geschichte steckten – wir hatten, äh, einige Geschenkanteile an den Normanlaboratorien und anderen Gesellschaften der Iral angenommen. Es wurde, zum Wohle unseres Landes und um unserer selbst willen, zwingend notwendig, Miß Norman loszuwerden. Und zu diesem Zeitpunkt informierte uns, wie der glückliche Zufall es will, M15, daß russische Agenten mit ihr in Verbindung getreten waren. Wissen Sie was, hier draußen können wir nicht reden! Es macht mir nichts aus, Staatsgeheimnisse zu verraten, aber ich bin nicht ordentlich angezogen. Wo ist der nächste Pub, Vincent?«

Der nächste Pub befand sich glücklicherweise ganz in der Nähe auf der anderen Straßenseite. Sie überquerten die Straße. Bunnian setzte seine Maske wieder auf, und sie nahmen an der Bar, hinter einer Reihe von Gläsern, Platz.

»Wenn Sie wollen, daß er redet, dann müssen Sie ihn jetzt fragen, solange er noch unter der Nachwirkung der Drogen steht«, wandte sich Merrick leise an Jimmy. »Ich habe auf diese

Weise so manches Regierungsgeheimnis von ihm erfahren ...«

»Erzählen Sie weiter, Sir«, forderte Jimmy den Minister auf, während er unter dem Tisch Alysons Hand drückte. »Das ist alles sehr aufschlußreich.«

»Halt den Hintern hoch, alter Junge! – Oder vielleicht sollte ich das in Vincents Anwesenheit lieber nicht sagen«, rief Bunnian ausgelassen und nippte an seinem doppelten Whisky. »Jedenfalls, wie ich schon sagte, setzten sich die Russen mit der Norman in Verbindung und boten ihr an, ihr alle Mittel zur Verfügung zu stellen, die sie nennen würde, wenn sie sich bereit erklärte, für sie zu arbeiten – sehr zu unserem Entzücken. Ihr sagte der Vorschlag zu. Sie dachte daran, welche unbeschränkten Freiheiten ihr Stiefvater, Ivan Demyanski, in seinen Experimenten genossen hatte. Sie war im Begriff, ihre Wahl zu treffen, als dieser verdammte Idiot Bourgoyne Wind davon bekam, wer sie in Wirklichkeit war, und sie entführte. Nun ja, Ende gut, alles gut. Einige unserer Jungs vom Geheimdienst – den Russen natürlich nicht bekannt – sorgten dafür, daß sie und der Agent unbehelligt das U-Boot erreichten, das heute in den frühen Morgenstunden vor der Südküste auf sie wartete.«

Bunnian betrachtete die erstaunten Gesichter seiner Begleiter voller Freude.

»Rachel war ein harter Brocken, das kann ich Ihnen sagen. Ich nehme nicht an, daß Sie sie privat gekannt haben ... nun ja, das ist eine andere Geschichte; das bewahre ich mir lieber für meine Erinnerungen auf.« Ein leises Lächeln schlich sich für einen Augenblick in seine Züge, dann fuhr er mit veränderter Stimme fort: »Herby – der PM – und ich, wir waren nicht schlecht in Aufregung, als es aussah, als würde sie das Boot verpassen. Wissen Sie, Rachel war tatsächlich die Schlüsselfigur in dem ganzen Normannenlicht-Geschäft. Ihr Stiefvater, Ivan Demyanski, entdeckte den nach ihm benannten Demyanski-Knoten im Hypothalamus, wo sich der biologische Kern mit dem Infrabewußtsein, wie wir es nennen würden, verbindet. Der GA ist also, wie alle guten Erfindungen, russischen Ursprungs. Doch die Lösung der schwierigen Aufgabe, den Knoten mit einem äußeren Anzeiger, der Scheibe zu verbinden, war allein Rachels Werk. Es gibt auf der ganzen Welt nicht ein halbes Dutzend Menschen mit den Fähigkeiten dieser jungen Frau. Sie sehen also, warum sie uns zu gefährlich wurde. Sie mußte schnell aus dem Weg geschafft werden – und zwar vor den nächsten Wahlen.

Er leerte sein Glas und leckte sich genüßlich die Lippen. »Trinken Sie noch etwas, Jimmy, mein lieber Junge. Und Sie auch, Miß Frischverlobt. Und du, Vince, es wird dir gut tun.«

»Ist das wirklich die Art und Weise, auf die politische Probleme gelöst werden, Mr. Bunnian?« fragte Alyson erstaunt, als die zweite Getränkerunde auf den Tisch gestellt wurde.

»In diesem Fall, ja«, erwiderte Bunnian. Er zwinkerte ihr unter der Maske, die er beim Eintritt in die Gaststube wieder aufgesetzt hatte, zu. »Herby und ich hatten natürlich ein persönliches Interesse an der Angelegenheit.«

»Natürlich«, wiederholte Alyson.

Jimmy schwieg. Er lehnte sich zurück und hatte das angenehme Gefühl, daß ein schweres Gewicht von seinen Schultern genommen wurde. Gleichgültig, wie, gleichgültig, warum: sie war verschwunden, Rachel war fort, und er würde sie niemals wiedersehen und nie mehr an sie denken. Sie hatte ihm nichts genommen. Er mußte der tiefen Dankbarkeit, die er empfand, irgendwie Ausdruck geben; er wandte sich an Mr. Bunnian.

»Wie kann ich Ihnen nur für Ihre Freundlichkeit danken?« sagte er überschwenglich. »Ich muß gestehen, daß ich manchmal mit der Masse gelaufen bin und die Politiker als Zyniker, Heuchler und Egoisten betrachtet habe. Aber jetzt weiß ich es besser. Mr. Bunnian, Sir, tausend Dank für Ihre Aufrichtigkeit und Ehrlichkeit. Sie können sich gar nicht vorstellen, welcher Stein mir dadurch vom Herzen gefallen ist. Ich hoffe aufrichtig, daß Sie zur Hochzeit kommen – meiner und Alysons Hochzeit, meine ich.« Bunnian lächelte breit, nickte wohl ein Dutzend mal zustimmend mit dem Kopf, leerte seinen zweiten doppelten Whisky und bestellte einen dritten.

»Wir tun unser Bestes, Junge«, sagte er. »Ich weiß, daß wir nicht gerade beliebt sind. Sie dürfen nicht vergessen, wie gegensätzlich Vinces und meine Aufgaben sind. Vinces Aufgabe besteht darin, die Leute dazu zu ermutigen, daß sie ihre Schlechtigkeit herauslassen, der Politiker dagegen muß dafür sorgen, daß sie nicht herauskommt. Das NL bietet da den idealen Kompromiß – es hält die Schlechtigkeit im steten Fluß zwischen Vordringen und Rückzug. Ach, die Menschheit ist wirklich ein miserabler Haufen, und ich glaube nicht, daß wir uns je grundlegend ändern werden.«

Sein plötzliches Abgleiten in Pessimismus war höchst bemerkenswert und rührend.

»Nur Mut!« sagte Alyson aufmunternd und beobachtete voll Staunen, wie er seinen dritten Whisky kippte. »Das Land ist jetzt ruhig. Und zumindest Vincent wird Ihnen erklären, daß wir uns im Augenblick auf eine Zeit des Fortschritts freuen können. Jedermann steht vor einem Neubeginn mit einer veränderten Einstellung zum Leben.«

»Oh, ich weiß, was Sie meinen: die GEFG zerschlagen, der Gegner in die Flucht geschlagen, das Geschäftsleben in der Stadt wieder im Gange, die Exportziffern im Steigen begriffen. Aber die Streiks breiten sich weiter aus – diesesmal sind es die verdammten Hafenarbeiter. Als nächstes sind die Eisenbahner dran, denken Sie an meine Worte! Und was den moralischen Standpunkt betrifft... Nun ja, es hat keinen Sinn, schwarzzusehen; der Pessimismus hat noch nie zu etwas Gutem geführt. Ich bin heute mit Herby zum Abendessen verabredet, und in seiner Gegenwart darf man es nicht wagen, ein Wort des Pessimismus zu äußern. Er reißt einem den Kopf ab, wenn man behauptet, daß nicht alles so ist, wie es sein sollte.«

Unvermittelt brach der Minister in lautes, fröhliches Gelächter aus, und die Welt war wieder in Ordnung.

»Ach übrigens«, ergriff Jimmy wieder das Wort, »was ist eigentlich aus Guy Leighton geworden?«

Bunnian lächelte breit.

»Er war mitten drin im Kampfgewühl. Half diesem Hauptmann Buggs – Briggs? – Biggs sehr, indem er einen anderen Hauptmann, der in die Sache verwickelt war, mit einem gutgezielten Backsteinwurf kampfunfähig machte. Ja, Leighton hat sich als Prachtkerl erwiesen: das habe ich mir schon immer gedacht. Der Bursche steht immer in den Startlöchern, wissen Sie. Wir verdanken jungen Männern wie ihm – und wie Ihnen natürlich – eine Menge. Ich hätte nichts dagegen, ihn bei mir im Gesundheitsministerium zu haben. Nein, das Land braucht sich keine große Sorgen zu machen, solange es noch solche Männer gibt. Was meinst du dazu, Vincent?«

»Ich bin vollkommen deiner Meinung; Guy Leighton wird seine Sache gut machen, und er wird es weit bringen«, sagte Merrick mit der Miene eines Mannes, der es gewohnt ist, den Charakter anderer Menschen zu beurteilen.

Jimmy schwieg.

Bunnian brach erneut in Gelächter aus und schob seine Maske hoch, um sich das erhitzte Gesicht abzuwischen.

»Ja, es ist eine komische, alte Welt!« rief er aus und blickte beifallheischend in die Runde.

Ärger blitzte in Alysons Augen auf. Sie wollte die gutgeölte Eintracht ihrer Gesellschaft nicht verderben, konnte aber nicht umhin, zu bemerken: »Es überrascht mich einigermaßen, Mr. Bunnian, zu sehen, daß sie in so sorgloser Stimmung sind. Es war der Wunsch Ihrer Regierung, das Land mit den Normannenlichtern auszustatten, sie müssen demnach die Verantwortung für alle daraus entstandenen Streiks und Unruhen übernehmen. Sie müssen sich doch ganz sicher ein wenig Sorgen um die nächsten paar Monate machen?«

Merrick hörte mit mäßigem Interesse zu, Jimmy runzelte warnend die Stirn, doch Bunnian lachte nur.

»Ich kann ebenso ernsthaft und gewichtig sein wie alle anderen, wenn es die Umstände erfordern«, sagte er und drohte Alyson scherzhaft mit dem Finger. »Sie sollten einige meiner Reden hören. Aber warum sollte man sich schließlich Sorgen machen?

Sehen Sie sich all die Revolutionen an, die dieses Land erlebt hat! Erinnern Sie sich an die Niederlage der Tories 1945? Am Ende hat es überhaupt keinen Unterschied mehr gemacht. England kann ein beträchtliches Maß an Erschütterungen vertragen, junge Dame, ein beträchtliches Maß an Erschütterungen. Und ich sage Ihnen gern, daß ein paar kleine Scheiben nicht ausreichen, um den guten alten Status Quo zu erschüttern. Kümmern Sie sich nicht um Politik: das ist ein altes Männerspiel. Halten Sie nur ein Auge auf Jimmy – Sie werden feststellen, daß es viel schwerer ist, mit ihm fertig zu werden als mit einem Land!«

Im Glanz seiner Selbstzufriedenheit und guten Laune leerten sie ihre Gläser, und Merrick erhob sich.

»Ich muß jetzt gehen«, sagte er, indem er die Brillengläser mit dem Ende seiner Krawatte putzte. »Ich muß sehen, wie Croolter drüben zurechtkommt. Kommst du mit zurück, um dich umzuziehen, Warwick?«

»Nenn mich einfach Nummer 8«, forderte ihn der Gesundheitsminister überschwenglich auf. »Ja, ich glaube, es ist besser, wir gehen jetzt. Ich muß noch eine Rede über die Probleme des Alters für die morgige Konferenz in Bournemouth vorbereiten. Nun, Solent, es war interessant, Ihnen einmal wieder zu begegnen; ich hoffe, Sie fühlen sich den Staatsangelegenheiten nicht allzu hilflos ausgeliefert ... Danke!«

»Das letzte Wort war an Merrick gerichtet, der ihn, angesichts der Schwierigkeiten, die dem Minister das Aufstehen bereitete, hilfreich unter die Achsel gefaßt und auf die Füße gezogen hatte. Mit unsicheren Schritten, gestützt von Merrick, setzte er sich in Bewegung.

»Warten Sie noch einen Augenblick, Dr. Bunnian«, sagte Alyson. »Sie haben uns noch nicht erzählt, wie der zweite Teil des Normannenlicht-Planes aussah, den Rachel im Sinn hatte, oder warum er etwas war, das einen so drastischen Schritt erforderte, daß Sie sie aus dem Land abschieben wollten.«

»Nicht nur aus dem Land abschieben!« widersprach Bunnian. »Nicht nur aus dem Land, sondern nach *Rußland* abschieben, das war entscheidend. Wenn sie ihren Plan zu Ende geführt hätte – und das hätte sie ohne Zweifel getan, wäre sie hier geblieben –, so hätte das den Ruin Großbritanniens und der demokratischen Werte, die es repräsentiert, bedeutet.«

Bei diesen Worten hatte er seine Parlamentsstimme angenommen, und Alyson und Jimmy waren entsprechend beeindruckt. Er straffte sich, winkte die beiden zu sich, ergriff sie am Arm und zog sie in eine Ecke, wo er sich, in seinem Pullover einem alten Rugby-Mannschaftsführer ähnlich, zu ihnen hinbeugte und ihnen etwas ins Ohr flüsterte. Merrick, der unschlüssig an der Tür stand, wurde völlig links liegengelassen. In einem Ansturm kalter Wut stürmte er zur Bar und kaufte zwanzig Benson und Hedges.

»Die Norman geht nach Rußland, wo sie niemals halbe Sachen machen«, flüsterte er ihnen in seiner Ecke vertraulich zu. »In einem Jahr wird die Bevölkerung dort ohne Wenn und Aber mit GAs ausgerüstet sein. Dann wird Rachel zum zweiten Teil ihres Planes schreiten, vor dem wir zurückgescheut sind. Bevor noch das zweite Jahr vergangen ist, werden die Russen *zwei* Scheiben auf der Stirn tragen.

Ich will nicht allzusehr in die technischen Details gehen, aber diese GAs, die ja außerordentlich schlaue kleine Dinger sind, sind, wie ich Ihnen schon sagte, mit einem Teil des Gehirns verbunden, der Demyanski-Knoten genannt wird, und durch den auch andere als nur die erotischen Impulse verlaufen. Wenn man nun an die erste Scheibe ein mit einem entsprechenden Filter versehenes Nebengerät anschließt, erreicht man auf dieser zweiten Scheibe eine andere Gefühlsäußerung; und sie sollen, Miß Normans Plänen zufolge, durch ein *grünes* Licht angezeigt werden.

Dann sehen Sie, wenn Sie dem Volk erst eine Scheibe verkauft haben, macht eine zweite überhaupt keine Schwierigkeiten mehr, besonders, wenn Sie versprechen, daß diese zweite Scheibe, das grüne Licht, das Leben noch einfacher machen wird als die erste.«

Merrick hatte den Minister am Pullover gepackt und zerrte ihn langsam zur Tür. Alyson spürte merkwürdigerweise großes Verständnis für Merricks Hartnäckigkeit: denn, so sagte sie sich, wenn Bunnian wirklich überzeugt war, daß die Normannenlichter die Schwierigkeiten des Lebens in irgendeiner Weise gelöst hatten, dann war er zweifellos reif für eine weitere Behandlung.

»Dann werden die Russen also in wenigen Jahren zwei Scheiben tragen, von denen die eine rot und die andere grün leuchtet?« fragte Jimmy nachdenklich, in dem er dem Gerangel zum Ausgang hin folgte.

»Wir wissen, was das rote Licht bedeutet, aber was bedeutet das grüne?«

»Vielleicht ist Ihnen bekannt«, sagte Bunnian und stolperte auf die Türschwelle zu, »daß Rachel Norman ihre eigenen, vorbehaltlosen Moralvorstellungen hatte. Für unsere Begriffe ist ihr Standpunkt vielleicht verdreht, aber für sie war er sonnenklar. Sie würde niemals einen Kompromiß eingehen: das ist das Furchtbare an ihr.«

»Ja, sie war sicher immer qualvoll aufrichtig«, stimmte Jimmy ihm zu, und in seinen Ohren klang ein leises, fernes Echo: ›Du hast mir nie etwas gegeben‹.

»Genau. Sie war besessen von der Wahrheit«, sagte Bunnian. »Die grünen Scheiben leuchten auf, wenn der Träger eine Lüge sagt.«

»Aber das . . .«, sagte Alyson überrascht, »das könnte doch eine wirklich gute Sache sein. Sie haben eine so großartige Erfindung doch wohl nicht absichtlich in die Hände der Russen fallen lassen?«

»Ganz genau!« rief Jimmy aus und fuhr entsetzt zurück. »Stellen Sie sich nur vor, wie sehr es das Leben der Briten erleichtern würde, wenn jedermann ein solches Gerät auf der Stirn tragen würde.«

Merrick zerrte den Gesundheitsminister mit einem letzten heftigen Ruck aus dem Pub heraus.

»Es hätte der britischen Diplomatie den Todesstoß versetzt«, verkündete Bunnian in höchst feierlichem Ton.

Arm in Arm traten Alyson und Jimmy in den ruhigen, benzingeschwängerten Londoner Abend hinaus.

Ende

SCIENCE FICTION

Band 22 075

Brian W. Aldiss

Die unendliche Reise

Ein Raumschiff ist seit Generationen im All unterwegs. Die Menschen an Bord haben längst ihre Herkunft und ihr Ziel vergessen. Doch schließlich beginnt ein junger Mann die Suche nach der legendären Steuerzentrale, um das Rätsel seiner Welt zu lösen.
Dieser Roman war Aldiss' erstes SF-Werk und begründete neben den »Hothouse«-Stories seinen Ruf in der Science Fiction. Er erscheint hier zum ersten Mal vollständig übersetzt in einer vom Autor neu überarbeiteten Fassung.

BASTEI LÜBBE